Pinocchio by Enrico Mazzanti (1852-1910), the first illustrator of
Le Avventure di Pinocchio. Storia di un burattino (1883)

Adattamento dall'italiano a cura di Marco della Volpe

Art Director: Nicola Fiorentino

Illustrazioni originali di Carlo Chiostri (Firenze 1863-1939)
dell'edizione del 1901

Prima Edizione 2012
EDIZIONI SABINÆ
Via di Sant'Agostino, 16 00186 Roma
Tel. 06 68210678 - Fax 06 68215782
Il nostro sito internet è www.edizionisabinae.com
Per ogni informazione: redazione@edizionisabinae.com
ISBN 978-88-96105-93-1

Le avventure di PINOCCHIO

Carlo Collodi

The Adventures of Pinocchio

Italian/English parallel text

Æ EdizioniSabinæ

Capitolo I

Come è che Maestro Ciliegia, falegname, trovò un pezzo di legno che piangeva e rideva come un bambino.

Chapter I

How it happened that Mastro Cherry, carpenter, found a piece of wood that wept and laughed like a child.

C'era una volta...

– Un re! – diranno subito i miei piccoli lettori.

No, ragazzi, avete sbagliato. C'era una volta un pezzo di legno.

Non era un legno di lusso, ma un semplice pezzo da catasta, di quelli che d'inverno si mettono nelle stufe e nei caminetti per accendere il fuoco e per riscaldare le stanze.

Non so come andasse, ma il fatto gli è che un bel giorno questo pezzo di legno capitò nella bottega di un vecchio falegname, il quale aveva nome mastr'Antonio, se non che tutti lo chiamavano maestro Ciliegia, per via della punta del suo naso, che era sempre lustra e paonazza, come una ciliegia matura.

Once upon a time...

– A king! – my little readers will say immediately.

No, children, you are wrong. Once upon a time there was a piece of wood.

It was not an expensive piece of wood. Just a common block of firewood, one of those thick, solid logs that are put on the fire in winter to make cold rooms cozy and warm.

I do not know how this really happened, but the fact remains that one fine day this piece of wood found itself in the shop of an old carpenter, whose real name was Mastro Antonio, but everyone called him Mastro Cherry, for the tip of his nose was so round and red and shiny that it looked like a ripe cherry.

Appena maestro Ciliegia ebbe visto quel pezzo di legno, si rallegrò tutto e dandosi una fregatina di mani per la contentezza, borbottò a mezza voce:

– Questo legno è capitato a tempo: voglio servirmene per fare una gamba di tavolino.

Detto fatto, prese subito l'ascia arrotata per cominciare a levargli la scorza e a disgrossarlo, ma quando fu lì per lasciare andare la prima asciata, rimase col braccio sospeso in aria, perché sentì una vocina sottile, che disse raccomandandosi:

– Non mi picchiar tanto forte!

Figuratevi come rimase quel buon vecchio di maestro Ciliegia!

Girò gli occhi smarriti intorno alla stanza per vedere di dove mai poteva essere uscita quella vocina, e non vide nessuno! Guardò sotto il banco, e nessuno; guardò dentro un armadio che stava sempre chiuso, e nessuno; guardò nel corbello dei trucioli e della segatura, e nessuno; aprì l'uscio di bottega per dare un'occhiata anche sulla strada, e nessuno! O dunque?...

As soon as Mastro Cherry saw that piece of wood, he was filled with joy. Rubbing his hands together happily, he mumbled half to himself:

– This piece of wood has come at a good moment. I shall use it to make the leg of a table.

He grasped the hatchet quickly to peel off the bark and shape the wood. But as he was about to give it the first blow, he stood still with arm uplifted, for he had heard a wee, little voice say in a beseeching tone:

– Please be careful! Do not hit me so hard!

What a look of surprise shone on Mastro Cherry's face! His funny face became still funnier.

He turned frightened eyes about the room to find out where that little voice had come from and he saw no one! He looked under the bench, and no one! He peeped inside the closet, and no one! He searched among the shavings, and no one! He opened the door to look up and down the street, and still no one!

– Ho capito; – disse allora ridendo e grattandosi la parrucca – si vede che quella vocina me la sono figurata io. Rimettiamoci a lavorare.

E ripresa l'ascia in mano, tirò giù un solennissimo colpo sul pezzo di legno.

– Ohi! tu m'hai fatto male! – gridò rammaricandosi la solita vocina.

Questa volta maestro Ciliegia restò di stucco, cogli occhi fuori del capo per la paura, colla bocca spalancata e colla lingua giù ciondoloni fino al mento, come un mascherone da fontana. Appena riebbe l'uso della parola, cominciò a dire tremando e balbettando dallo spavento:

– Ma di dove sarà uscita questa vocina che ha detto ohi?... Eppure qui non c'è anima viva. Che sia per caso questo pezzo di legno che abbia imparato a piangere e a lamentarsi come un bambino? Io non lo posso credere. Questo legno eccolo qui; è un pezzo di legno da caminetto, come tutti gli altri, e a buttarlo sul fuoco, c'è da far bollire una pentola di fagioli... O dunque? Che ci sia nascosto dentro qualcuno? Se c'è nascosto qualcuno, tanto peggio per lui. Ora l'accomodo io!

– Oh, I see! – he said, laughing and scratching his wig.

– It can easily be seen that I only imagined I heard the tiny voice say the words! Well, let's get back to work.

He struck a most solemn blow upon the piece of wood.

– Oh, oh! You hurt! – cried the same far away little voice.

This time Mastro Cherry was struck dumb, his eyes popped out of his head, his mouth gaped and his tongue hung down on his chin. As soon as he regained the use of his senses, he said, trembling and stuttering with fear:

– Where did that voice come from, when there is no one around? Could it be that this piece of wood has learned to weep and cry like a child? I can hardly believe it. Here it is a piece of common firewood, good only to burn, as any other. Could someone be hidden in it? If anyone is hiding in there, the worse for him. I'll show him...!

E così dicendo, agguantò con tutt'e due le mani quel povero pezzo di legno e si pose a sbatacchiarlo senza carità contro le pareti della stanza.

Poi si messe in ascolto, per sentire se c'era qualche vocina che si lamentasse. Aspettò due minuti, e nulla; cinque minuti, e nulla; dieci minuti, e nulla!

– Ho capito – disse allora sforzandosi di ridere e arruffandosi la parrucca – si vede che quella vocina che ha detto ohi, me la sono figurata io! Rimettiamoci a lavorare.

E perché gli era entrata addosso una gran paura, si provò a canterellare per farsi un po' di coraggio.

Intanto, posata da una parte l'ascia, prese in mano la pialla, per piallare e tirare a pulimento il pezzo di legno; ma nel mentre che lo piallava in su e in giù, senti la solita vocina che gli disse ridendo:

– Smetti! tu mi fai il pizzicorino sul corpo!

Questa volta il povero maestro Ciliegia cadde giù come fulminato. Quando riaprì gli occhi, si trovò seduto per terra.

Il suo viso pareva trasfigurato, e perfino la punta del naso, di paonazza come era quasi sempre, gli era diventata turchina dalla gran paura.

With these words, he grabbed the log with both hands and started to knock it about with no mercy. He threw it to the floor, against the walls of the room, and even up to the ceiling.

He listened for the tiny voice to moan and cry. He waited two minutes, and nothing; five minutes, and nothing; ten minutes, and nothing!

– Oh, now I understand – he said, trying bravely to laugh and ruffling up his wig with his hand – it can easily be seen I only imagined I heard the tiny voice! let's get back to work.

The poor fellow was scared half to death, so he tried to sing a happy song in order to gain courage.

He set aside the hatchet and picked up the plane to make the wood smooth and even, but as he drew it to and fro, he heard the same tiny voice. This time it giggled as it spoke:

– Stop it! Oh, stop it! Ha, ha, ha! You tickle my stomach.

This time poor Mastro Cherry fell as if shot. When he opened his eyes, he found himself sitting on the floor.

His face had changed; fright had turned even the tip of his nose from red to deepest purple.

Capitolo 2

Maestro Ciliegia regala il pezzo di legno al suo amico Geppetto, il quale lo prende per fabbricarsi un burattino maraviglioso che sappia ballare, tirar di scherma e fare i salti mortali.

In quel punto fu bussato alla porta.

– Passate pure – disse il falegname, senza aver la forza di rizzarsi in piedi.

Allora entrò in bottega un vecchietto tutto arzillo, il quale aveva nome Geppetto; ma i ragazzi del vicinato, quando lo volevano far montare su tutte le furie, lo chiamavano col soprannome di *Polendina,* a motivo della sua parrucca gialla che somigliava moltissimo alla polendina di granturco.

Geppetto era bizzosissimo. Guai a chiamarlo Polendina! Diventava subito una bestia e non c'era più verso di tenerlo.

– Buon giorno, mastr'Antonio – disse Geppetto.

Che cosa fate costì per terra?

– Insegno l'abbaco alle formicole.

– Buon pro vi faccia!

Chapter 2

Mastro Cherry gives the piece of wood to his friend Geppetto, who takes it to make himself a Marionette that will dance, fence, and turn somersaults.

In that instant, a knock sounded on the door.

- Come in – said the carpenter, not having an atom of strength left with which to stand up.

At the words, the door opened and a dapper little old man came in. His name was Geppetto, but to the boys of the neighborhood he was Polendina[1], on account of the wig he always wore which was just the color of yellow corn.

Geppetto had a very bad temper. Woe to the one who called him Polendina! He became as wild as a beast and no one could soothe him.

– Good day, Mastro Antonio – said Geppetto.

– What are you doing on the floor?

– I am teaching the ants the A B C's.

– Good luck!

---

[1] Cornmeal mush

– Chi vi ha portato da me, compar Geppetto?

– Le gambe. Sappiate, mastr'Antonio, che son venuto da voi, per chiedervi un favore.

– Eccomi qui, pronto a servirvi – replicò il falegname, rizzandosi su i ginocchi.

– Stamani m'è piovuta nel cervello un'idea.

– Sentiamola.

– Ho pensato di fabbricarmi da me un bel burattino di legno; ma un burattino maraviglioso, che sappia ballare, tirare di scherma e fare i salti mortali. Con questo burattino voglio girare il mondo, per buscarmi un tozzo di pane e un bicchier di vino; che ve ne pare?

– Bravo Polendina! – gridò la solita vocina, che non si capiva di dove uscisse.

A sentirsi chiamar Polendina, compar Geppetto diventò rosso come un peperone dalla bizza, e voltandosi verso il falegname, gli disse imbestialito:

– Perché mi offendete?

– Chi vi offende?

– Mi avete detto Polendina!...

– Non sono stato io.

– What brought you here, friend Geppetto?–

– My legs. And it may flatter you to know, Mastro Antonio, that I have come to you to ask for a favor.

– Here I am, at your service – answered the carpenter, raising himself on to his knees.

– This morning a fine idea came to me.

– Let's hear it.

– I thought of making myself a beautiful wooden Marionette. It must be wonderful, one that will be able to dance, fence, and turn somersaults. With it I intend to go around the world, to earn my piece of bread and cup of wine. What do you think of it?

– Bravo, Polendina!– cried the same tiny voice which came from no one knew where.

On hearing himself called Polendina, Mastro Geppetto turned his face into a red pepper color and, facing the carpenter, said to him angrily:

– Why do you offend me?

– Who is insulting you?

– You called me Polendina.

– I did not.

– Sta' un po' a vedere che sarò stato io! Io dico che siete stato voi.

– No!

– Si!

– No!

– Si!

E riscaldandosi sempre più, vennero dalle parole ai fatti, e acciuffatisi fra di loro, si graffiarono, si morsero e si sbertucciarono.

Finito il combattimento, mastr'Antonio si trovò fra le mani la parrucca gialla di Geppetto, e Geppetto si accorse di avere in bocca la parrucca brizzolata del falegname.

– Rendimi la mia parrucca! – gridò mastr'Antonio.

– E tu rendimi la mia, e rifacciamo la pace.

I due vecchietti, dopo aver ripreso ognuno di loro la propria parrucca, si strinsero la mano e giurarono di rimanere buoni amici per tutta la vita.

– Dunque, compar Geppetto – disse il falegname in segno di pace fatta – qual è il piacere che volete da me?

– Vorrei un po' di legno per fabbricare il mio burattino; me lo date?

– I suppose you think I did! Yet I Know it was you.

–No!

– Yes!

– No!

– Yes!

And getting angrier, they went from words to blows, and finally began to scratch and bite and slap each other.

When the fight was over, Mastro Antonio had Geppetto's yellow wig in his hands and Geppetto found the carpenter's curly wig in his mouth.

– Give me back my wig! – shouted Mastro Antonio.

– You return mine and we'll be friends.

The two little old men, each with his own wig back on his own head, shook hands and swore to be good friends for the rest of their lives.

– Well then, Mastro Geppetto – said the carpenter, to show he bore him no ill will – what is it you want?

– I want a piece of wood to make a Marionette. Will you give it to me?

Mastr'Antonio, tutto contento, andò subito a prendere sul banco quel pezzo di legno che era stato cagione a lui di tante paure. Ma quando fu lì per consegnarlo all'amico, il pezzo di legno dette uno scossone e sgusciandogli violentemente dalle mani, andò a battere con forza negli stinchi impresciuttiti del povero Geppetto.

– Ah! gli è con questo bel garbo, mastr'Antonio, che voi regalate la vostra roba? M'avete quasi azzoppito!...

– Vi giuro che non sono stato io!

– Allora sarò stato io!...

– La colpa è tutta di questo legno...

– Lo so che è del legno: ma siete voi che me l'avete tirato nelle gambe!

– Io non ve l'ho tirato!

– Bugiardo!

– Geppetto, non mi offendete; se no vi chiamo Polendina!...

– Asino!

– Polendina!

– Somaro!

– Polendina!

– Brutto scimmiotto!

– Polendina!

Mastro Antonio, very glad indeed, went immediately to his bench to get the piece of wood which had frightened him so much. But as he was about to give it to his friend, with a violent jerk it slipped out of his hands and hit against poor Geppetto's thin legs.

– Ah! Is this the gentle way, Mastro Antonio, in which you make your gifts? You have made me almost lame!

– I swear to you I did not do it!

– It was me, of course!

– It's the fault of this piece of wood.

– You're right; but remember you were the one to throw it at my legs.

– I did not throw it!

– Liar!

– Geppetto, do not insult me or I shall call you Polendina.

– Idiot.

– Polendina!

– Donkey!

– Polendina!

– Ugly monkey!

– Polendina!

A sentirsi chiamar Polendina per la terza volta, Geppetto perse il lume degli occhi, si avventò sul falegname; e lì se ne dettero un sacco e una sporta.

A battaglia finita, mastr'Antonio si trovò due graffi di più sul naso, e quell'altro due bottoni di meno al giubbetto. Pareggiati in questo modo i loro conti, si strinsero la mano e giurarono di rimanere buoni amici per tutta la vita.

Intanto Geppetto prese con sé il suo bravo pezzo di legno, e ringraziato mastr'Antonio, se ne tornò zoppicando a casa.

On hearing himself called Polendina for the third time, Geppetto lost his head with rage and threw himself upon the carpenter. Then and there they gave each other a sound thrashing.

After this fight, Mastro Antonio had two more scratches on his nose, and Geppetto had two buttons missing from his coat. Having settled their accounts, they shook hands and swore to be good friends for the rest of their lives.

Then Geppetto took the fine piece of wood, thanked Mastro Antonio, and limped away toward home.

Capitolo 3

Geppetto, tornato a casa, comincia subito a fabbricarsi il burattino e gli mette il nome di Pinocchio. Prime monellerie del burattino.

Chapter 3

As soon as he gets home, Geppetto immediately begins working on his marionette and calls it Pinocchio. The puppet's first pranks.

La casa di Geppetto era una stanzina terrena, che pigliava luce da un sottoscala. La mobilia non poteva essere più semplice: una seggiola cattiva, un letto poco buono e un tavolino tutto rovinato. Nella parete di fondo si vedeva un caminetto col fuoco acceso; ma il fuoco era dipinto, e accanto al fuoco c'era dipinta una pentola che bolliva allegramente e mandava fuori una nuvola di fumo, che pareva fumo davvero.

Appena entrato in casa, Geppetto prese subito gli arnesi e si pose a intagliare e a fabbricare il suo burattino.

– Che nome gli metterò? – disse fra sé e sé. – Lo voglio chiamar Pinocchio. Questo nome gli porterà fortuna. Ho conosciuto una famiglia intera di Pinocchi: Pinocchio il padre, Pinocchia la madre e Pinocchi i ragazzi, e tutti se la passavano bene. Il più ricco di loro chiedeva l'elemosina.

Geppetto's house was a little, neat and comfortable room on the ground floor, with a tiny window under the stairway. The furniture could not have been much simpler: an old chair, a rickety old bed and a ruined table.

A fireplace full of burning pieces of wood was painted on the wall opposite the door. Over the fire, there was painted a pot full of something which kept boiling happily away and sending up clouds of what looked like real steam.

As soon as he reached home, Geppetto took his tools and began to cut and shape the piece of wood into a marionette.

– What shall I call him? – he said to himself. – I think I'll call him Pinocchio. This name will make his fortune. I knew a whole family of Pinocchi once: Pinocchio the father, Pinocchia the mother, and Pinocchi the children and they were all lucky. The richest of them begged for his living.

Quando ebbe trovato il nome al suo burattino, allora cominciò a lavorare a buono, e gli fece subito i capelli, poi la fronte, poi gli occhi.

Fatti gli occhi, figuratevi la sua maraviglia quando si accorse che gli occhi si muovevano e che lo guardavano fisso fisso.

Geppetto, vedendosi guardare da quei due occhi di legno, se n'ebbe quasi per male, e disse con accento risentito:

– Occhiacci di legno, perché mi guardate?

Nessuno rispose.

Allora, dopo gli occhi, gli fece il naso; ma il naso, appena fatto, cominciò a crescere: e cresci, cresci, cresci diventò in pochi minuti un nasone che non finiva mai.

Il povero Geppetto si affaticava a ritagliarlo; ma più lo ritagliava e lo scorciva, e più quel naso impertinente diventava lungo.

Dopo il naso, gli fece la bocca.

La bocca non era ancora finita di fare, che cominciò subito a ridere e a canzonarlo.

After choosing the name for his puppet, Geppetto started seriously to work to make the hair, the forehead, then the eyes.

Fancy his surprise when he noticed that these eyes moved and then stared fixedly at him.

Geppetto, seeing this, felt insulted and said in a grieved tone:

- Ugly wooden eyes, why do you stare at me?

There was no answer.

After the eyes, Geppetto made the nose, which began to stretch as soon as finished. It stretched and stretched and stretched till it became so long, it seemed endless.

Poor Geppetto kept cutting it and cutting it, but the more he cut, the longer grew that impertinent nose.

Next, after nose, he made the mouth.

No sooner was it finished than it began to laugh and poke fun at him.

– Smetti di ridere! – disse Geppetto impermalito; ma fu come dire al muro.

– Smetti di ridere, ti ripeto! – urlò con voce minacciosa.

Allora la bocca smesse di ridere, ma cacciò fuori tutta la lingua.

Geppetto, per non guastare i fatti suoi, finse di non avvedersene, e continuò a lavorare.

Dopo la bocca, gli fece il mento, poi il collo, le spalle, lo stomaco, le braccia e le mani.

Appena finite le mani, Geppetto sentì portarsi via la parrucca dal capo. Si voltò in su, e che cosa vide? Vide la sua parrucca gialla in mano del burattino.

– Pinocchio!... rendimi subito la mia parrucca!

E Pinocchio, invece di rendergli la parrucca, se la messe in capo per sé, rimanendovi sotto mezzo affogato.

A quel garbo insolente e derisorio, Geppetto si fece triste e melanconico, come non era stato mai in vita sua, e voltandosi verso Pinocchio, gli disse:

– Stop laughing! – said Geppetto angrily; but he might as well have spoken to the wall.

– Stop laughing, I say!– he said in a voice of thunder.

The mouth stopped laughing, but it stuck out a long tongue.

Not wishing to start an argument, Geppetto made believe he saw nothing and went on with his work.

After the mouth, he made the chin, then the neck, the shoulders, the stomach, the arms and then the hands.

As he was about to put the last touches on the finger tips, Geppetto felt his wig being pulled off. He glanced up and what did he see? His yellow wig was in the puppet's hand.

– Pinocchio, give me my wig!

But instead of giving it back, Pinocchio put it on his own head, which was half swallowed up in it.

At that unexpected trick, Geppetto became very sad and downcast, more so than he had ever been before.

– Birba d'un figliuolo! Non sei ancora finito di fare, e già cominci a mancar di rispetto a tuo padre! Male, ragazzo mio, male!

E si rasciugò una lacrima.

Restavano sempre da fare le gambe e i piedi.

Quando Geppetto ebbe finito di fargli i piedi, sentì arrivarsi un calcio sulla punta del naso.

– Me lo merito! – disse allora fra sé. – Dovevo pensarci prima! Ormai è tardi!

Poi prese il burattino sotto le braccia e lo posò in terra, sul pavimento della stanza, per farlo camminare.

Pinocchio aveva le gambe aggranchite e non sapeva muoversi, e Geppetto lo conduceva per la mano per insegnargli a mettere un passo dietro l'altro.

Quando le gambe gli si furono sgranchite, Pinocchio cominciò a camminare da sé e a correre per la stanza; finché, infilata la porta di casa, saltò nella strada e si dette a scappare.

E il povero Geppetto a corrergli dietro senza poterlo raggiungere, perché quel birichino di Pinocchio andava a salti come una lepre, e battendo i suoi piedi di legno

– Pinocchio, wicked boy! You are not yet finished, and you start out by being impudent to your poor old father. Very bad, my son, very bad!

And he wiped away a tear.

The legs and feet still had to be made. As soon as they were done, Geppetto felt a sharp kick on the tip of his nose.

– I deserve it!– he said to himself. – I should have thought of this before I made him. Now it's too late!

He took hold of the Marionette under the arms and put him on the floor to let him to walk.

Pinocchio's legs were so stiff that he could not move them, and Geppetto held his hand and showed him how to put out one foot after the other.

When his legs were limbered up, Pinocchio started walking by himself and ran all around the room. He came to the open door, and with one leap he was out into the street. Away he flew!

Poor Geppetto ran after him but was unable to reach him, because Pinocchio ran in leaps and bounds, his two wooden feet,

sul lastrico della strada, faceva un fracasso, come venti paia di zoccoli da contadini.

– Piglialo! piglialo! – urlava Geppetto; ma la gente che era per la via, vedendo questo burattino di legno, che correva come un barbero, si fermava incantata a guardarlo, e rideva, rideva e rideva, da non poterselo figurare.

Alla fine, e per buona fortuna, capitò un carabiniere, il quale, sentendo tutto quello schiamazzo e credendo si trattasse di un puledro che avesse levata la mano al padrone, si piantò coraggiosamente a gambe larghe in mezzo alla strada, coll'animo risoluto di fermarlo e di impedire il caso di maggiori disgrazie.

Ma Pinocchio, quando si avvide da lontano del carabiniere che barricava tutta la strada, s'ingegnò di passargli, per sorpresa, frammezzo alle gambe, e invece fece fiasco.

Il carabiniere, senza punto smoversi, lo acciuffò pulitamente per il naso (era un nasone spropositato, che pareva fatto apposta per essere acchiappato dai carabinieri), e lo riconsegnò nelle proprie mani di Geppetto; il quale, a titolo di

as they beat on the stones of the street, were making as much noise as twenty peasants in wooden shoes.

– Catch him! Catch him! – Geppetto kept shouting. But the people in the street, seeing a wooden Marionette running like the wind, stood still to stare and to laugh.

At last, by sheer luck, a carabineer[2] happened along, who, hearing all that noise, thought that it might be a runaway colt, and stood bravely in the middle of the street, with legs wide apart, firmly resolved to stop it and prevent any trouble.

Pinocchio saw the carabineer from afar and tried his best to escape between the legs of the big fellow, but without success.

The carabineer grabbed him by the nose (it was an extremely long one and seemed made on purpose for that very thing) and returned him to Mastro Geppetto.

correzione, voleva dargli subito una buona tiratina d'orecchi. Ma figuratevi come

---

[2] A policeman.

rimase quando, nel cercargli gli orecchi, non gli riuscì di poterli trovare: e sapete perché? Perché, nella furia di scolpirlo, si era dimenticato di farglieli.

Allora lo prese per la collottola, e, mentre lo riconduceva indietro, gli disse tentennando minacciosamente il capo:

– Andiamo a casa. Quando saremo a casa, non dubitare che faremo i nostri conti!

Pinocchio, a questa antifona, si buttò per terra, e non volle più camminare. Intanto i curiosi e i bighelloni principiavano a fermarsi lì dintorno e a far capannello.

Chi ne diceva una, chi un'altra.

– Povero burattino! – dicevano alcuni – ha ragione a non voler tornare a casa! Chi lo sa come lo picchierebbe quell'omaccio di Geppetto!...

E gli altri soggiungevano malignamente:

– Quel Geppetto pare un galantuomo! ma è un vero tiranno coi ragazzi! Se gli lasciano quel povero burattino fra le mani, è capacissimo di farlo a pezzi!...

The little old man wanted to pull Pinocchio's ears. Think how he felt when, upon searching for them, he discovered that he had forgotten to make them!

All he could do was to seize Pinocchio by the back of the neck and take him home. As he was doing so, he shook him two or three times and said to him angrily:

– We're going home now. When we get home, then we'll settle this matter!

Pinocchio, on hearing this, threw himself on the ground and refused to take another step. One person after another gathered around the two.

Some said one thing, some another.

– Poor marionette – called out a man. – I am not surprised he doesn't want to go home. Geppetto, no doubt, will beat him unmercifully, he is so mean and cruel!

– Geppetto looks like a good man – added another – but with boys he's a real tyrant. If we leave that poor Marionette in his hands he may tear him to pieces!

Insomma, tanto dissero e tanto fecero, che il carabiniere rimise in libertà Pinocchio e condusse in prigione quel pover'uomo di Geppetto. Il quale, non avendo parole lì per lì per difendersi, piangeva come un vitellino, e nell'avviarsi verso il carcere, balbettava singhiozzando:

– Sciagurato figliuolo! E pensare che ho penato tanto a farlo un burattino per bene! Ma mi sta il dovere! Dovevo pensarci prima!...

Quello che accadde dopo, è una storia da non potersi credere, e ve la racconterò in quest'altri capitoli.

They said so much that, finally, the Carabineer ended matters by setting Pinocchio at liberty and dragging Geppetto to prison. The poor old fellow did not know how to defend himself, but wept and wailed like a child and said between his sobs:

– Wicked boy! I tried so hard to make you a well behaved puppet! I deserve it, however! I should have given the matter more thought.

What happened after this is an almost unbelievable story, but I am going to tell it to you in the chapters that follow.

Capitolo 4

La storia di Pinocchio col Grillo-parlante, dove si vede come i ragazzi cattivi hanno a noia di sentirsi correggere da chi ne sa più di loro.

Vi dirò dunque, ragazzi, che mentre il povero Geppetto era condotto senza sua colpa in prigione, quel monello di Pinocchio, rimasto libero dalle grinfie del carabiniere, se la dava a gambe giù attraverso ai campi, per far più presto a tornarsene a casa; e nella gran furia del correre saltava greppi altissimi, siepi di pruni e fossi pieni d'acqua, tale e quale come avrebbe potuto fare un capretto o un leprottino inseguito dai cacciatori.

Giunto dinanzi a casa, trovò l'uscio di strada socchiuso. Lo spinse, entrò dentro, e appena ebbe messo tanto di paletto, si gettò a sedere per terra, lasciando andare un gran sospirone di contentezza.

Ma quella contentezza durò poco, perché sentì nella stanza qualcuno che fece:

– *Crì - crì - crì!*

Chapter 4

The story of Pinocchio and the Talking Cricket, in which shows that bad children do not like to be corrected by those who know best.

Well, while poor old Geppetto were led to the prison, that rascal, Pinocchio, free now from the clutches of the carabineer, was running wildly across fields, taking one short cut after another toward home. In his wild flight, he leaped over brambles and bushes, and across brooks and ponds, as if he were a goat or a hare chased by hounds.

Arrived at home, he found the house door half open. He slipped into the room, locked the door, and threw himself on the floor, happy at his escape.

But his happiness lasted only a short time, for just then he heard someone saying:

– Cri–cri–cri!

– Chi è che mi chiama? – disse Pinocchio tutto impaurito.

– Sono io!

Pinocchio si voltò e vide un grosso Grillo che saliva lentamente su su per il muro.

– Dimmi, Grillo: e tu chi sei?

– Io sono il Grillo-parlante, ed abito in questa stanza da più di cent'anni.

– Oggi però questa stanza è mia – disse il burattino – e se vuoi farmi un vero piacere, vattene subito, senza nemmeno voltarti indietro.

– Io non me ne anderò di qui – rispose il Grillo – se prima non ti avrò detto una gran verità.

– Dimmela e spìcciati.

– Guai a quei ragazzi che si ribellano ai loro genitori e che abbandonano capricciosamente la casa paterna! Non avranno mai bene in questo mondo; e prima o poi dovranno pentirsene amaramente.

– Canta pure, Grillo mio, come ti pare e piace: ma io so che domani, all'alba, voglio andarmene di qui, perché se rimango qui, avverrà a me quel che avviene a tutti gli altri ragazzi, vale a dire

– Who is calling me? – asked Pinocchio, greatly frightened.

– I am!

Pinocchio turned and saw a large cricket crawling slowly up the wall.

– Tell me, Cricket, who are you?

– I am the Talking Cricket and I have been living in this room for more than one hundred years.

– Today, however, this room is mine – said the puppet – and if you wish to do me a favor, get out now, and don't turn around even once.

– I refuse to leave this spot – answered the Cricket – until I have told you a great truth.

– Tell it, then, and hurry.

– Woe to boys who refuse to obey their parents and run away from home! They will never be happy in this world, and when they are older they will be very sorry for it.

– Go on singing as you please, mine Cricket. What I know is, that tomorrow, at dawn, I leave this place forever. If I stay here the same thing will happen to me which happens to all other boys and girls.

mi manderanno a scuola e per amore o per forza mi toccherà studiare; e io, a dirtela in confidenza, di studiare non ne ho punto voglia e mi diverto più a correre dietro alle farfalle e a salire su per gli alberi a prendere gli uccellini di nido.

– Povero grullerello! Ma non sai che, facendo così, diventerai da grande un bellissimo somaro e che tutti si piglieranno gioco di te?

– Chétati. Grillaccio del mal'augurio! – gridò Pinocchio.

Ma il Grillo, che era paziente e filosofo, invece di aversi a male di questa impertinenza, continuò con lo stesso tono di voce:

– E se non ti garba di andare a scuola, perché non impari almeno un mestiere, tanto da guadagnarti onestamente un pezzo di pane?

– Vuoi che te lo dica? – replicò Pinocchio, che cominciava a perdere la pazienza. – Fra tutti i mestieri del mondo non ce n'è che uno solo, che veramente mi vada a genio.

– E questo mestiere sarebbe?...

They are sent to school, and whether they want to or not, they must study. As for me, let me tell you, I hate to study! It's much more fun, I think, to chase after butterflies, climb trees, and steal birds' nests.

– Poor little silly! Don't you know that if you go on like that, you will grow into a perfect donkey and that you'll be the laughingstock of everyone?

– Keep still, you ugly Cricket!– cried Pinocchio.

But the Cricket, who was a wise philosopher, instead of being offended at Pinocchio's impudence, continued in the same tone:

– If you do not like going to school, why don't you at least learn a trade, so that you can earn an honest living?

– Shall I tell you something?– asked Pinocchio, who was beginning to lose patience. – Of all the trades in the world, there is only one that really suits me.

– And what can that be?

– Quello di mangiare, bere, dormire, divertirmi e fare dalla mattina alla sera la vita del vagabondo.

– Per tua regola – disse il Grillo-parlante con la sua solita calma – tutti quelli che fanno codesto mestiere finiscono sempre all'ospedale o in prigione.

– Bada, Grillaccio del mal'augurio!... se mi monta la bizza, guai a te!

– Povero Pinocchio! Mi fai proprio compassione!...

– Perché ti faccio compassione?

– Perché sei un burattino e, quel che è peggio, perché hai la testa di legno.

A queste ultime parole, Pinocchio saltò su tutt'infuriato e preso sul banco un martello di legno lo scagliò contro il Grillo-parlante.

Forse non credeva nemmeno di colpirlo: ma disgraziatamente lo colse per l'appunto nel capo, tanto che il povero Grillo ebbe appena il fiato di fare *crì - crì - crì*, e poi rimase lì stecchito e appiccicato alla parete.

– That of eating, drinking, sleeping, playing, and wandering around from morning till night.

– Let me tell you, for your own good, Pinocchio – said the Talking Cricket in his calm voice – that those who follow that trade always end up in the hospital or in prison.

– Careful, ugly Cricket! If you make me angry, you'll be sorry!

– Poor Pinocchio, I am sorry for you.

– Why?

– Because you are a Marionette and, what is much worse, you have a wooden head.

At these last words, Pinocchio jumped up in a fury, took a hammer from the bench, and threw it with all his strength at the Talking Cricket.

Perhaps he did not think he would strike it. But, sad to relate, my dear children, he did hit the Cricket, straight on its head. With a last weak – cri – cri – cri– the poor Cricket fell from the wall, dead!

Capitolo 5

Pinocchio ha fame, e cerca un uovo per farsi una frittata; ma sul più bello, la frittata gli vola via dalla finestra.

Intanto cominciò a farsi notte, e Pinocchio, ricordandosi che non aveva mangiato nulla, sentì un'uggiolina allo stomaco, che somigliava moltissimo all'appetito.

Ma l'appetito nei ragazzi cammina presto; e di fatti dopo pochi minuti l'appetito diventò fame, e la fame, dal vedere al non vedere, si convertì in una fame da lupi, una fame da tagliarsi col coltello.

Il povero Pinocchio corse subito al focolare, dove c'era una pentola che bolliva e fece l'atto di scoperchiarla, per vedere che cosa ci fosse dentro, ma la pentola era dipinta sul muro. Figuratevi come restò. Il suo naso, che era già lungo, gli diventò più lungo almeno quattro dita. Allora si dette a correre per la stanza e a frugare per tutte le cassette e per tutti i ripostigli in cerca di un po' di pane,

Chapter 5

Pinocchio gets hungry and looks for an egg to cook himself an omelet; but, to his surprise, the omelet flies away, out of the window.

For, as night came on, a queer, empty feeling at the pit of his stomach reminded the Marionette that he had eaten nothing as yet.

A boy's appetite grows very fast, and in a few moments the queer, empty feeling had become hunger, and the hunger grew bigger and bigger, until soon he was as ravenous as a bear.

Poor Pinocchio ran to the fireplace where the pot was boiling and stretched out his hand to take the cover off, but to his amazement the pot was only painted! Think how he felt! His long nose became at least two inches longer. He ran about the room, dug in all the boxes and drawers, and even looked under the bed in search of a piece of bread,

magari un po' di pan secco, un crostello, un osso avanzato al cane, un po' di polenta muffita, una lisca di pesce, un nocciolo di ciliegia, insomma di qualche cosa da masticare: ma non trovò nulla, il gran nulla, proprio nulla.

E intanto la fame cresceva, e cresceva sempre: e il povero Pinocchio non aveva altro sollievo che quello di sbadigliare: e faceva degli sbadigli così lunghi, che qualche volta la bocca gli arrivava fino agli orecchi. E dopo avere sbadigliato, sputava, e sentiva che lo stomaco gli andava via.

Allora piangendo e disperandosi, diceva:

– Il Grillo-parlante aveva ragione. Ho fatto male a rivoltarmi al mio babbo e a fuggire di casa... Se il mio babbo fosse qui, ora non mi troverei a morire di sbadigli! Oh! che brutta malattia che è la fame!

Quand'ecco gli parve di vedere nel monte della spazzatura qualche cosa di tondo e di bianco, che somigliava tutto a un uovo di gallina. Spiccare un salto e gettarvisi sopra, fu un punto solo. Era un uovo davvero.

or a cookie, or perhaps a bit of fish. A bone left by a dog would have tasted good to him! But he found nothing.

And meanwhile his hunger grew and grew. The only relief poor Pinocchio had was to yawn; and he certainly did yawn, such a big yawn that his mouth stretched out to the tips of his ears. Soon he became dizzy and faint.

He wept and wailed to himself:

– The Talking Cricket was right. It was wrong of me to disobey father and to run away from home. If he were here now, I wouldn't be so hungry! Oh, how horrible it is to be hungry!

Suddenly, he saw, among the sweepings in a corner, something round and white that looked very much like a hen's egg. In a jiffy he pounced upon it. It was an egg.

La gioia del burattino è impossibile descriverla: bisogna sapersela figurare. Credendo quasi che fosse un sogno, si rigirava quest'uovo fra le mani, e lo toccava e lo baciava, e baciandolo diceva:

– E ora come dovrò cuocerlo? Ne farò una frittata?... No, è meglio cuocerlo nel piatto!... O non sarebbe più saporito se lo friggessi in padella? O se invece lo cuocessi a uso uovo da bere? No, la più lesta di tutte è di cuocerlo nel piatto o nel tegamino: ho troppa voglia di mangiarmelo!

Detto fatto, pose un tegamino sopra un caldano pieno di brace accesa: messe nel tegamino, invece d'olio o di burro, un po' d'acqua: e quando l'acqua principiò a fumare, *tac!...* spezzò il guscio dell'uovo, e fece l'atto di scodellarvelo dentro.

Ma invece della chiara e del torlo, scappò fuori un pulcino tutto allegro e complimentoso, il quale, facendo una bella riverenza, disse:

– Mille grazie, signor Pinocchio, d'avermi risparmiata la fatica di rompere il guscio! Arrivedella, stia bene e tanti saluti a casa!

The marionette's joy knew no bounds. It is impossible to describe it, you must picture it to yourself. Certain that he was dreaming, he turned the egg over and over in his hands, fondled it, kissed it, and talked to it:

– And now, how shall I cook you? Shall I make an omelet? No, it is better to fry you in a pan! Or shall I drink you? No, the best way is to fry you in the pan. You will taste better.

No sooner said than done. He placed a little pan over a foot warmer full of hot coals. In the pan, instead of oil or butter, he poured a little water. As soon as the water started to boil, tac!... he broke the eggshell.

But in place of the white and the yolk of the egg, a little yellow Chick, fluffy and smiling, escaped from it. Bowing

politely to Pinocchio, he said to him:

– Many, many thanks, indeed, Mr. Pinocchio, for having saved me the trouble of breaking my shell! Goodbye and good luck to you and remember me to the family!

Ciò detto distese le ali e, infilata la finestra che era aperta, se ne volò via a perdita d'occhio.

Il povero burattino rimase lì, come incantato, cogli occhi fissi, colla bocca aperta e coi gusci dell'uovo in mano. Riavutosi, peraltro, dal primo sbigottimento, cominciò a piangere, a strillare, a battere i piedi in terra, per la disperazione, e piangendo diceva:

– Eppure il Grillo-parlante aveva ragione! Se non fossi scappato di casa e se il mio babbo fosse qui, ora non mi troverei a morire di fame! Oh! che brutta malattia che è la fame!...

E perché il corpo gli seguitava a brontolare più che mai, e non sapeva come fare a chetarlo, pensò di uscir di casa e di dare una scappata al paesello vicino, nella speranza di trovare qualche persona caritatevole che gli avesse fatto l'elemosina di un po' di pane.

With these words he spread out his wings and, darting across the open window, he flew away into space till he was out of sight.

The poor Marionette stood as if turned to stone, with wide eyes, open mouth, and the empty halves of the egg shell in his hands. When he came to himself, he began to cry and shriek at the top of his lungs, stamping his feet on the ground and wailing all the while:

– The Talking Cricket was right! If I had not run away from home and if Father were here now, I should not be dying of hunger. Oh, how horrible it is to be hungry!

And as his stomach kept grumbling more than ever and he had nothing to quiet it with, he thought of going out for a walk to the near–by village, in the hope of finding some charitable person who might give him a bit of bread.

Capitolo 6

Pinocchio si addormenta coi piedi sul caldano, e la mattina dopo si sveglia coi piedi tutti bruciati.

Per l'appunto era una nottataccia d'inferno. Tuonava forte forte, lampeggiava come se il cielo pigliasse fuoco, e un ventaccio freddo e strapazzone, fischiando rabbiosamente e sollevando un immenso nuvolo di polvere, faceva stridere e cigolare tutti gli alberi della campagna.

Pinocchio aveva una gran paura dei tuoni e dei lampi: se non che la fame era più forte della paura: motivo per cui accostò l'uscio di casa, e presa la carriera, in un centinaio di salti arrivò fino al paese, colla lingua fuori e col fiato grosso, come un cane da caccia.

Ma trovò tutto buio e tutto deserto. Le botteghe erano chiuse; le porte di casa chiuse; le finestre chiuse; e nella strada nemmeno un cane. Pareva il paese dei morti.

Chapter 6

Pinocchio falls asleep with his feet on a foot warmer, and awakens the next morning with his feet all burnt.

Pinocchio hated the dark street, but he was so hungry that, in spite of it, he ran out of the house. The night was pitch black. It thundered, and bright flashes of lightning now and again shot across the sky, turning it into a sea of fire. An angry wind blew cold and raised dense clouds of dust, while the trees shook and moaned in a weird way.

Pinocchio was greatly afraid of thunder and lightning, but the hunger he felt was far greater than his fear. In a dozen leaps and bounds, he came to the village, tired out, puffing like a whale, and with tongue hanging.

The whole village was dark and deserted. The stores were closed, the doors, the windows. In the streets, not even a dog could be seen. It seemed the Village of the Dead.

Allora Pinocchio, preso dalla disperazione e dalla fame, si attaccò al campanello d'una casa, e cominciò a suonare a distesa, dicendo dentro di sé:

– Qualcuno si affaccerà.

Difatti si affacciò un vecchino, col berretto da notte in capo, il quale gridò tutto stizzito:

– Che cosa volete a quest'ora?

– Che mi fareste il piacere di darmi un po' di pane?

– Aspettami costì che torno subito – rispose il vecchino, credendo di aver da fare con qualcuno di quei ragazzacci rompicollo che si divertono di notte a suonare i campanelli delle case, per molestare la gente per bene, che se la dorme tranquillamente.

Dopo mezzo minuto la finestra si riaprì e la voce del solito vecchino gridò a Pinocchio:

– Fatti sotto e para il cappello.

Pinocchio si levò subito il suo cappelluccio; ma mentre faceva l'atto di pararlo, sentì pioversi addosso un'enorme catinellata d'acqua che lo annaffiò tutto dalla testa ai piedi, come se fosse un vaso di giranio appassito.

Pinocchio, in desperation, ran up to a doorway, threw himself upon the bell, and pulled it wildly, saying to himself:

– Someone will surely answer that!

He was right. An old man in a nightcap opened the window and looked out. He called down angrily:

– What do you want at this hour of night?

– Will you be good enough to give me a bit of bread? I am hungry.

– Wait a minute and I'll come right back – answered the old fellow, thinking he had to deal with one of those boys who love to roam around at night ringing people's bells while they are peacefully asleep.

After a minute or two, the same voice cried:

– Get under the window and hold out your hat!

Pinocchio had no hat, but he managed to get under the window just in time to feel a shower of ice – cold water pour down on his poor wooden head, his shoulders, and over his whole body.

Tornò a casa bagnato come un pulcino e rifinito dalla stanchezza e dalla fame e perché non aveva più forza di reggersi ritto, si pose a sedere, appoggiando i piedi fradici e impillaccherati sopra un caldano pieno di brace accesa.

E lì si addormentò; e nel dormire, i piedi che erano di legno, gli presero fuoco e adagio adagio gli si carbonizzarono e diventarono cenere.

E Pinocchio seguitava a dormire e a russare, come se i suoi piedi fossero quelli d'un altro. Finalmente sul far del giorno si svegliò, perché qualcuno aveva bussato alla porta.

– Chi è? – domandò sbadigliando e stropicciandosi gli occhi.

– Sono io – rispose una voce.

Quella voce era la voce di Geppetto.

He returned home as wet as a rag, and tired out from weariness and hunger. As he no longer had any strength left with which to stand, he sat down on a little stool and put his two feet on the stove to dry them.

There he fell asleep, and while he slept, his wooden feet began to burn. Slowly, very slowly, they blackened and turned to ashes.

Pinocchio snored away happily as if his feet were not his own. At dawn he opened his eyes just as a loud knocking sounded at the door.

– Who is it? – he called, yawning and rubbing his eyes.

– It is me – answered a voice.

It was the voice of Geppetto.

Capitolo 7

Geppetto torna a casa,
e dà al burattino la colazione
che il pover'uomo aveva portata con sé.

Il povero Pinocchio, che aveva sempre gli occhi fra il sonno, non s'era ancora avvisto dei piedi, che gli si erano tutti bruciati: per cui appena sentì la voce di suo padre, schizzò giù dallo sgabello per correre a tirare il paletto; ma invece, dopo due o tre traballoni, cadde di picchio tutto lungo disteso sul pavimento.

E nel battere in terra fece lo stesso rumore, che avrebbe fatto un sacco di mestoli cascato da un quinto piano.

– Aprimi! – intanto gridava Geppetto dalla strada.

– Babbo mio, non posso – rispondeva il burattino piangendo e ruzzolandosi per terra.

– Perché non puoi?

– Perché mi hanno mangiato i piedi.

– E chi te li ha mangiati?

Chapter 7

Geppetto returns comes home and gives his own breakfast to the Marionette.

The poor Marionette, who was still half asleep, had not yet found out that his two feet were burned and gone. As soon as he heard his Father's voice, he jumped up from his seat to open the door, but, as he did so, he staggered and fell headlong to the floor.

In falling, he made as much noise as a sack of wood falling from the fifth story of a house.

– Open the door for me! – Geppetto shouted from the street.

– Father, dear Father, I can't – answered the Marionette in despair, crying and rolling on the floor.

– Why can't you?

– Because someone has eaten my feet.

– And who has eaten them?

– Il gatto – disse Pinocchio, vedendo il gatto che colle zampine davanti si divertiva a far ballare alcuni trucioli di legno.

– Aprimi, ti dico! – ripeté Geppetto – se no quando vengo in casa, il gatto te lo do io!

– Non posso star ritto, credetelo. O povero me! povero me che mi toccherà a camminare coi ginocchi per tutta la vita!...

Geppetto, credendo che tutti questi piagnistei fossero un'altra monelleria del burattino, pensò bene di farla finita, e arrampicatosi su per il muro, entrò in casa dalla finestra.

Da principio voleva dire e voleva fare: ma poi quando vide il suo Pinocchio sdraiato in terra e rimasto senza piedi davvero, allora sentì intenerirsi; e presolo subito in collo, si dette a baciarlo e a fargli mille carezze e mille moine, e, coi luccioloni che gli cascavano giù per le gote, gli disse singhiozzando:

– Pinocchiuccio mio! Com'è che ti sei bruciato i piedi?

– Non lo so, babbo, ma credetelo che è stata una nottata d'inferno e me ne ricorderò fin che campo.

– The cat – answered Pinocchio, seeing that little animal busily playing with some shavings in the corner of the room.

– Open! I say – repeated Geppetto – or I'll give you a sound whipping when I get in.

– Father, believe me, I can't stand up. Oh, dear! Oh, dear! I shall have to walk on my knees all my life.

Geppetto, thinking that all these tears and cries were only other pranks of the Marionette, climbed up the side of the house and went in through the window.

At first he was very angry, but on seeing Pinocchio stretched out on the floor and really without feet, he felt very sad and sorrowful. Picking him up from the floor, he fondled and caressed him, talking to him while the tears ran down his cheeks:

– My little Pinocchio, my dear little Pinocchio! How did you burn your feet?–

– I don't know, Father, but believe me, the night has been a terrible one and I shall remember it as long as I live.

Tonava, balenava e io avevo una gran fame e allora il Grillo-parlante mi disse: «Ti sta bene; sei stato cattivo, e te lo meriti», e io gli dissi: «Bada, Grillo!...», e lui mi disse: «Tu sei un burattino e hai la testa di legno» e io gli tirai un martello di legno, e lui morì ma la colpa fu sua, perché io non volevo ammazzarlo, prova ne sia che messi un tegamino sulla brace accesa del caldano, ma il pulcino scappò fuori e disse: «Arrivedella... e tanti saluti a casa» e la fame cresceva sempre, motivo per cui quel vecchino col berretto da notte, affacciandosi alla finestra mi disse: «Fatti sotto e para il cappello» e io con quella catinellata d'acqua sul capo, perché il chiedere un po' di pane non è vergogna, non è vero? me ne tornai subito a casa, e perché avevo sempre una gran fame, messi i piedi sul caldano per rasciugarmi, e voi siete tornato, e me li sono trovati bruciati, e intanto la fame l'ho sempre e i piedi non li ho più! Ih!... ih!... ih!... ih!...

E il povero Pinocchio cominciò a piangere e a berciare così forte, che lo sentivano da cinque chilometri lontano.

Geppetto, che di tutto quel discorso arruffato aveva capito una cosa sola, cioè

The thunder was so noisy and the lightning so bright and I was hungry. And then the Talking Cricket said to me, `You deserve it; you were bad;' and I said to him, `Careful, Cricket;' and he said to me, `You are a Marionette and you have a wooden head;' and I threw the hammer at him and killed him. It was his own fault, for I didn't want to kill him. And I put the pan on the coals, but the Chick flew away and said, `I'll see you again! Remember me to the family.' And my hunger grew, and I went out, and the old man with a nightcap looked out of the window and threw water on me, and I came home and put my feet on the stove to dry them because I was still hungry, and I fell asleep and now my feet are gone but my hunger isn't! Oh!—Oh!—Oh!

And poor Pinocchio began to scream and cry so loudly that he could be heard for miles around.

Geppetto, who had understood nothing of all that

che il burattino sentiva morirsi dalla gran fame, tirò fuori di tasca tre pere, e porgendogliele, disse:

– Queste tre pere erano per la mia colazione: ma io te le do volentieri. Mangiale, e buon pro ti faccia.

– Se volete che le mangi, fatemi il piacere di sbucciarle.

– Sbucciarle? – replicò Geppetto meravigliato. – Non avrei mai creduto, ragazzo, mio, che tu fossi così boccuccia e così schizzinoso di palato. Male! In questo mondo, fin da bambini, bisogna avvezzarsi abboccati e a saper mangiare di tutto, perché non si sa mai quel che ci può capitare. I casi son tanti!...

– Voi direte bene – soggiunse Pinocchio – ma io non mangerò mai una frutta, che non sia sbucciata. Le bucce non le posso soffrire.

E quel buon uomo di Geppetto, cavato fuori un coltellino, e armatosi di santa pazienza, sbucciò le tre pere, e pose tutte le bucce sopra un angolo della tavola.

Quando Pinocchio in due bocconi ebbe mangiata la prima pera, fece l'atto di buttar via il torsolo: ma Geppetto gli trattenne il braccio, dicendogli:

jumbled talk, except that the Marionette was hungry, felt sorry for him, and pulling three pears out of his pocket, offered them to him, saying:

– These three pears were for my breakfast, but I give them to you gladly. Eat them and stop weeping.

– If you want me to eat them, please peel them for me.

– Peel them?– asked Geppetto, very much surprised. – I should never have thought, dear boy of mine, that you were so dainty and fussy about your food. Bad, very bad! In this world, even as children, we must accustom ourselves to eat of everything, for we never know what life may hold in store for us!

– You may be right – answered Pinocchio – but I will not eat the pears if they are not peeled. I don't like them.

And good old Geppetto took out a knife, peeled the three pears, and put the skins in a row on the table.

Pinocchio ate one pear in a twinkling and started to throw the core away, but Geppetto held his arm.

– Non lo buttar via: tutto in questo mondo può far comodo.

– Ma io il torsolo non lo mangio davvero!... – gridò il burattino, rivoltandosi come una vipera.

– Chi lo sa! I casi son tanti!... – ripeté Geppetto, senza riscaldarsi.

Fatto sta che i tre torsoli, invece di essere gettati fuori dalla finestra, vennero posati sull'angolo della tavola in compagnia delle bucce.

Mangiate o, per dir meglio, divorate le tre pere, Pinocchio fece un lunghissimo sbadiglio e disse piagnucolando:

– Ho dell'altra fame!

– Ma io, ragazzo mio, non ho più nulla da darti.

– Proprio nulla, nulla?

– Ci avrei soltanto queste bucce e questi torsoli di pera.

– Pazienza! – disse Pinocchio – se non c'è altro, mangerò una buccia.

E cominciò a masticare. Da principio storse un po' la bocca; ma poi, una dietro l'altra, spolverò in un soffio tutte le bucce: e dopo le bucce, anche i torsoli, e quand'ebbe finito di mangiare ogni cosa,

– Oh, no, don't throw it away! Everything in this world may be of some use!

– But I will not eat the core! – cried Pinocchio in an angry tone.

– Who knows?– repeated Geppetto calmly.

And later the three cores were placed on the table next to the skins.

Pinocchio had eaten the three pears, or rather devoured them. Then he yawned deeply, and wailed:

– I'm still hungry.

– But I have no more to give you.

– Really, nothing—nothing?

– I have only these three cores and these skins.

– Very well, then – said Pinocchio –if there is nothing else I'll eat them.

At first he made a wry face, but, one after another, the skins and the cores disappeared.

si batté tutto contento le mani sul corpo, e disse gongolando:

– Ora sì che sto bene!

– Vedi dunque – osservò Geppetto – che avevo ragione io quando ti dicevo che non bisogna avvezzarsi né troppo sofistici né troppo delicati di palato. Caro mio, non si sa mai quel che ci può capitare in questo mondo. I casi son tanti!...

– Ah! Now I feel fine! – he said after eating the last one.

– You see – observed Geppetto – that I was right when I told you that one must not be too fussy and too dainty about food. My dear, we never know what life may have in store for us!

Capitolo 8

Geppetto rifà i piedi a Pinocchio e vende la propria casacca per comprargli l'Abbecedario.

Il burattino, appena che si fu levata la fame, cominciò subito a bofonchiare e a piangere, perché voleva un paio di piedi nuovi.

Ma Geppetto, per punirlo della monelleria fatta lo lasciò piangere e disperarsi per una mezza giornata: poi gli disse:

– E perché dovrei rifarti i piedi? Forse per vederti scappar di nuovo da casa tua?

– Vi prometto – disse il burattino singhiozzando – che da oggi in poi sarò buono...

– Tutti i ragazzi – replicò Geppetto – quando vogliono ottenere qualcosa, dicono così.

– Vi prometto che anderò a scuola, studierò e mi farò onore...

– Tutti i ragazzi, quando vogliono ottenere qualcosa, ripetono la medesima storia.

Chapter 8

Geppetto makes Pinocchio a new pair of feet, and sells his coat to buy him an A–B–C book.

The Marionette, as soon as his hunger was appeased, started to grumble and cry that he wanted a new pair of feet.

But Mastro Geppetto, in order to punish him for his mischief, let him alone the whole morning. After dinner he said to him:

– Why should I make your feet over again? To see you run away from home once more?

– I promise you – answered the Marionette, sobbing – that from now on I'll be good...

– Boys always promise that when they want something – said Geppetto.

– I promise to go to school every day, to study, and to succeed...

– Boys always sing that song when they want their own will.

– Ma io non sono come gli altri ragazzi! Io sono più buono di tutti e dico sempre la verità. Vi prometto, babbo, che imparerò un'arte e che sarò la consolazione e il bastone della vostra vecchiaia.

Geppetto che, sebbene facesse il viso di tiranno, aveva gli occhi pieni di pianto e il cuore grosso dalla passione di vedere il suo povero Pinocchio in quello stato compassionevole, non rispose altre parole: ma, presi in mano gli arnesi del mestiere e due pezzetti di legno stagionato, si pose a lavorare di grandissimo impegno.

E in meno d'un'ora, i piedi erano bell'e fatti; due piedini svelti, asciutti e nervosi, come se fossero modellati da un artista di genio.

Allora Geppetto disse al burattino:

– Chiudi gli occhi e dormi!

E Pinocchio chiuse gli occhi e fece finta di dormire. E nel tempo che si fingeva addormentato, Geppetto con un po' di colla sciolta in un guscio d'uovo gli appiccicò i due piedi al loro posto, e glieli appiccicò così bene, che non si vedeva nemmeno il segno dell'attaccatura.

– But I am not like other boys! I am better than all of them and I always tell the truth. I promise you, Father, that I'll learn a trade, and I'll be the comfort and staff of your old age.

Geppetto, though trying to look very stern, felt his eyes fill with tears and his heart soften when he saw Pinocchio so unhappy. He said no more, but taking his tools and two pieces of wood, he set to work diligently.

In less than an hour the feet were finished, two slender, nimble little feet, strong and quick, modeled as if by an artist's hands.

– Close your eyes and sleep! – Geppetto then said to the Marionette.

Pinocchio closed his eyes and pretended to be asleep, while Geppetto stuck on the two feet with a bit of glue melted in an eggshell, doing his work so well that the joint could hardly be seen.

Appena il burattino si accorse di avere i piedi, saltò giù dalla tavola dove stava disteso, e principiò a fare mille sgambetti e mille capriole, come se fosse ammattito dalla gran contentezza.

– Per ricompensarvi di quanto avete fatto per me – disse Pinocchio al suo babbo – voglio subito andare a scuola.

– Bravo ragazzo!

– Ma per andare a scuola ho bisogno d'un po' di vestito.

Geppetto, che era povero e non aveva in tasca nemmeno un centesimo, gli fece allora un vestituccio di carta fiorita, un paio di scarpe di scorza di albero e un berrettino di midolla di pane.

Pinocchio corse subito a specchiarsi in una catinella piena d'acqua e rimase così contento di sé, che disse pavoneggiandosi:

– Paio proprio un signore!

– Davvero – replicò Geppetto – perché, tienlo a mente, non è il vestito bello che fa il signore. ma è piuttosto il vestito pulito.

– A proposito – soggiunse il burattino – per andare alla scuola mi manca sempre qualcosa: anzi mi manca il più e il meglio.

– Cioè?

As soon as the Marionette felt his new feet, he gave one leap from the table and started to skip and jump around, as if he had lost his head from very joy.

– To show you how grateful I am, Father, I'll go to school now. But to go to school I need a suit of clothes.

Geppetto did not have a penny in his pocket, so he made his son a little suit of flowered paper, a pair of shoes from the bark of a tree, and a tiny cap from a bit of dough.

Pinocchio ran to look at himself in a bowl of water, and he felt so happy that he said proudly:

– Now I look like a gentleman.

– Truly – answered Geppetto. – But remember that fine clothes do not make the man unless they are neat and clean.

– Very true – answered Pinocchio – but, in order to go to school, I still need something very important.

– What is it?

– Mi manca l'Abbecedario.

– Hai ragione: ma come si fa per averlo?

– È facilissimo: si va da un libraio e si compra.

– E i quattrini?

– Io non ce l'ho.

– Nemmeno io – soggiunse il buon vecchio, facendosi triste.

E Pinocchio, sebbene fosse un ragazzo allegrissimo, si fece triste anche lui: perché la miseria, quando è miseria davvero, la intendono tutti: anche i ragazzi.

– Pazienza! – gridò Geppetto tutt'a un tratto rizzandosi in piedi; e infilatasi la vecchia casacca di fustagno, tutta toppe e rimendi, uscì correndo di casa.

Dopo poco tornò: e quando tornò aveva in mano l'Abbecedario per il figliuolo, ma la casacca non l'aveva più. Il pover'uomo era in maniche di camicia, e fuori nevicava.

– E la casacca, babbo?

– L'ho venduta.

– Perché l'avete venduta?

– Perché mi faceva caldo.

Pinocchio capì questa risposta a volo, e non potendo frenare l'impeto del suo buon cuore, saltò al collo di Geppetto e cominciò a baciarlo per tutto il viso.

– I need an A–B–C book.

– To be sure! But how shall we get it?

– That's easy. We'll go to a bookstore and buy it.

– And the money?

– I have none.

–Neither have I – said the old man sadly.

Pinocchio, although he was always a happy boy, became sad and downcast at these words. When poverty shows itself, even rascal boys understand what it means.

– What does it matter, after all?– cried Geppetto all at once, as he jumped up from his chair. Putting on his old coat, full of darns and patches, he ran out of the house without another word.

After a while he returned. In his hands he had the A–B–C book for his son, but the old coat was gone. The poor fellow was in his shirt sleeves and the day was cold.

– Where's your coat, Father?

– I have sold it.

– Why did you sell your coat?

– It was too warm.

Pinocchio understood the answer in a twinkling, and, unable to restrain his tears, he jumped on his father's neck and kissed him over and over.

Capitolo 9

Pinocchio vende l'Abbecedario per andare a vedere il teatrino dei burattini.

Smesso che fu di nevicare, Pinocchio col suo bravo Abbecedario nuovo sotto il braccio, prese la strada che menava alla scuola: e strada facendo, fantasticava nel suo cervellino mille ragionamenti e mille castelli in aria, uno più bello dell'altro.

E discorrendo da sé solo diceva:

– Oggi, alla scuola, voglio subito imparare a leggere: domani poi imparerò a scrivere e domani l'altro imparerò a fare i numeri. Poi, colla mia abilità, guadagnerò molti quattrini e coi primi quattrini che mi verranno in tasca, voglio subito fare al mio babbo una bella casacca di panno. Ma che dico di panno? Gliela voglio fare tutta d'argento e d'oro, e coi bottoni di brillanti. E quel pover'uomo se la merita davvero: perché, insomma, per comprarmi i libri e per farmi istruire, è rimasto in maniche di camicia... a questi freddi! Non ci sono che i babbi che sieno capaci di certi sacrifizi!...

Chapter 9

Pinocchio sells his spelling book to pay ticket to see the Marionette Theater.

When it stop snowing, Pinocchio hurried off to school with his new A–B–C book under his arm! As he walked along, his brain was busy planning hundreds of wonderful things, building hundreds of castles in the air.

Talking to himself, he said:

– In school today, I'll learn to read, tomorrow to write, and the day after tomorrow I'll do arithmetic. Then, clever as I am, I can earn a lot of money. With the very first pennies I make, I'll buy Father a new cloth coat. Cloth, did I say? No, it shall be of gold and silver with diamond buttons. That poor man certainly deserves it; for, after all, isn't he in his shirt sleeves because he was good enough to buy a book for me? On this cold day, too! Fathers are indeed good to their children!

Mentre tutto commosso diceva così gli parve di sentire in lontananza una musica di pifferi e di colpi di grancassa: pì-pì-pì, pì-pì-pì zum, zum, zum, zum.

Si fermò e stette in ascolto. Quei suoni venivano di fondo a una lunghissima strada traversa, che conduceva a un piccolo paesetto fabbricato sulla spiaggia del mare.

– Che cosa sia questa musica? Peccato che io debba andare a scuola, se no...

E rimase lì perplesso. A ogni modo, bisognava prendere una risoluzione: o a scuola, o a sentire i pifferi.

– Oggi anderò a sentire i pifferi, e domani a scuola: per andare a scuola c'è sempre tempo – disse finalmente quel monello facendo una spallucciata.

Detto fatto, infilò giù per la strada traversa, e cominciò a correre a gambe. Più correva e più sentiva distinto il suono dei pifferi e dei tonfi della grancassa: pì-pì-pì, pì-pì-pì... zum, zum, zum, zum.

Quand'ecco che si trovò in mezzo a una piazza tutta piena di gente, la quale si affollava intorno a un gran baraccone di legno e di tela dipinta di mille colori.

As he talked to himself, he thought he heard sounds of pipes and drums coming from a distance: pi–pi–pi, pi–pi–pi. . .zum, zum, zum, zum.

He stopped to listen. Those sounds came from a little street that led to a small village along the shore.

– What can that noise be? What a nuisance that I have to go to school! Otherwise. . .

There he stopped, very much puzzled. He felt he had to make up his mind for either one thing or another.

Should he go to school, or should he follow the pipes?

– Today I'll follow the pipes, and tomorrow I'll go to school. There's always plenty of time to go to school – decided the little rascal at last, shrugging his shoulders. No sooner said than done. He started down the street, going like the wind. The more he ran, the louder grew the sounds of pipe and drum: pi–pi–pi, pi–pi–pi, pi–pi–pi. . .zum, zum, zum, zum.

Suddenly, he found himself in a large square, full of people standing in front of a little wooden building painted in brilliant colors.

– Che cos'è quel baraccone? – domandò Pinocchio, voltandosi a un ragazzetto che era lì del paese.

– Leggi il cartello, che c'è scritto, e lo saprai.

– Lo leggerei volentieri, ma per l'appunto oggi non so leggere.

– Bravo bue! Allora te lo leggerò io. Sappi dunque che in quel cartello a lettere rosse come il fuoco c'è scritto: GRAN TEATRO DEI BURATTINI...

– È molto che è incominciata la commedia?

– Comincia ora.

– E quanto si spende per entrare?

– Quattro soldi.

Pinocchio, che aveva addosso la febbre della curiosità, perse ogni ritegno, e disse senza vergognarsi al ragazzetto, col quale parlava:

– Mi daresti quattro soldi fino a domani?

– Te li darei volentieri – gli rispose l'altro canzonandolo – ma oggi per l'appunto non te li posso dare.

– Per quattro soldi, ti vendo la mia giacchetta – gli disse allora il burattino.

– What is that house? – Pinocchio asked a little boy near him.

– Read the sign and you'll know.

– I'd like to read, but somehow I can't today.

– Oh, really? Then I'll read it to you. Know, then, that written in letters of fire I see the words: GREAT MARIONETTE THEATER.

– When did the show start?

– It is starting now.

– And how much does one pay to get in?

– Four pennies.

Pinocchio, who was wild with curiosity to know what was going on inside, lost all his pride and said to the boy shamelessly:

– Will you give me four pennies until tomorrow?

– I'd give them to you gladly – answered the other, poking fun at him – but just now I can't give them to you.

– For the price of four pennies, I'll sell you my coat.

– Che vuoi che mi faccia di una giacchetta di carta fiorita? Se ci piove su, non c'è più verso di cavartela da dosso.

– Vuoi comprare le mie scarpe?

– Sono buone per accendere il fuoco.

– Quanto mi dai del berretto?

– Bell'acquisto davvero! Un berretto di midolla di pane! C'è il caso che i topi me lo vengano a mangiare in capo!

Pinocchio era sulle spine. Stava lì lì per fare un'ultima offerta: ma non aveva coraggio; esitava, tentennava, pativa. Alla fine disse:

– Vuoi darmi quattro soldi di quest'Abbecedario nuovo?

– Io sono un ragazzo, e non compro nulla dai ragazzi – gli rispose il suo piccolo interlocutore, che aveva molto più giudizio di lui.

– Per quattro soldi l'Abbecedario lo prendo io – gridò un rivenditore di panni usati, che s'era trovato presente alla conversazione.

E il libro fu venduto lì sui due piedi. E pensare che quel pover'uomo di Geppetto era rimasto a casa, a tremare dal freddo in maniche di camicia, per comprare l'Abbecedario al figliuolo!

– If it rains, what shall I do with a coat of flowered paper? I could not take it off again.

– Do you want to buy my shoes?

– They are only good enough to light a fire with.

– What about my hat?

– Fine bargain, indeed! A cap of dough! The mice might come and eat it from my head!

Pinocchio was almost in tears. He was just about to make one last offer, but he lacked the courage to do so.

He hesitated, he wondered, he could not make up his mind. At last he said:

– Will you give me four pennies for the book?

– I am a boy and I buy nothing from boys – said the little fellow with far more common sense than the Marionette.

– I'll give you four pennies for your A–B–C book – said a ragpicker who stood by.

Then and there, the book changed hands. And to think that poor old Geppetto sat at home in his shirt sleeves, shivering with cold, having sold his coat to buy that little book for his son!

Capitolo 10

I burattini riconoscono il loro fratello Pinocchio e gli fanno una grandissima festa; ma sul più bello, esce fuori il burattinaio Mangiafoco, e Pinocchio corre il pericolo di fare una brutta fine.

Chapter 10

The Marionettes recognize their brother Pinocchio, and welcome him with loud cheers; but when the Director, Fire Eater, shows up, Pinocchio almost loses his life.

Quando Pinocchio entrò nel teatrino delle marionette, accadde un fatto che destò mezza rivoluzione.

Bisogna sapere che il sipario era tirato su e la commedia era già incominciata.

Sulla scena si vedevano Arlecchino e Pulcinella, che bisticciavano fra di loro e, secondo il solito, minacciavano da un momento all'altro di scambiarsi un carico di schiaffi e di bastonate.

La platea, tutta attenta, si mandava a male dalle grandi risate, nel sentire il battibecco di quei due burattini, che gestivano e si trattavano d'ogni vitupero con tanta verità, come se fossero proprio due animali ragionevoli e due persone di questo mondo.

Quando all'improvviso, che è che non è, Arlecchino smette di recitare, e voltandosi verso il pubblico e accennando colla mano qualcuno in fondo alla platea, comincia a urlare in tono drammatico:

– Numi del firmamento! sogno o son desto? Eppure quello laggiù è Pinocchio!...

– È Pinocchio davvero! – grida Pulcinella.

– È proprio lui! – strilla la signora Rosaura, facendo capolino di fondo alla scena.

Quick as a flash, Pinocchio disappeared into the Marionette Theater. And then something happened which almost caused a riot.

The curtain was up and the performance had started. Harlequin and Pulcinella were reciting on the stage and, as usual, they were threatening each other with sticks and blows.

The theater was full of people, enjoying the spectacle and laughing till they cried at the antics of the two Marionettes.

The play continued for a few minutes, and then suddenly, without any warning, Harlequin stopped talking. Turning toward the audience, he pointed to the rear of the orchestra, yelling wildly at the same time:

– Look, look! Am I asleep or awake? Or do I really see Pinocchio there?

– Yes, yes! It is Pinocchio! – screamed Pulcinella.

– It is! It is! – shrieked Signora Rosaura, peeking in from the side of the stage.

– È Pinocchio! è Pinocchio! – urlano in coro tutti i burattini, uscendo a salti fuori delle quinte.

– È Pinocchio! è il nostro fratello Pinocchio! Evviva Pinocchio.

– Pinocchio, vieni quassù da me – grida Arlecchino – vieni a gettarti fra le braccia dei tuoi fratelli di legno!

A questo affettuoso invito Pinocchio spicca un salto, e di fondo alla platea va nei posti distinti; poi con un altro salto, dai posti distinti monta sulla testa del direttore d'orchestra, e di lì schizza sul palcoscenico.

È impossibile figurarsi gli abbracciamenti, gli strizzoni di collo, i pizzicotti dell'amicizia e le zuccate della vera e sincera fratellanza, che Pinocchio ricevé in mezzo a tanto arruffio dagli attori e dalle attrici di quella compagnia drammatico-vegetale.

Questo spettacolo era commovente, non c'è che dire: ma il pubblico della platea, vedendo che la commedia non andava più avanti, s'impazientì e prese a gridare:

– Vogliamo la commedia, vogliamo la commedia!

Tutto fiato buttato via, perché i burattini, invece di continuare la recita,

– It is Pinocchio! It is Pinocchio! – yelled all the Marionettes, pouring out of the wings. – It is Pinocchio. It is our brother Pinocchio! Hurrah for Pinocchio!

– Pinocchio, come up to me!– shouted Harlequin. – Come to the arms of your wooden brothers!

At such a loving invitation, Pinocchio, with one leap from the back of the orchestra, found himself in the front rows. With another leap, he was on the orchestra leader's head. With a third, he landed on the stage.

It is impossible to describe the shrieks of joy, the warm embraces, the knocks, and the friendly greetings with which that strange company of dramatic actors and
actresses received Pinocchio.

It was a heart–rending spectacle, but the audience, seeing that the play had stopped, became angry and began to yell:

– The play, the play, we want the play!
The yelling was useless, for the Marionettes, who, instead of going on with their act

raddoppiarono il chiasso e le grida, e, postosi Pinocchio sulle spalle, se lo portarono in trionfo davanti ai lumi della ribalta.

Allora uscì fuori il burattinaio, un omone così brutto, che metteva paura soltanto a guardarlo. Aveva una barbaccia nera come uno scarabocchio d'inchiostro, e tanto lunga che gli scendeva dal mento fino a terra: basta dire che, quando camminava, se la pestava coi piedi. La sua bocca era larga come un forno, i suoi occhi parevano due lanterne di vetro rosso, col lume acceso di dietro, e con le mani faceva schioccare una grossa frusta, fatta di serpenti e di code di volpe attorcigliate insieme.

All'apparizione inaspettata del burattinaio, ammutolirono tutti: nessuno fiatò più. Si sarebbe sentito volare una mosca. Quei poveri burattini, maschi e femmine, tremavano tutti come tante foglie.

– Perché sei venuto a mettere lo scompiglio nel mio teatro? – domandò il burattinaio a Pinocchio, con un vocione d'Orco gravemente infreddato di testa.

– La creda, illustrissimo, che la colpa non è stata mia!...

– Basta così! Stasera faremo i nostri conti.

made twice as much racket as before, and, lifting up Pinocchio on their shoulders, carried him around the stage in triumph.

At that very moment, the Director came out of his room. He had such a fearful appearance that one look at him would fill you with horror. His beard was as black as pitch, and so long that it reached from his chin down to his feet. His mouth was as wide as an oven, his teeth like yellow fangs, and his eyes, two glowing red coals. In his huge, hairy hands, a long whip, made of green snakes and black cats' tails twisted together, swished through the air in a dangerous way.

At the unexpected apparition, no one dared even to breathe. One could almost hear a fly go by. Those poor Marionettes, one and all, trembled like leaves in a storm.

– Why have you brought such excitement into my theater; – the huge fellow asked Pinocchio with the voice of an ogre suffering with a cold.

– Believe me, your Honor, the fault was not mine.

– Enough! Be quiet! I'll take care of you later.

Difatti, finita la recita della commedia, il burattinaio andò in cucina, dov'egli s'era preparato per cena un bel montone, che girava lentamente infilato nello spiedo. E perché gli mancavano la legna per finirlo di cuocere e di rosolare, chiamò Arlecchino e Pulcinella e disse loro:

– Portatemi di qua quel burattino che troverete attaccato al chiodo. Mi pare un burattino fatto di un legname molto asciutto, e sono sicuro che, a buttarlo sul fuoco, mi darà una bellissima fiammata all'arrosto.

Arlecchino e Pulcinella da principio esitarono; ma impauriti da un'occhiataccia del loro padrone, obbedirono: e dopo poco tornarono in cucina, portando sulle braccia il povero Pinocchio, il quale, divincolandosi come un'anguilla fuori dell'acqua, strillava disperatamente:

– Babbo mio, salvatemi! Non voglio morire, non voglio morire!...

As soon as the play was over, the Director went to the kitchen, where a fine big lamb was slowly turning on the spit. More wood was needed to finish cooking it. He called Harlequin and Pulcinella and said to them:

– Bring that Marionette to me! He looks as if he were made of well–seasoned wood. He'll make a fine fire for this spit.

Harlequin and Pulcinella hesitated a bit. Then, frightened by a look from their master, they left the kitchen to obey him. A few minutes later they returned, carrying poor Pinocchio, who was wriggling and squirming like an eel and crying pitifully:

– Father, save me! I don't want to die! I don't want to die!

Capitolo 11

Mangiafoco starnutisce
e perdona a Pinocchio, il quale poi difende
dalla morte il suo amico Arlecchino.

Il burattinaio Mangiafoco che (questo era il suo nome) pareva un uomo spaventoso, non dico di no, specie con quella sua barbaccia nera che, a uso grembiale, gli copriva tutto il petto e tutte le gambe; ma nel fondo poi non era un cattiv'uomo. Prova ne sia che quando vide portarsi davanti quel povero Pinocchio, che si dibatteva per ogni verso, urlando «Non voglio morire, non voglio morire!», principiò subito a commuoversi e a impietosirsi e, dopo aver resistito un bel pezzo, alla fine non ne poté più, e lasciò andare un sonorosissimo starnuto.

A quello starnuto, Arlecchino, che fin allora era stato afflitto e ripiegato come un salcio piangente, si fece tutto allegro in viso, e chinatosi verso Pinocchio, gli bisbigliò sottovoce:

Chapter 11

Fire Eater sneezes and forgives Pinocchio, who saves his friend, Harlequin, from death.

Fire Eater (this was really his name) was very ugly, but he was far from being as bad as he looked. Proof of this is that, when he saw the poor Marionette being brought in to him, struggling with fear and crying – I don't want to die! I don't want to die! – he felt sorry for him and began first to waver and then to weaken. Finally, he could control himself no longer and gave a loud sneeze.

At that sneeze, Harlequin, who until then had been as sad as a weeping willow, smiled happily and leaning toward the Marionette, whispered to him:

– Buone nuove, fratello. Il burattinaio ha starnutito, e questo è segno che s'è mosso a compassione per te, e oramai sei salvo.

Perché bisogna sapere che, mentre tutti gli uomini, quando si sentono impietositi per qualcuno, o piangono o per lo meno fanno finta di rasciugarsi gli occhi, Mangiafoco, invece, ogni volta che s'inteneriva davvero, aveva il vizio di starnutire. Era un modo come un altro, per dare a conoscere agli altri la sensibilità del suo cuore.

Dopo aver starnutito, il burattinaio, seguitando a fare il burbero, gridò a Pinocchio:

– Finiscila di piangere! I tuoi lamenti mi hanno messo un'uggiolina in fondo allo stomaco... Sento uno spasimo, che quasi quasi... *Etcì! etcì!* – e fece altri due starnuti.

– Felicità! – disse Pinocchio.

– Grazie! E il tuo babbo e la tua mamma sono sempre vivi? – gli domandò Mangiafoco.

– Il babbo, sì la mamma non l'ho mai conosciuta.

– Chi lo sa che dispiacere sarebbe per il tuo vecchio padre, se ora ti facessi gettare

– Good news, brother mine! Fire Eater has sneezed and this is a sign that he feels sorry for you. You are saved!

It's well known that, while other people, when sad and sorrowful, weep and wipe their eyes, Fire Eater, on the other hand, had the strange habit of sneezing each time he felt unhappy. It was a way just as good as any other to show the kindness of his heart.

After sneezing, Fire Eater, ugly as ever, cried to Pinocchio:

– Stop crying! Your wails give me a funny feeling down here in my stomach and... E...tchee! E...tchee!

Two loud sneezes finished his speech.

– God bless you!– said Pinocchio.

– Thanks! Are your father and mother still living?– demanded Fire Eater.

– My father, yes. I have never known my mother.

– Your poor father would suffer terribly if I were to use you as firewood.

fra quei carboni ardenti! Povero vecchio! lo compatisco!.. *Etcì, etcì, etcì* – e fece altri tre starnuti.

– Felicità! – disse Pinocchio.

– Grazie! Del resto bisogna compatire anche me, perché, come vedi, non ho più legna per finire di cuocere quel montone arrosto, e tu, dico la verità, in questo caso mi avresti fatto un gran comodo! Ma oramai mi sono impietosito e ci vuol pazienza. Invece di te, metterò a bruciare sotto lo spiedo qualche burattino della mia Compagnia... Olà, giandarmi!

A questo comando comparvero subito due giandarmi di legno, lunghi lunghi, secchi secchi, col cappello a lucerna in testa e colla sciabola sfoderata in mano.

Allora il burattinaio disse loro con voce rantolosa:

– Pigliatemi lì quell'Arlecchino, legatelo ben bene, e poi gettatelo a bruciare sul fuoco. Io voglio che il mio montone sia arrostito bene!

Figuratevi il povero Arlecchino! Fu tanto il suo spavento, che le gambe gli si ripiegarono e cadde bocconi per terra.

Poor old man! I feel sorry for him! E...tchee! E...tchee! E...tchee! Three more sneezes sounded, louder than ever.

– God bless you! – said Pinocchio.

–Thanks! However, I ought to be sorry for myself, too, just now. My good dinner is spoiled. I have no more wood for the fire, and the lamb is only half cooked. Never mind! In your place I'll burn some other Marionette. Hey there! Officers!

At the call, two wooden officers appeared, long and thin as a yard of rope, with queer hats on their heads and swords in their hands.

Fire Eater yelled at them in a hoarse voice:

– Take Harlequin, tie him, and throw him on the fire. I want my lamb well done!

Think how poor Harlequin felt! He was so scared that his legs doubled up under him and he fell to the floor.

Pinocchio, alla vista di quello spettacolo straziante, andò a gettarsi ai piedi del burattinaio e piangendo dirottamente e bagnandogli di lacrime tutti i peli della lunghissima barba, cominciò a dire con voce supplichevole:

– Pietà, signor Mangiafoco!...

– Qui non ci son signori! – replicò duramente il burattinaio.

– Pietà, signor Cavaliere!...

– Qui non ci son cavalieri!

– Pietà, signor Commendatore!...

– Qui non ci son commendatori!

– Pietà, Eccellenza!...

A sentirsi chiamare Eccellenza il burattinaio fece subito il bocchino tondo, e diventato tutt'a un tratto più umano e più trattabile, disse a Pinocchio:

– Ebbene, che cosa vuoi da me?

– Vi domando grazia per il povero Arlecchino!...

– Qui non c'è grazia che tenga. Se ho risparmiato te, bisogna che faccia mettere sul fuoco lui, perché io voglio che il mio montone sia arrostito bene.

– In questo caso – gridò fieramente Pinocchio, rizzandosi e gettando via il suo berretto di midolla di pane – in questo

Pinocchio, at that heartbreaking sight, threw himself at the feet of Fire Eater and, weeping bitterly, asked in a pitiful voice which could scarcely be heard:

– Have pity, I beg of you, sir!

– There are no sirs here!

– Have pity, kind knight!

– There are no knights here!

– Have pity, your Excellency!

On hearing himself addressed as your Excellency, the Director of the Marionette Theater sat up very straight in his chair, stroked his long beard, and becoming suddenly kind and compassionate, smiled proudly as he said to Pinocchio:

– Well, what do you want from me now, Marionette?

– I beg for mercy for my poor friend, Harlequin, who has never done the least harm in his life.

– There is no mercy here, Pinocchio. I have spared you. Harlequin must burn in your place. I am hungry and my dinner must be cooked.

– In that case – said Pinocchio proudly, as he stood up and flung away his cap of dough – in that case, my duty is clear.

caso conosco qual è il mio dovere. Avanti, signori giandarmi! Legatemi e gettatemi là fra quelle fiamme. No, non è giusta che il povero Arlecchino, il vero amico mio, debba morire per me!...

Queste parole, pronunziate con voce alta e con accento eroico, fecero piangere tutti i burattini che erano presenti a quella scena. Gli stessi giandarmi, sebbene fossero di legno, piangevano come due agnellini di latte.

Mangiafoco, sul principio, rimase duro e immobile come un pezzo di ghiaccio: ma poi, adagio adagio, cominciò anche lui a commuoversi e a starnutire. E fatti quattro o cinque starnuti, aprì affettuosamente le braccia e disse a Pinocchio:

– Tu sei un gran bravo ragazzo! Vieni qua da me e dammi un bacio.

Pinocchio corse subito, e arrampicandosi come uno scoiattolo su per la barba del burattinaio, andò a posargli un bellissimo bacio sulla punta del naso.

– Dunque la grazia è fatta? – domandò il povero Arlecchino, con un fil di voce che si sentiva appena.

Come, officers! Tie me up and throw me on those flames. No, it is not fair for poor Harlequin, the best friend that I have in the world, to die in my place!

These brave words, said in a piercing voice, made all the other Marionettes cry. Even the officers, who were made of wood also, cried like two babies.

Fire Eater at first remained hard and cold as a piece of ice; but then, little by little, he softened and began to sneeze. And after four or five sneezes, he opened wide his arms and said to Pinocchio:

– You are a brave boy! Come to my arms and kiss me!

Pinocchio ran to him and scurrying like a squirrel up the long black beard, he gave Fire Eater a loving kiss on the tip of his nose.

– Has pardon been granted to me?– asked poor Harlequin with a voice that was hardly a breath.

– La grazia è fatta! – rispose Mangiafoco: poi soggiunse sospirando e tentennando il capo: – Pazienza! Per questa sera mi rassegnerò a mangiare il montone mezzo crudo, ma un'altra volta, guai a chi toccherà!...

Alla notizia della grazia ottenuta, i burattini corsero tutti sul palcoscenico e, accesi i lumi e i lampadari come in serata di gala, cominciarono a saltare e a ballare. Era l'alba e ballavano sempre.

– Pardon is yours! – answered Fire Eater; and sighing and wagging his head, he added: – Well, tonight I shall have to eat my lamb only half cooked, but beware the next time, Marionettes.

At the news that pardon had been given, the Marionettes ran to the stage and, turning on all the lights, they danced and sang till dawn.

Capitolo 12

Il burattinaio Mangiafoco
regala cinque monete d'oro a Pinocchio,
perché le porti al suo babbo Geppetto:
e Pinocchio, invece, si lascia abbindolare
dalla Volpe e dal Gatto e se ne va con loro.

Il giorno dipoi Mangiafoco chiamò in disparte Pinocchio e gli domandò:

– Come si chiama tuo padre?

– Geppetto.

– E che mestiere fa?

– Il povero.

– Guadagna molto?

– Guadagna tanto, quanto ci vuole per non aver mai un centesimo in tasca. Si figuri che per comprarmi l'Abbecedario della scuola dové vendere l'unica casacca che aveva addosso: una casacca che, fra toppe e rimendi, era tutta una piaga.

– Povero diavolo! Mi fa quasi compassione. Ecco qui cinque monete d'oro. Vai subito a portargliele e salutalo tanto da parte mia.

Pinocchio, com'è facile immaginarselo, ringraziò mille volte il burattinaio,

Chapter 12

Fire Eater gives Pinocchio five gold pieces for his father, Geppetto; but Pinocchio meets a Fox and a Cat and follows them.

The next day Fire Eater called Pinocchio aside and asked him:

– What is your father's name?

– Geppetto.

– And what is his trade?

– He's a wood carver.

– Does he earn much?

– He earns so much that he never has a penny in his pockets. Just think that, in order to buy me an A–B–C book for school, he had to sell the only coat he owned, a coat so full of darns and patches that it was a pity.

– Poor fellow! I feel sorry for him. Here, take these five gold pieces. Go, give them to him with my kindest regards.

Pinocchio, as may easily be imagined, thanked him a thousand times.

abbracciò, a uno a uno, tutti i burattini della Compagnia, anche i giandarmi: e fuori di sé dalla contentezza, si mise in viaggio per tornarsene a casa sua.

Ma non aveva fatto ancora mezzo chilometro, che incontrò per la strada una Volpe zoppa da un piede e un Gatto cieco da tutt'e due gli occhi, che se ne andavano là là, aiutandosi fra di loro, da buoni compagni di sventura. La Volpe che era zoppa, camminava appoggiandosi al Gatto: e il Gatto, che era cieco, si lasciava guidare dalla Volpe.

– Buon giorno, Pinocchio – gli disse la Volpe, salutandolo garbatamente.

– Com'è che sai il mio nome? – domandò il burattino.

– Conosco bene il tuo babbo.

– Dove l'hai veduto?

– L'ho veduto ieri sulla porta di casa sua.

– E che cosa faceva?

– Era in maniche di camicia e tremava dal freddo.

– Povero babbo! Ma, se Dio vuole, da oggi in poi non tremerà più!...

– Perché?

He kissed each Marionette in turn, even the officers, and, beside himself with joy, set out on his homeward journey.

He had gone barely half a mile when he met a lame Fox and a blind Cat, walking together like two good friends. The lame Fox leaned on the Cat, and the blind Cat let the Fox lead him along.

– Good morning, Pinocchio – said the Fox, greeting him courteously.

– How do you know my name?– asked the Marionette.

– I know your father well.

– Where have you seen him?

– I saw him yesterday standing at the door of his house.

– And what was he doing?

– He was in his shirt sleeves trembling with cold.

– Poor Father! But, after today, God willing, he will suffer no longer.

– Why?

– Perché io sono diventato un gran signore.

– Un gran signore tu? – disse la Volpe, e cominciò a ridere di un riso sguaiato e canzonatore: e il Gatto rideva anche lui, ma per non darlo a vedere, si pettinava i baffi colle zampe davanti.

– C'è poco da ridere – gridò Pinocchio impermalito. – Mi dispiace davvero di farvi venire l'acquolina in bocca, ma queste qui, se ve ne intendete, sono cinque bellissime monete d'oro.

E tirò fuori le monete avute in regalo da Mangiafoco.

Al simpatico suono di quelle monete la Volpe, per un moto involontario, allungò la gamba che pareva rattrappita, e il Gatto spalancò tutt'e due gli occhi, che parvero due lanterne verdi: ma poi li richiuse subito, tant'è vero che Pinocchio non si accorse di nulla.

– E ora – gli domandò la Volpe – che cosa vuoi farne di codeste monete?

– Prima di tutto – rispose il burattino – voglio comprare per il mio babbo una bella casacca nuova, tutta d'oro e d'argento e coi bottoni di brillanti: e poi voglio comprare un Abbecedario per me.

– Because I have become a rich man.

– You, a rich man? – said the Fox, and he began to laugh out loud. The Cat was laughing also, but tried to hide it by stroking his long whiskers.

– There is nothing to laugh at – cried Pinocchio angrily. – I am very sorry to make your mouth water, but these, as you know, are five new gold pieces.

And he pulled out the gold pieces which Fire Eater had given him.

At the cheerful tinkle of the gold, the Fox unconsciously held out his paw that was supposed to be lame, and the Cat opened wide his two eyes till they looked like live coals, but he closed them again so quickly that Pinocchio did not notice.

– And may I ask – inquired the Fox – what you are going to do with all that money?

– First of all – answered the Marionette – I want to buy a fine new coat for my father, a coat of gold and silver with diamond buttons; after that, I'll buy an A–B–C book for myself.

– Per te?

– Davvero: perché voglio andare a scuola e mettermi a studiare a buono.

– Guarda me! – disse la Volpe. – Per la passione sciocca di studiare ho perduto una gamba.

– Guarda me! – disse il Gatto. – Per la passione sciocca di studiare ho perduto la vista di tutti e due gli occhi.

In quel mentre un Merlo bianco, che se ne stava appollaiato sulla siepe della strada, fece il solito verso e disse:

– Pinocchio, non dar retta ai consigli dei cattivi compagni: se no, te ne pentirai!

Povero Merlo, non l'avesse mai detto! Il Gatto, spiccando un gran salto, gli si avventò addosso, e senza dargli nemmeno il tempo di dire *ohi* se lo mangiò in un boccone, con le penne e tutto.

Mangiato che l'ebbe e ripulitasi la bocca, chiuse gli occhi daccapo e ricominciò a fare il cieco, come prima.

– Povero Merlo! – disse Pinocchio al Gatto – perché l'hai trattato così male?

– Ho fatto per dargli una lezione. Così un'altra volta imparerà a non metter bocca nei discorsi degli altri.

– For yourself?

– For myself. I want to go to school and study hard.

– Look at me – said the Fox. – For the silly reason of wanting to study, I have lost a paw.

–Look at me – said the Cat. –For the same foolish reason, I have lost the sight of both eyes.

At that moment, a Blackbird, perched on the fence along the road, called out sharp and clear:

– Pinocchio, do not listen to bad advice. If you do, you'll be sorry!

Poor little Blackbird! If he had only kept his words to himself! In the twinkling of an eyelid, the Cat leaped on him, and ate him, feathers and all.

After eating the bird, he cleaned his whiskers, closed his eyes, and became blind once more.

– Poor Blackbird! – said Pinocchio to the Cat. – Why did you kill him?

– I killed him to teach him a lesson. He talks too much. Next time he will keep his words to himself.

Erano giunti più che a mezza strada, quando la Volpe, fermandosi di punto in bianco, disse al burattino:

– Vuoi raddoppiare le tue monete d'oro?

– Cioè?

– Vuoi tu, di cinque miserabili zecchini, farne cento, mille, duemila?

– Magari! E la maniera?

– La maniera è facilissima. Invece di tornartene a casa tua, dovresti venire con noi.

– E dove mi volete condurre?

– Nel paese dei Barbagianni.

Pinocchio ci pensò un poco, e poi disse risolutamente:

– No, non ci voglio venire. Oramai sono vicino a casa, e voglio andarmene a casa, dove c'è il mio babbo che m'aspetta. Chi lo sa, povero vecchio, quanto ha sospirato ieri, a non vedermi tornare. Pur troppo io sono stato un figliolo cattivo, e il Grillo-parlante aveva ragione quando diceva: «I ragazzi disobbedienti non possono aver bene in questo mondo». E io l'ho provato a mie spese, perché mi sono capitate dimolte disgrazie, e anche ieri sera in casa

By this time the three companions had walked a long distance. Suddenly, the Fox stopped in his tracks and, turning to the Marionette, said to him:

– Do you want to double your gold pieces?

– What do you mean?

– Do you want one hundred, a thousand, two thousand gold pieces for your miserable five?

– Yes, but how?

– The way is very easy. Instead of returning home, come with us.

– And where will you take me?

– To the City of Simple Simons.

Pinocchio thought a while and then said firmly:

– No, I don't want to go. Home is near, and I'm going where Father is waiting for me. How unhappy he must be that I have not yet returned! I have been a bad son, and the Talking Cricket was right when he said that a disobedient boy cannot be happy in this world. I have learned this at my own expense. Even last night in the theater,

di Mangiafoco, ho corso pericolo... Brrr! mi viene i bordoni soltanto a pensarci!

– Dunque – disse la Volpe – vuoi proprio andare a casa tua? Allora vai pure, e tanto peggio per te!

– Tanto peggio per te! – ripeté il Gatto.

– Pensaci bene, Pinocchio, perché tu dai un calcio alla fortuna.

– Alla fortuna! – ripeté il Gatto.

– I tuoi cinque zecchini, dall'oggi al domani sarebbero diventati duemila.

– Duemila! – ripeté il Gatto.

– Ma com'è mai possibile che diventino tanti? – domandò Pinocchio, restando a bocca aperta dallo stupore.

– Te lo spiego subito – disse la Volpe. – Bisogna sapere che nel paese dei Barbagianni c'è un campo benedetto, chiamato da tutti il Campo dei miracoli. Tu fai in questo campo una piccola buca e ci metti dentro per esempio uno zecchino d'oro. Poi ricuopri la buca con un po' di terra: l'annaffi con due secchie d'acqua di fontana, ci getti sopra una presa di sale, e la sera te ne vai tranquillamente a letto. Intanto, durante la notte, lo zecchino germoglia e fiorisce, e la mattina dopo, di levata, ritornando nel campo, che cosa

when Fire Eater. . . Brrrr!!!!! . . . The shivers run up and down my back at the mere thought of it.

– Well, then – said the Fox –if you really want to go home, go ahead, but you'll be sorry.

– You'll be sorry – repeated the Cat.

– Think well, Pinocchio, you are turning your back on Dame Fortune.

– On Dame Fortune – repeated the Cat.

– Tomorrow your five gold pieces will be two thousand!

– Two thousand!– repeated the Cat.

– But how can they possibly become so many?– asked Pinocchio wonderingly.

– I'll explain – said the Fox. – You must know that, just outside the City of Simple Simons, there is a blessed field called the Field of Wonders. In this field you dig a hole and in the hole you bury a gold piece. After covering up the hole with earth you water it well, sprinkle a bit of salt on it, and go to bed. During the night, the gold piece sprouts, grows, blossoms, and next morning

trovi? Trovi un bell'albero carico di tanti zecchini d'oro, quanti chicchi di grano può avere una bella spiga nel mese di giugno.

– Sicché dunque – disse Pinocchio sempre più sbalordito – se io sotterrassi in quel campo i miei cinque zecchini, la mattina dopo quanti zecchini ci troverei?

– È un conto facilissimo – rispose la Volpe – un conto che puoi farlo sulla punta delle dita. Poni che ogni zecchino ti faccia un grappolo di cinquecento zecchini: moltiplica il cinquecento per cinque e la mattina dopo ti trovi in tasca duemila cinquecento zecchini lampanti e sonanti.

– Oh che bella cosa! – gridò Pinocchio, ballando dall'allegrezza. – Appena che questi zecchini gli avrò raccolti, ne prenderò per me duemila e gli altri cinquecento di più li darò in regalo a voi altri due.

– Un regalo a noi? – gridò la Volpe sdegnandosi e chiamandosi offesa. – Dio te ne liberi!

– Te ne liberi! – ripeté il Gatto.

– Noi – riprese la Volpe – non lavoriamo per il vile interesse: noi

you find a beautiful tree, that is loaded with gold pieces.

– So that if I were to bury my five gold pieces – cried Pinocchio with growing wonder –next morning I should find how many?

– It is very simple to figure out – answered the Fox. – Why, you can figure it on your fingers! Granted that each piece gives you five hundred, multiply five hundred by five. Next morning you will find twenty–five hundred new, sparkling gold pieces.

– Fine! Fine! – cried Pinocchio, dancing about with joy.

– And as soon as I have them, I shall keep two thousand for myself and the other five hundred I'll give to you two.

– A gift for us? – cried the Fox, pretending to be insulted.

– Why, of course not!

– Of course not!– repeated the Cat.

– We do not work for gain – answered the Fox.

lavoriamo unicamente per arricchire gli altri.

– Gli altri! – ripeté il Gatto.

– Che brave persone! – pensò dentro di sé Pinocchio: e dimenticandosi lì sul tamburo, del suo babbo, della casacca nuova, dell'Abbecedario e di tutti i buoni proponimenti fatti, disse alla Volpe e al Gatto:

– Andiamo pure. Io vengo con voi.

– We work only to enrich others.

– To enrich others!– repeated the Cat.

– What good people – thought Pinocchio to himself. And forgetting his father, the new coat, the A–B–C book, and all his good resolutions, he said to the Fox and to the Cat:

–Let us go. I am with you.

Capitolo 13

L'osteria del Gambero Rosso.

Chapter 13

The Red Lobster Inn.

Cammina, cammina, cammina, alla fine sul far della sera arrivarono stanchi morti all'osteria del Gambero Rosso.

– Fermiamoci un po' qui – disse la Volpe – tanto per mangiare un boccone e per riposarci qualche ora. A mezzanotte poi ripartiremo per essere domani, all'alba, nel Campo dei miracoli.

Entrati nell'osteria, si posero tutti e tre a tavola: ma nessuno di loro aveva appetito.

Il povero Gatto, sentendosi gravemente indisposto di stomaco, non poté mangiare altro che trentacinque triglie con salsa di pomodoro e quattro porzioni di trippa alla parmigiana: e perché la trippa non gli pareva condita abbastanza, si rifece tre volte a chiedere il burro e il formaggio grattato!

Cat and Fox and Marionette walked and walked and walked. At last, toward evening, dead tired, they came to the Inn of the Red Lobster.

– Let us stop here a while – said the Fox – to eat a bite and rest for a few hours. At midnight we'll start out again, for at dawn tomorrow we must be at the Field of Wonders.

They went into the Inn and all three sat down at the same table. However, not one of them was very hungry.

The poor Cat felt very weak, and he was able to eat only thirty–five mullets with tomato sauce and four portions of tripe with cheese. Moreover, as he was so in need of strength, he had to have four more helpings of butter and cheese.

La Volpe avrebbe spelluzzicato volentieri qualche cosa anche lei: ma siccome il medico le aveva ordinato una grandissima dieta, così dové contentarsi di una semplice lepre dolce e forte con un leggerissimo contorno di pollastre ingrassate e di galletti di primo canto. Dopo la lepre si fece portare per tornagusto un cibreino di pernici, di starne, di conigli, di ranocchi, di lucertole e d'uva paradisa; e poi non volle altro. Aveva tanta nausea per il cibo, diceva lei, che non poteva accostarsi nulla alla bocca.

Quello che mangiò meno di tutti fu Pinocchio. Chiese uno spicchio di noce e un cantuccino di pane, e lasciò nel piatto ogni cosa. Il povero figliuolo col pensiero sempre fisso al Campo dei miracoli, aveva preso un'indigestione anticipata di monete d'oro.

Quand'ebbero cenato, la Volpe disse all'oste:

– Dateci due buone camere, una per il signor Pinocchio e un'altra per me e per il mio compagno. Prima di ripartire schiacceremo un sonnellino. Ricordatevi però che a mezzanotte vogliamo essere svegliati per continuare il nostro viaggio.

The Fox, after a great deal of coaxing, tried his best to eat a little. The doctor had put him on a diet, and he had to be satisfied with a small hare dressed with a dozen young and tender spring chickens. After the hare, he ordered some partridges, a few pheasants, a couple of rabbits, and a dozen frogs and lizards. That was all. He felt ill, he said, and could not eat another bite.

Pinocchio ate least of all. He asked for a bite of bread and a few nuts and then hardly touched them. The poor fellow, with his mind on the Field of Wonders, was suffering from a gold–piece indigestion.

Supper over, the Fox said to the Innkeeper:

– Give us two good rooms, one for Mr. Pinocchio and the other for me and my friend. Before starting out, we'll take a little nap. Remember to call us at midnight sharp, for we must continue on our journey.

– Sissignori – rispose l'oste e strizzò l'occhio alla Volpe e al Gatto, come dire: «Ho mangiato la foglia e ci siamo intesi!...».

Appena che Pinocchio fu entrato nel letto, si addormentò a colpo e principiò a sognare. E sognando gli pareva di essere in mezzo a un campo, e questo campo era pieno di arboscelli carichi di grappoli, e questi grappoli erano carichi di zecchini d'oro che, dondolandosi mossi dal vento, facevano *zin, zin, zin,* quasi volessero dire: «Chi ci vuole venga a prenderci». Ma quando Pinocchio fu sul più bello, quando, cioè, allungò la mano per prendere a manciate tutte quelle belle monete e mettersele in tasca, si trovò svegliato all'improvviso da tre violentissimi colpi dati nella porta di camera.

Era l'oste che veniva a dirgli che la mezzanotte era suonata.

– E i miei compagni sono pronti? – gli domandò il burattino.

– Altro che pronti! Sono partiti due ore fa.

– Perché mai tanta fretta?

–Yes, sir – answered the Innkeeper, winking in a knowing way at the Fox and the Cat, as if to say, – I understand.

As soon as Pinocchio was in bed, he fell fast asleep and began to dream. He dreamed he was in the middle of a field. The field was full of vines heavy with grapes. The grapes were no other than gold coins which tinkled merrily as they swayed in the wind. They seemed to say – Let him who wants us take us! Just as Pinocchio stretched out his hand to take a handful of them, he was awakened by three loud knocks at the door. It was the Innkeeper who had come to tell him that midnight had struck.

– Are my friends ready? – the Marionette asked him.

– Indeed, yes! They went two hours ago.

– Why in such a hurry?

– Perché il Gatto ha ricevuto un'imbasciata, che il suo gattino maggiore, malato di geloni ai piedi, stava in pericolo di vita.

– E la cena l'hanno pagata?

– Che vi pare? Quelle lì sono persone troppo educate perché facciano un affronto simile alla signoria vostra.

– Peccato! Quest'affronto mi avrebbe fatto tanto piacere! – disse Pinocchio, grattandosi il capo. Poi domandò:

– E dove hanno detto di aspettarmi quei buoni amici?

– Al Campo dei miracoli, domattina, allo spuntare del giorno.

Pinocchio pagò uno zecchino per la cena sua e per quella dei suoi compagni, e dopo partì.

Ma si può dire che partisse a tastoni, perché fuori dell'osteria c'era un buio così buio, che non ci si vedeva da qui a lì. Nella campagna all'intorno non si sentiva alitare una foglia. Solamente alcuni uccellacci notturni, traversando la strada da una siepe all'altra, venivano a sbattere le ali sul naso di Pinocchio, il quale, facendo un salto indietro per la paura, gridava:

– Unfortunately the Cat received a telegram which said that his first–born was suffering from chilblains and was on the point of death. He could not even wait to say goodbye to you.

– Did they pay for the supper?

– How could they do such a thing? Being people of great refinement, they did not want to offend you so deeply as not to allow you the honor of paying the bill.

– Too bad! That offense would have been more than pleasing to me – said Pinocchio, scratching his head.

– Where did my good friends say they would wait for me? – he added.

– At the Field of Wonders, at sunrise tomorrow morning.

Pinocchio paid a gold piece for the three suppers and started on his way toward the field that was to make him a rich man. He walked on, not knowing where he was going, for it was dark, so dark that not a thing was visible. Round about him, not a leaf stirred. A few bats skimmed his nose now and again and scared him half to death. Once or twice he shouted:

– Chi va là? – e l'eco delle colline circostanti ripeteva in lontananza: – Chi va là? chi va là? chi va là?

Intanto, mentre camminava, vide sul tronco di un albero un piccolo animaletto che riluceva di una luce pallida e opaca, come un lumino da notte dentro una lampada di porcellana trasparente.

– Chi sei? – gli domandò Pinocchio.

– Sono l'ombra del Grillo-parlante – rispose l'animaletto, con una vocina fioca fioca, che pareva venisse dal mondo di là.

– Che vuoi da me? – disse il burattino.

– Voglio darti un consiglio. Ritorna indietro e porta i quattro zecchini, che ti sono rimasti, al tuo povero babbo che piange e si dispera per non averti più veduto.

– Domani il mio babbo sarà un gran signore, perché questi quattro zecchini diventeranno duemila.

– Non ti fidare, ragazzo mio, di quelli che promettono di farti ricco dalla mattina alla sera. Per il solito, o sono matti o imbroglioni! Dai retta a me, ritorna indietro.

– E io, invece, voglio andare avanti.

– L'ora è tarda!...

– Who goes there?– and the far–away hills echoed back to him –Who goes there? Who goes there? Who goes. . . ?

As he walked, Pinocchio noticed a tiny insect glimmering on the trunk of a tree, a small being that glowed with a pale, soft light.

– Who are you? – he asked.

– I am the ghost of the Talking Cricket – answered the little being in a faint voice that sounded as if it came from a far–away world.

– What do you want?– asked the Marionette.

– I want to give you a few words of good advice.

Return home and give the four gold pieces you have left to your poor old father who is weeping because he has not seen you for many a day.

– Tomorrow my father will be a rich man, for these four gold pieces will become two thousand.

– Don't listen to those who promise you wealth overnight, my boy. As a rule they are either fools or swindlers! Listen to me and go home.

– But I want to go on!

– The hour is late!

– Voglio andare avanti.

– La nottata è scura...

– Voglio andare avanti.

– La strada è pericolosa...

– Voglio andare avanti.

– Ricordati che i ragazzi che vogliono fare di loro capriccio e a modo loro, prima o poi se ne pentono.

– Le solite storie. Buona notte, Grillo.

– Buona notte, Pinocchio, e che il cielo ti salvi dalla guazza e dagli assassini!

Appena dette queste ultime parole, il Grillo-parlante si spense a un tratto, come si spenge un lume soffiandoci sopra, e la strada rimase più buia di prima.

– I want to go on.

– The night is very dark.

– I want to go on.

– The road is dangerous.

– I want to go on.

– Remember that boys who insist on having their own way, sooner or later come to grief.

– The same nonsense. Goodbye, Cricket.

– Good night, Pinocchio, and may Heaven preserve you from the Assassins.

There was silence for a minute and the light of the Talking Cricket disappeared suddenly, just as if someone had snuffed it out. Once again the road was plunged in darkness.

Capitolo 14

Pinocchio, per non aver dato retta ai buoni consigli del Grillo-parlante, s'imbatte negli assassini.

– Davvero – disse fra sé il burattino rimettendosi in viaggio – come siamo disgraziati noialtri poveri ragazzi! Tutti ci sgridano, tutti ci ammoniscono, tutti ci danno consigli. A lasciarli dire, tutti si metterebbero in capo di essere i nostri babbi e i nostri maestri; tutti: anche i Grilli-parlanti. Ecco qui: perché io non ho voluto dar retta a quell'uggioso di Grillo, chi lo sa quante disgrazie, secondo lui, mi dovrebbero accadere! Dovrei incontrare anche gli assassini! Meno male che agli assassini io non ci credo, né ci ho creduto mai. Per me gli assassini sono stati inventati apposta dai babbi, per far paura ai ragazzi che vogliono andare fuori la notte. E poi se anche li trovassi qui sulla strada, mi darebbero forse soggezione?

Chapter 14

Pinocchio, ignoring the good advice of the Talking Cricket, meets the Assassins.

– Dear, oh, dear! When I come to think of it – said the Marionette to himself, as he once more set out on his journey –we boys are really very unlucky. Everybody scolds us, everybody gives us advice, everybody warns us. If we were to allow it, everyone would try to be father and mother to us; everyone, even the Talking Cricket. Take me, for example. Just because I would not listen to that bothersome Cricket, who knows how many misfortunes may be awaiting me! Assassins indeed! At least I have never believed in them, nor ever will. To speak sensibly, I think assassins have been invented by fathers and mothers to frighten children who want to run away at night. And then, even if I were to meet them on the road, what matter?

Neanche per sogno. Anderei loro sul viso, gridando: «Signori assassini, che cosa vogliono da me? Si rammentino che con me non si scherza! Se ne vadano dunque per i fatti loro, e zitti!». A questa parlantina fatta sul serio, quei poveri assassini, mi par di vederli, scapperebbero via come il vento. Caso poi fossero tanto ineducati da non voler scappare, allora scapperei io, e così la farei finita...

Ma Pinocchio non poté finire il suo ragionamento, perché in quel punto gli parve di sentire dietro di sé un leggerissimo fruscio di foglie.

Si voltò a guardare e vide nel buio due figuracce nere tutte imbacuccate in due sacchi da carbone, le quali correvano dietro a lui a salti e in punta di piedi, come se fossero due fantasmi.

– Eccoli davvero! – disse dentro di sé: e non sapendo dove nascondere i quattro zecchini, se li nascose in bocca e precisamente sotto la lingua.

Poi si provò a scappare. Ma non aveva ancor fatto il primo passo, che sentì agguantarsi per le braccia e intese due voci orribili e cavernose, che gli dissero:

– O la borsa o la vita!

I'll just run up to them, and say, `Well, signori, what do you want? Remember that you can't fool with me! Run along and mind your business.' At such a speech, I can almost see those poor fellows running like the wind. But in case they don't run away, I can always run myself. . .

Pinocchio was not given time to argue any longer, for he thought he heard a slight rustle among the leaves behind him. He turned to look and behold, there in the darkness stood two big black shadows, wrapped from head to foot in black sacks.

The two figures leaped toward him as softly as if they were ghosts.

– Here they come! – Pinocchio said to himself, and, not knowing where to hide the gold pieces, he stuck all four of them under his tongue.

He tried to run away, but hardly had he taken a step, when he felt his arms grasped and heard two horrible, deep voices say to him:

– Your money or your life!

Pinocchio non potendo rispondere con le parole, a motivo delle monete che aveva in bocca, fece mille salamelecchi e mille pantomime per dare ad intendere a quei due incappati, di cui si vedevano soltanto gli occhi attraverso i buchi dei sacchi, che lui era un povero burattino, e che non aveva in tasca nemmeno un centesimo falso.

– Via, via! Meno ciarle e fuori i denari! – gridavano minacciosamente i due briganti.

E il burattino fece col capo e colle mani un segno come dire: «Non ne ho».

– Metti fuori i denari o sei morto, - disse l'assassino più alto di statura.

- Morto! - ripeté l'altro.

– E dopo ammazzato te, ammazzeremo anche tuo padre!

– Anche tuo padre!

– No, no, no, il mio povero babbo no! – gridò Pinocchio con accento disperato: ma nel gridare così, gli zecchini gli suonarono in bocca.

– Ah! furfante! Dunque i denari te li sei nascosti sotto la lingua? Sputali subito!

E Pinocchio, duro!

– Ah! tu fai il sordo? Aspetta un poco, che penseremo noi a farteli sputare!

On account of the gold pieces in his mouth, Pinocchio could not say a word, so he tried with head and hands and body to show, as best he could, that he was only a poor Marionette without a penny in his pocket.

– Come, come, less nonsense, and out with your money! cried the two thieves in threatening voices.

Once more, Pinocchio's head and hands said – I haven't a penny.

– Out with that money or you're a dead man – said the taller of the two Assassins.

– Dead man – repeated the other.

– And after having killed you, we will kill your father also.

– Your father also!

– No, no, no, not my Father!– cried Pinocchio, wild with terror; but as he screamed, the gold pieces tinkled together in his mouth.

– Ah, you rascal! So that's the game! You have the money hidden under your tongue. Out with it!

But Pinocchio was as stubborn as ever.

– Are you deaf? Wait, young man, we'll get it from you in a twinkling!

Difatti, uno di loro afferrò il burattino per la punta del naso e quell'altro lo prese per la bazza, e lì cominciarono a tirare screanzatamente, uno per in qua e l'altro per in là, tanto da costringerlo a spalancare la bocca: ma non ci fu verso. La bocca del burattino pareva inchiodata e ribadita.

Allora l'assassino più piccolo di statura, cavato fuori un coltellaccio, provò a conficcarglielo, a guisa di leva e di scalpello, fra le labbra: ma Pinocchio, lesto come un lampo, gli azzannò la mano coi denti, e dopo avergliela con un morso staccata di netto, la sputò; e figuratevi la sua maraviglia quando, invece di una mano, si accorse di aver sputato in terra uno zampetto di gatto.

Incoraggiato da questa prima vittoria, si liberò a forza dalle unghie degli assassini e, saltata la siepe della strada, cominciò a fuggire per la campagna. E gli assassini a correre dietro a lui, come due cani dietro una lepre: e quello che aveva perduto uno zampetto correva con una gamba sola, né si è saputo mai come facesse.

One of them grabbed the Marionette by the nose and the other by the chin, and they pulled him unmercifully from side to side in order to make him open his mouth.

All was of no use. The Marionette's lips might have been nailed together. They would not open.

In desperation the smaller of the two Assassins pulled out a long knife from his pocket, and tried to pry Pinocchio's mouth open with it. Quick as a flash, the Marionette sank his teeth deep into the Assassin's hand, bit it off and spat it out. Fancy his surprise when he saw that it was not a hand, but a cat's paw.

Encouraged by this first victory, he freed himself from the claws of his assailers and, leaping over the bushes along the road, ran swiftly across the fields. His pursuers were after him at once, like two dogs chasing a hare.

Dopo una corsa di quindici chilometri, Pinocchio non ne poteva più. Allora, vistosi perso, si arrampicò su per il fusto di un altissimo pino e si pose a sedere in vetta ai rami. Gli assassini tentarono di arrampicarsi anche loro, ma giunti a metà del fusto sdrucciolarono e, ricascando a terra, si spellarono le mani e i piedi.

Non per questo si dettero per vinti: che anzi, raccolto un fastello di legna secche a piè del pino, vi appiccarono il fuoco. In men che non si dice, il pino cominciò a bruciare e a divampare, come una candela agitata dal vento. Pinocchio, vedendo che le fiamme salivano sempre più, e non volendo far la fine del piccione arrosto, spiccò un bel salto di vetta all'albero, e via a correre daccapo attraverso ai campi e ai vigneti. E gli assassini dietro, sempre dietro, senza stancarsi mai.

Intanto cominciava a baluginare il giorno e si rincorrevano sempre; quand'ecco che Pinocchio si trovò sbarrato il passo da un fosso largo e profondissimo, tutto pieno di acquaccia sudicia, color del caffè e latte. Che fare? «Uno, due, tre!» gridò il burattino, e slanciandosi con una gran rincorsa, saltò dall'altra parte.

After running seven miles or so, Pinocchio was well nigh exhausted. Seeing himself lost, he climbed up a giant pine tree and sat there to see what he could see. The Assassins tried to climb also, but they slipped and fell.

Far from giving up the chase, this only spurred them on. They gathered a bundle of wood, piled it up at the foot of the pine, and set fire to it. In a twinkling the tree began to sputter and burn like a candle blown by the wind. Pinocchio saw the flames climb higher and higher. Not wishing to end his days as a roasted Marionette, he jumped quickly to the ground and off he went, the Assassins close to him, as before.

Dawn was breaking when, without any warning whatsoever, Pinocchio found his path barred by a deep pool full of water the color of muddy coffee. What was there to do? With a – One, two, three! – he jumped clear across it.

E gli assassini saltarono anche loro, ma non avendo preso bene la misura, *patatunfete!...* cascarono giù nel bel mezzo del fosso. Pinocchio che sentì il tonfo e gli schizzi dell'acqua, urlò ridendo e seguitando a correre:

– Buon bagno, signori assassini.

E già si figurava che fossero bell'e affogati, quando invece, voltandosi a guardare, si accòrse che gli correvano dietro tutti e due, sempre imbacuccati nei loro sacchi e grondanti acqua come due panieri sfondati.

The Assassins jumped also, but not having measured their distance well—splash!!! they fell right into the middle of the pool. Pinocchio who heard the splash and felt it, too, cried out, laughing, but never stopping in his race:

– A pleasant bath to you, signori!

He thought they must surely be drowned and turned his head to see. But there were the two somber figures still following him, though their black sacks were drenched and dripping with water.

Capitolo 15

Gli assassini inseguono Pinocchio;
e, dopo averlo raggiunto, lo impiccano a un ramo della Quercia grande.

Chapter 15

The Assassins chase Pinocchio, catch him, and hang him to the branch of a big oak tree.

Allora il burattino, perdutosi d'animo, fu proprio sul punto di gettarsi in terra e di darsi per vinto, quando nel girare gli occhi all'intorno vide fra mezzo al verde cupo degli alberi biancheggiare in lontananza una casina candida come la neve.

– Se io avessi tanto fiato da arrivare fino a quella casa, forse sarei salvo – disse dentro di sé.

E senza indugiare un minuto riprese a correre per il bosco a carriera distesa. E gli assassini sempre dietro.

E dopo una corsa disperata di quasi due ore, finalmente tutto trafelato arrivò alla porta di quella casina e bussò.

Nessuno rispose.

Tornò a bussare con maggior violenza, perché sentiva avvicinarsi il rumore dei passi e il respiro grosso e affannoso de' suoi persecutori.

Lo stesso silenzio.

As he ran, the Marionette felt more and more certain that he would have to give himself up into the hands of his pursuers. Suddenly he saw a little cottage gleaming white as the snow among the trees of the forest.

– If I had enough breath left with which to reach that little house, I might be saved – he said to himself. Not waiting another moment, he darted swiftly through the woods, the Assassins still after him.

After a hard race of almost an hour, tired and out of breath, Pinocchio finally reached the door of the cottage and knocked.

No one answered.

He knocked again, harder than before, for behind him he heard the steps and the labored breathing of his persecutors.

The same silence followed.

Avvedutosi che il bussare non giovava a nulla, cominciò per disperazione a dare calci e zuccate nella porta. Allora si affacciò alla finestra una bella bambina, coi capelli turchini e il viso bianco come un'immagine di cera, gli occhi chiusi e le mani incrociate sul petto, la quale senza muovere punto le labbra, disse con una vocina che pareva venisse dall'altro mondo:

– In questa casa non c'è nessuno. Sono tutti morti.

– Aprimi almeno tu! – gridò Pinocchio piangendo e raccomandandosi.

– Sono morta anch'io.

– Morta? e allora che cosa fai costì alla finestra?

– Aspetto la bara che venga a portarmi via.

Appena detto così, la bambina disparve, e la finestra si richiuse senza far rumore.

– O bella bambina dai capelli turchini – gridava Pinocchio – aprimi per carità! Abbi compassione di un povero ragazzo inseguito dagli assass...

Ma non poté finir la parola, perché sentì afferrarsi per il collo, e le solite due

As knocking was of no use, Pinocchio, in despair, began to kick and bang against the door, as if he wanted to break it. At the noise, a window opened and a lovely maiden looked out. She had azure hair and a face white as wax. Her eyes were closed and her hands crossed on her breast. With a voice so weak that it hardly could be heard, she whispered:

– No one lives in this house. Everyone is dead.

– Won't you, at least, open the door for me? cried Pinocchio in a beseeching voice.

– I also am dead.

– Dead? What are you doing at the window, then?

– I am waiting for the coffin to take me away.

After these words, the little girl disappeared and the window closed without a sound.

– Oh, Lovely Maiden with Azure Hair – cried Pinocchio – open, I beg of you. Take pity on a poor boy who is being chased by two Assass...

He did not finish, for two powerful hands grasped him by the neck and the same two

vociacce che gli brontolarono minacciosamente:

– Ora non ci scappi più!

Il burattino, vedendosi balenare la morte dinanzi agli occhi, fu preso da un tremito così forte, che nel tremare, gli sonavano le giunture delle sue gambe di legno e i quattro zecchini che teneva nascosti sotto la lingua.

– Dunque? – gli domandarono gli assassini – vuoi aprirla la bocca, sì o no? Ah! non rispondi?... Lascia fare: ché questa volta te la faremo aprir noi!...

E cavato fuori due coltellacci lunghi lunghi e affilati come rasoi, *zaff*... gli affibbiarono due colpi nel mezzo alle reni.

Ma il burattino per sua fortuna era fatto d'un legno durissimo, motivo per cui le lame, spezzandosi, andarono in mille schegge e gli assassini rimasero col manico dei coltelli in mano, a guardarsi in faccia.

– Ho capito – disse allora uno di loro – bisogna impiccarlo! Impicchiamolo!

– Impicchiamolo – ripeté l'altro.

Detto fatto, gli legarono le mani dietro le spalle e passatogli un nodo scorsoio intorno alla gola, lo attaccarono penzoloni

horrible voices growled threateningly:

– Now we have you!

The Marionette, seeing death dancing before him, trembled so hard that the joints of his legs rattled and the coins tinkled under his tongue.

– Well – the Assassins asked – will you open your mouth now or not? Ah! You do not answer? Very well, this time you shall open it.

Taking out two long, sharp knives, they struck two heavy blows on the Marionette's back.

Happily for him, Pinocchio was made of very hard wood and the knives broke into a thousand pieces. The Assassins looked at each other in dismay, holding the handles of the knives in their hands.

– I understand – said one of them to the other – there is nothing left to do now but to hang him.

– To hang him – repeated the other.

They tied Pinocchio's hands behind his shoulders and slipped the noose around his neck.

al ramo di una grossa pianta detta la Quercia grande.

Poi si posero là, seduti sull'erba, aspettando che il burattino facesse l'ultimo sgambetto: ma il burattino, dopo tre ore, aveva sempre gli occhi aperti, la bocca chiusa e sgambettava più che mai.

Annoiati finalmente di aspettare, si voltarono a Pinocchio e gli dissero sghignazzando:

– Addio a domani. Quando domani torneremo qui, si spera che ci farai la garbatezza di farti trovare bell'e morto e con la bocca spalancata.

E se ne andarono.

Intanto s'era levato un vento impetuoso di tramontana, che soffiando e mugghiando con rabbia, sbatacchiava in qua e in là il povero impiccato, facendolo dondolare violentemente come il battaglio di una campana che suona a festa. E quel dondolìo gli cagionava acutissimi spasimi, e il nodo scorsoio, stringendosi sempre più alla gola, gli toglieva il respiro.

A poco a poco gli occhi gli si appannavano; e sebbene sentisse avvicinarsi la morte, pure sperava sempre che da un momento all'altro sarebbe

Throwing the rope over the high limb of a giant oak tree, they pulled the poor Marionette hung far up in space.

Satisfied with their work, they sat on the grass waiting for Pinocchio to give his last gasp. But after three hours the Marionette's eyes were still open, his mouth still shut and his legs kicked harder than ever.

Tired of waiting, the Assassins called to him mockingly:

– Goodbye till tomorrow. When we return in the morning, we hope you'll be polite enough to let us find you dead and gone and with your mouth wide open.

With these words they went.

A few minutes went by when a wild wind started to blow. As it shrieked and moaned, the poor little sufferer was rocked like the hammer of a bell. The rocking made him seasick and the noose, becoming tighter and tighter, choked him. Little by little a film covered his eyes.

Death was creeping nearer and nearer, and the Marionette still hoped for some good soul to come to his rescue, but no one appeared.

capitata qualche anima pietosa a dargli aiuto. Ma quando, aspetta aspetta, vide che non compariva nessuno, proprio nessuno, allora gli tornò in mente il suo povero babbo... e balbettò quasi moribondo:

– Oh babbo mio! se tu fossi qui!...

E non ebbe fiato per dir altro. Chiuse gli occhi, aprì la bocca, stirò le gambe e, dato un grande scrollone, rimase lì come intirizzito.

As he was about to die, he thought of his poor old father, and hardly conscious of what he was saying, murmured to himself:

– Oh, Father, dear Father! If you were only here!

These were his last words. He closed his eyes, opened his mouth, stretched out his legs, and hung there, as if he were dead.

Capitolo 16

La bella Bambina dai capelli turchini
fa raccogliere il burattino: lo mette a letto,
e chiama tre medici per sapere se sia vivo
o morto.

Chapter 16

The lovely girl with azure hair has the marionette taken down: she puts him to bed, and calls three Doctors to tell her if Pinocchio is dead or alive.

In quel mentre che il povero Pinocchio impiccato dagli assassini a un ramo della Quercia grande, pareva oramai più morto che vivo, la bella Bambina dai capelli turchini si affacciò daccapo alla finestra, e impietositasi alla vista di quell'infelice che, sospeso per il collo, ballava il trescone alle ventate di tramontana, batté per tre volte le mani insieme, e fece tre piccoli colpi.

A questo segnale si sentì un gran rumore di ali che volavano con foga precipitosa, e un grosso falco venne a posarsi sul davanzale della finestra.

– Che cosa comandate, mia graziosa Fata? – disse il Falco abbassando il becco in atto di reverenza (perché bisogna sapere che la Bambina dai capelli turchini non era altro, in fin dei conti, che una buonissima Fata, che da più di mill'anni abitava nelle vicinanze di quel bosco):

If the poor Marionette had dangled there much longer, all hope would have been lost. Luckily for him, the Lovely Maiden with Azure Hair once again looked out of her window. Filled with pity at the sight of the poor little fellow being knocked helplessly about by the wind, she clapped her hands sharply together three times.

At the signal, a loud whirr of wings in quick flight was heard and a large Falcon came and settled itself on the window ledge.

– What do you command, my charming Fairy? – asked the Falcon, bending his beak in deep reverence (for it must be known that, after all, the Lovely Maiden with Azure Hair was none other than a very kind Fairy who had lived, for more than a thousand years, in the vicinity of the forest).

– Vedi tu quel burattino attaccato penzoloni a un ramo della Quercia grande?

– Lo vedo.

– Orbene: vola subito laggiù: rompi col tuo fortissimo becco il nodo che lo tiene sospeso in aria e posalo delicatamente sdraiato sull'erba a piè della Quercia.

Il Falco volò via e dopo due minuti tornò dicendo:

– Quel che mi avete comandato, è fatto.

– E come l'hai trovato? Vivo o morto?

– A vederlo, pareva morto, ma non dev'essere ancora morto perbene, perché, appena gli ho sciolto il nodo scorsoio che lo stringeva intorno alla gola, ha lasciato andare un sospiro, balbettando a mezza voce: «Ora mi sento meglio!».

Allora la Fata, battendo le mani insieme, fece due piccoli colpi, e apparve un magnifico Can-barbone, che camminava ritto sulle gambe di dietro, tale e quale come se fosse un uomo.

Il Can-barbone era vestito da cocchiere in livrea di gala. Aveva in capo un nicchiettino a tre punte gallonato d'oro, una parrucca bianca coi riccioli che gli scendevano giù per il collo, una giubba

– Do you see that Marionette hanging from the limb of that giant oak tree?

– I see him.

– Very well. Fly immediately to him. With your strong beak, break the knot which holds him tied, take him down, and lay him softly on the grass at the foot of the oak.

The Falcon flew away and after two minutes returned, saying,

– I have done what you have commanded.

– How did you find him? Alive or dead?

– At first glance, I thought he was dead. But I found I was wrong, for as soon as I loosened the knot around his neck, he gave a long sigh and mumbled with a faint voice, `Now I feel better!'

The Fairy clapped her hands twice. A magnificent Poodle appeared, walking on his hind legs just like a man. He was dressed in court livery. A tricorn trimmed with gold lace was set at a rakish angle over a wig of white curls that dropped down to his waist. He wore a jaunty coat of chocolate–colored velvet,

color di cioccolata coi bottoni di brillanti e con due grandi tasche per tenervi gli ossi che gli regalava a pranzo la padrona, un paio di calzoni corti di velluto cremisi, le calze di seta, gli scarpini scollati, e di dietro una specie di fodera da ombrelli, tutta di raso turchino, per mettervi dentro la coda, quando il tempo cominciava a piovere.

– Su da bravo, Medoro! – disse la Fata al Can-barbone; – Fai subito attaccare la più bella carrozza della mia scuderia e prendi la via del bosco. Arrivato che sarai sotto la Quercia grande, troverai disteso sull'erba un povero burattino mezzo morto. Raccoglilo con garbo, posalo pari pari su i cuscini della carrozza e portamelo qui. Hai capito?

Il Can-barbone, per fare intendere che aveva capito, dimenò tre o quattro volte la fodera di raso turchino, che aveva dietro, e partì come un barbero.

Di lì a poco, si vide uscire dalla scuderia una bella carrozzina color dell'aria, tutta imbottita di penne di canarino e foderata nell'interno di panna montata e di crema coi savoiardi.

with diamond buttons, and with two huge pockets which were always filled with bones, dropped there at dinner by his loving mistress. Breeches of crimson velvet, silk stockings, and low, silver–buckled slippers completed his costume. His tail was encased in a blue silk covering, which was to protect it from the rain.

– Come, Medoro – said the Fairy to him. – Get my best coach ready and set out toward the forest. On reaching the oak tree, you will find a poor, half dead Marionette stretched out on the grass. Lift him up tenderly, place him on the silken cushions of the coach, and bring him here to me.

The Poodle, to show that he understood, wagged his silk–covered tail two or three times and set off at a quick pace.

In a few minutes, a lovely little coach, made of glass, with lining as soft as whipped cream and chocolate pudding, and stuffed with canary feathers, pulled out of the stable.

La carrozzina era tirata da cento pariglie di topini bianchi, e il Canbarbone, seduto a cassetta, schioccava la frusta a destra e a sinistra, come un vetturino quand'ha paura di aver fatto tardi.

Non era ancora passato un quarto d'ora, che la carrozzina tornò, e la Fata, che stava aspettando sull'uscio di casa, prese in collo il povero burattino, e portatolo in una cameretta che aveva le pareti di madreperla, mandò subito a chiamare i medici più famosi del vicinato.

E i medici arrivarono subito, uno dopo l'altro: arrivò, cioè, un Corvo, una Civetta e un Grillo-parlante.

– Vorrei sapere da lor signori – disse la Fata, rivolgendosi ai tre medici riuniti intorno al letto di Pinocchio – vorrei sapere da lor signori se questo disgraziato burattino sia morto o vivo!...

A quest'invito, il Corvo, facendosi avanti per il primo, tastò il polso a Pinocchio: poi gli tastò il naso, poi il dito mignolo dei piedi: e quand'ebbe tastato ben bene, pronunziò solennemente queste parole:

It was drawn by one hundred pairs of white mice, and the Poodle sat on the coachman's seat and snapped his whip in the air, as if he were a real coachman in a hurry to get to his destination.

In a quarter of an hour the coach was back. The Fairy, who was waiting at the door of the house, lifted the poor little Marionette in her arms, took him to a dainty room with mother–of–pearl walls, put him to bed, and sent immediately for the most famous doctors of the neighborhood to come to her.

One after another the doctors came, a Crow, and Owl, and a Talking Cricket.

– I would like to know, signori – said the Fairy, turning to the three doctors gathered about Pinocchio's bed – if this poor Marionette is dead or alive.

At this invitation, the Crow stepped out and felt Pinocchio's pulse, his nose, his little toe. Then he solemnly pronounced the following words:

– A mio credere il burattino è bell'e morto: ma se per disgrazia non fosse morto, allora sarebbe indizio sicuro che è sempre vivo!

– Mi dispiace – disse la Civetta – di dover contraddire il Corvo, mio illustre amico e collega: per me, invece, il burattino è sempre vivo; ma se per disgrazia non fosse vivo, allora sarebbe segno che è morto davvero!

– E lei non dice nulla? – domandò la Fata al Grillo-parlante.

– Io dico che il medico prudente quando non sa quello che dice, la miglior cosa che possa fare, è quella di stare zitto. Del resto quel burattino lì non m'è fisonomia nuova: io lo conosco da un pezzo!...

Pinocchio, che fin allora era stato immobile come un vero pezzo di legno, ebbe una specie di fremito convulso, che fece scuotere tutto il letto.

– Quel burattino lì – seguitò a dire il Grillo-parlante – è una birba matricolata...

Pinocchio aprì gli occhi e li richiuse subito.

– To my mind this Marionette is dead and gone; but if, by any evil chance, he were not, then that would be a sure sign that he is still alive!

– I am sorry – said the Owl –to have to contradict the Crow, my famous friend and colleague. To my mind this Marionette is alive; but if, by any evil chance, he were not, then that would be a sure sign that he is wholly dead!

– And do you hold any opinion? – the Fairy asked the Talking Cricket.

– I say that a wise doctor, when he does not know what he is talking about, should know enough to keep his mouth shut. However, that Marionette is not a stranger to me. I have known him a long time!

Pinocchio, who until then had been very quiet, shuddered so hard that the bed shook.

– That Marionette – continued the Talking Cricket – is a rascal of the worst kind.

Pinocchio opened his eyes and closed them again.

– È un monellaccio, uno svogliato, un vagabondo. Pinocchio si nascose la faccia sotto i lenzuoli.

– Quel burattino lì è un figliuolo disubbidiente, che farà morire di crepacuore il suo povero babbo!...

A questo punto si sentì nella camera un suono soffocato di pianti e di singhiozzi. Figuratevi come rimasero tutti, allorché sollevati un poco i lenzuoli, si accorsero che quello che piangeva e singhiozzava era Pinocchio.

– Quando il morto piange, è segno che è in via di guarigione – disse solennemente il Corvo.

– Mi duole di contraddire il mio illustre amico e collega – soggiunse la Civetta – ma per me, quando il morto piange è segno che gli dispiace a morire.

– He is rude, lazy, a runaway. Pinocchio hid his face under the sheets.

– That Marionette is a disobedient son who is breaking his father's heart!

Long shuddering sobs were heard, cries, and deep sighs. Think how surprised everyone was when, on raising the sheets, they discovered Pinocchio half melted in tears!

– When the dead weep, they are beginning to recover – said the Crow solemnly.

– I am sorry to contradict my famous friend and colleague – said the Owl –but as far as I'm concerned, I think that when the dead weep, it means they do not want to die.

Capitolo 17

Pinocchio mangia lo zucchero, ma non vuol purgarsi: però quando vede i becchini che vengono a portarlo via, allora si purga. Poi dice una bugia e per gastigo gli cresce il naso.

Appena i tre medici furono usciti di camera, la Fata si accostò a Pinocchio e, dopo averlo toccato sulla fronte, si accòrse che era travagliato da un febbrone da non si dire.

Allora sciolse una certa polverina bianca in un mezzo bicchier d'acqua, e porgendolo al burattino, gli disse amorosamente:

– Bevila, e in pochi giorni sarai guarito.

Pinocchio guardò il bicchiere, storse un po' la bocca, e poi dimanda con voce di piagnisteo:

– È dolce o amara?

– È amara, ma ti farà bene.

– Se è amara, non la voglio.

– Da' retta a me: bevila.

– A me l'amaro non mi piace.

Chapter 17

Pinocchio eats sugar, but refuses to take medicine: when the gravediggers come to carry him away, he drinks the purgative and feels better. Then he tells a lie and, in punishment, his nose grows longer.

As soon as the three doctors had left the room, the Fairy went to Pinocchio's bed and, touching him on the forehead, noticed that he was burning with fever.

She took a glass of water, put a white powder into it, and, handing it to the Marionette, said lovingly to him:

– Drink this, and in a few days you'll be up and well.

Pinocchio looked at the glass, made a wry face, and asked in a whining voice:

– Is it sweet or bitter?

– It is bitter, but it is good for you.

– If it is bitter, I don't want it.

– Drink it!

– I don't like anything bitter.

– Bevila: e quando l'avrai bevuta, ti darò una pallina di zucchero, per rifarti la bocca.

– Dov'è la pallina di zucchero?

– Eccola qui – disse la Fata, tirandola fuori da una zuccheriera d'oro.

– Prima voglio la pallina di zucchero, e poi beverò quell'acquaccia amara...

– Me lo prometti?

– Sì...

La fata gli dette la pallina, e Pinocchio, dopo averla sgranocchiata e ingoiata in un attimo, disse leccandosi i labbri:

– Bella cosa se anche lo zucchero fosse una medicina!... Mi purgherei tutti i giorni.

– Ora mantieni la promessa e bevi queste poche gocciole d'acqua, che ti renderanno la salute.

Pinocchio prese di mala voglia il bicchiere in mano e vi ficcò dentro la punta del naso: poi se l'accostò alla bocca: poi tornò a ficcarci la punta del naso: finalmente disse:

– È troppo amara! troppo amara! Io non la posso bere.

– Come fai a dirlo se non l'hai nemmeno assaggiata?

– Drink it and I'll give you a lump of sugar to take away the bitter taste from your mouth.

– Where's the sugar?

– Here it is – said the Fairy, taking a lump from a golden sugar bowl.

– I want the sugar first, then I'll drink the bitter water.

– Do you promise?

– Yes.

The Fairy gave him the sugar and Pinocchio, after chewing and swallowing it in a twinkling, said, while smacking his lips:

– If only sugar were medicine! I should take it every day.

– Now keep your promise and drink these few drops of water. They'll be good for you.

Pinocchio took the glass in both hands and stuck his nose into it. He lifted it to his mouth and once more stuck his nose into it.

– It is too bitter, much too bitter! I can't drink it.

– How do you know, when you haven't even tasted it?

– Me lo figuro! L'ho sentita all'odore. Voglio prima un'altra pallina di zucchero... e poi la beverò!...

Allora la Fata, con tutta la pazienza di una buona mamma, gli pose in bocca un altro po' di zucchero; e dopo gli presentò daccapo il bicchiere.

– Così non la posso bere! – disse il burattino, facendo mille smorfie.

– Perché?

– Perché mi dà noia quel guanciale che ho laggiù sui piedi.

La Fata gli levò il guanciale.

– È inutile! Nemmeno così la posso bere...

– Che cos'altro ti dà noia?

– Mi dà noia l'uscio di camera, che è mezzo aperto.

La Fata andò e chiuse l'uscio di camera.

– Insomma – gridò Pinocchio, dando in uno scoppio di pianto – quest'acquaccia amara, non la voglio bere, no, no, no!...

– Ragazzo mio, te ne pentirai...

– Non me n'importa...

– La tua malattia è grave...

– Non me n'importa...

– La febbre ti porterà in poche ore all'altro mondo...

– I can imagine it. I smell it. I want another lump of sugar, then I'll drink it.

The Fairy, with all the patience of a good mother, gave him more sugar and again handed him the glass.

– I can't drink it like that – the Marionette said, making more wry faces.

– Why?

– Because that feather pillow on my feet bothers me.

The Fairy took away the pillow.

– It's no use. I can't drink it even now.

– What's the matter now?

– I don't like the way that door looks. It's half open.

The Fairy closed the door.

– I won't drink it – Pinocchio, bursting out and crying.

– I won't drink this awful water. I won't. I won't! No, no, no, no!

– My boy, you'll be sorry.

– I don't care.

– You are very sick.

– I don't care.

– In a few hours the fever will take you far away to another world.

– Non me n'importa...

– Non hai paura della morte?

– Punto paura!... Piuttosto morire, che bevere quella medicina cattiva.

A questo punto, la porta della camera si spalancò ed entrarono dentro quattro conigli neri come l'inchiostro, che portavano sulle spalle una piccola bara da morto.

– Che cosa volete da me? – gridò Pinocchio, rizzandosi tutto impaurito a sedere sul letto.

– Siamo venuti a prenderti – rispose il coniglio più grosso.

– A prendermi?... Ma io non sono ancora morto!...

– Ancora no: ma ti restano pochi minuti di vita avendo tu ricusato di bevere la medicina, che ti avrebbe guarito dalla febbre!...

– O Fata, o Fata mia – cominciò allora a strillare il burattino – datemi subito quel bicchiere. Spicciatevi, per carità, perché non voglio morire no... non voglio morire...

E preso il bicchiere con tutt'e due le mani, lo votò in un fiato.

– I don't care.

– Aren't you afraid of death?

– Not a bit. I'd rather die than drink that awful medicine.

At that moment, the door of the room flew open and in came four Rabbits as black as ink, carrying a small black coffin on their shoulders.

– What do you want from me?– asked Pinocchio.

– We have come for you – said the largest Rabbit.

– For me? But I'm not dead yet!

– No, not dead yet; but you will be in a few moments since you have refused to take the medicine which would have made you well.

– Oh, Fairy, my Fairy – the Marionette cried out – give me that glass! Quick, please! I don't want to die! No, no, not yet...not yet!

And holding the glass with his two hands, he swallowed the medicine at one gulp.

– Pazienza! – dissero i conigli. – Per questa volta abbiamo fatto il viaggio a ufo.

E tiratisi di nuovo la piccola bara sulle spalle, uscirono di camera bofonchiando e mormorando fra i denti.

Fatto sta che di lì a pochi minuti, Pinocchio saltò giù dal letto, bell'e guarito; perché bisogna sapere che i burattini di legno hanno il privilegio di ammalarsi di rado e di guarire prestissimo.

E la Fata, vedendolo correre e ruzzare per la camera, vispo e allegro come un gallettino di primo canto, gli disse:

– Dunque la mia medicina t'ha fatto bene davvero?

– Altro che bene! Mi ha rimesso al mondo!...

– E allora come mai ti sei fatto tanto pregare a beverla?

– Egli è che noi ragazzi siamo tutti così! Abbiamo più paura delle medicine che del male.

– Vergogna! I ragazzi dovrebbero sapere che un buon medicamento preso a tempo può salvarli da una grave malattia e fors'anche dalla morte...

– Oh! ma un'altra volta non mi farò tanto pregare! Mi rammenterò di quei

– Well – said the four Rabbits – this time we have made the trip for nothing.

And turning on their heels, they marched solemnly out of the room, carrying their little black coffin and muttering and grumbling between their teeth.

In a twinkling, Pinocchio felt fine. With one leap he was out of bed and into his clothes.

The Fairy, seeing him run and jump around the room as a bird on wing, said to him:

– My medicine was good for you, after all, wasn't it?

– Good indeed! It has given me new life.

– Why, then, did I have to beg you so hard to make you drink it?

– I'm a boy, you see, and all boys hate medicine more than they do sickness.

– What a shame! Boys ought to know, after all, that medicine, taken in time, can save them from much pain and even from death.

– Next time I won't have to be begged so hard. I'll remember those

conigli neri, colla bara sulle spalle... e allora piglierò subito il bicchiere in mano, e giù!...

– Ora vieni un po' qui da me e raccontami come andò che ti trovasti fra le mani degli assassini.

– Gli andò che il burattinaio Mangiafoco mi dette alcune monete d'oro, e mi disse: «To', portale al tuo babbo!» e io, invece, per la strada trovai una Volpe e un Gatto, due persone molto per bene, che mi dissero: «Vuoi che codeste monete diventino mille e duemila? Vieni con noi, e ti condurremo al Campo dei miracoli». E io dissi: «Andiamo»; e loro dissero: «Fermiamoci qui all'osteria del Gambero Rosso e dopo la mezzanotte ripartiremo». Ed io, quando mi svegliai, loro non c'erano più, perché erano partiti. Allora io cominciai a camminare di notte, che era un buio che pareva impossibile, per cui trovai per la strada due assassini dentro due sacchi da carbone, che mi dissero: «Metti fuori i quattrini»; e io dissi: «Non ce n'ho»; perché le quattro monete d'oro me l'ero nascoste in bocca, e uno degli assassini si provò a mettermi le mani in bocca, e io con un morso gli staccai la mano e poi la

black Rabbits with the black coffin on their shoulders and I'll take the glass and pouf!... down it will go!

– Come here now and tell me how it came about that you found yourself in the hands of the Assassins.

– It happened that Fire Eater gave me five gold pieces to give to my Father, but on the way, I met a Fox and a Cat, who asked me, `Do you want the five pieces to become two thousand?' And I said, `Yes.' And they said, `Come with us to the Field of Wonders.' And I said, `Let's go.' Then they said, `Let us stop at the Inn of the Red Lobster for dinner and after midnight we'll set out again.' We ate and went to sleep. When I awoke they were gone and I started out in the darkness all alone. On the road I met two Assassins dressed in black coal sacks, who said to me, `Your money or your life!' and I said, `I haven't any money'; for, you see, I had put the money under my tongue. One of them tried to put his hand in my mouth and I bit it off and spat it out;

sputai, ma invece di una mano sputai uno zampetto di gatto. E gli assassini a corrermi dietro e, io corri che ti corro, finché mi raggiunsero, e mi legarono per il collo a un albero di questo bosco, col dire: «Domani torneremo qui, e allora sarai morto e colla bocca aperta, e così ti porteremo via le monete d'oro che hai nascoste sotto la lingua».

– E ora le quattro monete dove le hai messe? – gli domandò la Fata.

– Le ho perdute! – rispose Pinocchio; ma disse una bugia, perché invece le aveva in tasca. Appena detta la bugia, il suo naso, che era già lungo, gli crebbe subito due dita di più.

– E dove le hai perdute?

– Nel bosco qui vicino.

A questa seconda bugia il naso seguitò a crescere.

– Se le hai perdute nel bosco vicino – disse la Fata – le cercheremo e le ritroveremo: perché tutto quello che si perde nel vicino bosco, si ritrova sempre.

– Ah! ora che mi rammento bene – replicò il burattino, imbrogliandosi – le quattro monete non le ho perdute, ma

but it wasn't a hand, it was a cat's paw. And they ran after me and I ran and ran, till at last they caught me and tied my neck with a rope and hanged me to a tree, saying, `Tomorrow we'll come back for you and you'll be dead and your mouth will be open, and then we'll take the gold pieces that you have hidden under your tongue.'

– Where are the gold pieces now?– the Fairy asked.

– I lost them – answered Pinocchio, but he told a lie, for he had them in his pocket.

As he spoke, his nose, long though it was, became at least two inches longer.

– And where did you lose them?

– In the wood near by.

At this second lie, his nose grew a few more inches.

– If you lost them in the near–by wood – said the Fairy – we'll look for them and find them, for everything that is lost there is always found.

– Ah, now I remember – replied the Marionette, becoming more and more confused. –I did not lose the gold pieces,

senza avvedermene le ho inghiottite mentre bevevo la vostra medicina.

A questa terza bugia, il naso gli si allungò in un modo così straordinario, che il povero Pinocchio non poteva più girarsi da nessuna parte. Se si voltava di qui batteva il naso nel letto o nei vetri della finestra, se si voltava di là, lo batteva nelle pareti o nella porta di camera, se alzava un po' di più il capo, correva il rischio di ficcarlo in un occhio alla Fata.

E la Fata lo guardava e rideva.

– Perché ridete? – gli domandò il burattino, tutto confuso e impensierito di quel suo naso che cresceva a occhiate.

– Rido della bugia che hai detto.

– Come mai sapete che ho detto una bugia?

– Le bugie, ragazzo mio, si riconoscono subito! perché ve ne sono di due specie: vi sono le bugie che hanno le gambe corte, e le bugie che hanno il naso lungo: la tua per l'appunto è di quelle che hanno il naso lungo.

Pinocchio, non sapendo più dove nascondersi per la vergogna, si provò a fuggire di camera; ma non gli riuscì. Il suo naso era cresciuto tanto, che non passava più dalla porta.

but I swallowed them when I drank the medicine.

At this third lie, his nose became longer than ever, so long that he could not even turn around. If he turned to the right, he knocked it against the bed or into the windowpanes; if he turned to the left, he struck the walls or the door; if he raised it a bit, he almost put the Fairy's eyes out.

The Fairy sat looking at him and laughing.

– Why do you laugh? – the Marionette asked her, worried now at the sight of his growing nose.

– I am laughing at your lies.

– How do you know I am lying?

– Lies, my boy, are known in a moment. There are two kinds of lies, lies with short legs and lies with long noses. Yours, just now, happen to have long noses.

Pinocchio, not knowing where to hide his shame, tried to escape from the room, but his nose had become so long that he could not get it out of the door.

Capitolo 18

Pinocchio ritrova la Volpe e il Gatto, e va con loro a seminare le quattro monete nel Campo de' Miracoli.

Come potete immaginarvelo, la Fata lasciò che il burattino piangesse e urlasse una buona mezz'ora, a motivo di quel suo naso che non passava più dalla porta di camera; e lo fece per dargli una severa lezione perché si correggesse dal brutto vizio di dire le bugie, il più brutto vizio che possa avere un ragazzo. Ma quando lo vide trasfigurato e cogli occhi fuori della testa dalla gran disperazione, allora, mossa a pietà, batté le mani insieme, e a quel segnale entrarono in camera dalla finestra un migliaio di grossi uccelli chiamati *Picchi,* i quali, posatisi tutti sul naso di Pinocchio, cominciarono a beccarglielo tanto e poi tanto, che in pochi minuti quel naso enorme e spropositato si trovò ridotto alla sua grandezza naturale.

– Quanto siete buona, Fata mia – disse il burattino, asciugandosi gli occhi – e quanto bene vi voglio!

Chapter 18

Pinocchio finds the Fox and the Cat again and goes with them to plant the gold pieces in the Field of Miracles.

Crying as if his heart would break, the Marionette mourned for hours over the length of his nose. No matter how he tried, it would not go through the door. The Fairy showed no pity toward him, as she was trying to teach him a good lesson, so that he would stop telling lies, the worst habit any boy may acquire. But when she saw him, pale with fright and with his eyes half out of his head from terror, she began to feel sorry for him and clapped her hands together. A thousand woodpeckers flew in through the window and settled themselves on Pinocchio's nose. They pecked and pecked so hard at that enormous nose that in a few moments, it was the same size as before.

– How good you are, my Fairy – said Pinocchio, drying his eyes – and how much I love you!

– Ti voglio bene anch'io – rispose la Fata – e se tu vuoi rimanere con me, tu sarai il mio fratellino e io la tua buona sorellina...

– Io resterei volentieri... ma il mio povero babbo?

– Ho pensato a tutto. Il tuo babbo è stato digià avvertito: e prima che faccia notte, sarà qui.

– Davvero?... – gridò Pinocchio, saltando dall'allegrezza. – Allora, Fatina mia, se vi contentate, vorrei andargli incontro! Non vedo l'ora di poter dare un bacio a quel povero vecchio, che ha sofferto tanto per me!

– Vai pure, ma bada di non ti sperdere. Prendi la via del bosco, e sono sicurissima che lo incontrerai.

Pinocchio partì: e appena entrato nel bosco, cominciò a correre come un capriolo. Ma quando fu arrivato a un certo punto, quasi in faccia alla Quercia grande, si fermò, perché gli parve di aver sentito gente fra mezzo alle frasche. Difatti vide apparire sulla strada, indovinate chi?... la Volpe e il Gatto, ossia i due compagni di viaggio, coi quali aveva cenato all'osteria del Gambero Rosso.

– I love you, too – answered the Fairy – and if you wish to stay with me, you may be my little brother and I'll be your good little sister.

– I should like to stay... but what about my poor father?

– I have thought of everything. Your father has been informed and before night he will be here.

– Really?... – cried Pinocchio joyfully. – Then, my good Fairy, if you are willing, I should like to go to meet him. I cannot wait to kiss that dear old man, who has suffered so much for my sake.

– Surely; go ahead, but be careful not to lose your way. Take the wood path and you'll surely meet him.

Pinocchio set out, and as soon as he found himself in the wood, he ran like a hare. When he reached the giant oak tree he stopped, for he thought he heard a rustle in the brush. He was right. There stood the Fox and the Cat, the two traveling companions with whom he had eaten at the Inn of the Red Lobster.

– Ecco il nostro caro Pinocchio! – gridò la Volpe, abbracciandolo e baciandolo. – Come mai sei qui?

– Come mai sei qui? – ripeté il Gatto.

– È una storia lunga – disse il burattino – e ve la racconterò a comodo. Sappiate però che l'altra notte, quando mi avete lasciato solo nell'osteria, ho trovato gli assassini per la strada...

– Gli assassini?... O povero amico! E che cosa volevano?

– Mi volevano rubare le monete d'oro.

– Infami!... – disse la Volpe.

– Infamissimi! – ripeté il Gatto.

– Ma io cominciai a scappare – continuò a dire il burattino – e loro sempre dietro: finché mi raggiunsero e m'impiccarono a un ramo di quella quercia.

E Pinocchio accennò la Quercia grande, che era lì a due passi.

– Si può sentir di peggio? – disse la Volpe. – In che mondo siamo condannati a vivere? Dove troveremo un rifugio sicuro noi altri galantuomini?...

Nel tempo che parlavano così, Pinocchio si accorse che il Gatto era zoppo dalla gamba destra davanti, perché gli

– Here comes our dear Pinocchio! – cried the Fox, hugging and kissing him. – How did you happen here?

– How did you happen here?– repeated the Cat.

– It is a long story – said the Marionette. – Let me tell it to you. The other night, when you left me alone at the Inn, I met the Assassins on the road...

– The Assassins? Oh, my poor friend! And what did they want?

– They wanted my gold pieces.

– Rascals! – said the Fox.

– The worst sort of rascals! – added the Cat.

– But I began to run – continued the Marionette – and they were after me, until they overtook me and hanged me to the limb of that oak.

Pinocchio pointed to the giant oak near by.

– Could anything be worse? – said the Fox. – What an awful world to live in! Where shall we find a safe place for gentlemen like ourselves?

As the Fox talked so, Pinocchio noticed that the Cat carried his right paw in a sling.

mancava in fondo tutto lo zampetto cogli unghioli: per cui gli domandò:

– Che cosa hai fatto del tuo zampetto?

Il Gatto voleva rispondere qualche cosa, ma s'imbrogliò. Allora la Volpe disse subito:

– Il mio amico è troppo modesto – e per questo non risponde. Risponderò io per lui. Sappi dunque che un'ora fa abbiamo incontrato sulla strada un vecchio lupo, quasi svenuto dalla fame, che ci ha chiesto un po' d'elemosina. Non avendo noi da dargli nemmeno una lisca di pesce, che cosa ha fatto l'amico mio, che ha davvero un cuore di Cesare?... Si è staccato coi denti uno zampetto delle sue gambe davanti e l'ha gettato a quella povera bestia, perché potesse sdigiunarsi.

E la Volpe nel dir così, si asciugò una lacrima.

Pinocchio, commosso anche lui, si avvicinò al Gatto, sussurrandogli negli orecchi:

– Se tutti i gatti ti somigliassero, fortunati i topi!...

– E ora che cosa fai in questi luoghi? – domandò la Volpe al burattino.

– What happened to your paw? – he asked. The Cat tried to answer, but he became so terribly twisted in his speech that the Fox had to help him out.

– My friend is too modest to answer. I'll answer for him. About an hour ago, we met an old wolf on the road. He was half starved and begged for help. Having nothing to give him, what do you think my friend did out of the kindness of his heart? With his teeth, he bit off the paw of his front foot and threw it at that poor beast, so that he might have something to eat.

As he spoke, the Fox wiped off a tear.

Pinocchio, almost in tears himself, whispered in the Cat's ear:

– If all the cats were like you, how lucky the mice would be!

– And what are you doing here? – the Fox asked the Marionette.

– Aspetto il mio babbo, che deve arrivare qui di momento in momento.

– E le tue monete d'oro?

– Le ho sempre in tasca, meno una che la spesi all'osteria del Gambero Rosso.

– E pensare che, invece di quattro monete, potrebbero diventare domani mille e duemila! Perché non dai retta al mio consiglio? Perché non vai a seminarle nel Campo dei miracoli?

– Oggi è impossibile: vi anderò un altro giorno.

– Un altro giorno sarà tardi – disse la Volpe.

– Perché?

– Perché quel campo è stato comprato da un gran signore e da domani in là non sarà più permesso a nessuno di seminarvi i denari.

– Quant'è distante di qui il Campo dei miracoli?

– Due chilometri appena. Vuoi venire con noi? Fra mezz'ora sei là: semini subito le quattro monete: dopo pochi minuti ne raccogli duemila e stasera ritorni qui colle tasche piene. Vuoi venire con noi?

Pinocchio esitò un poco a rispondere, perché gli tornò in mente la buona Fata, il

– I am waiting for my father, who will be here at any moment now.

– And your gold pieces?

– I still have them in my pocket, except one which I spent at the Inn of the Red Lobster.

– To think that those four gold pieces might become two thousand tomorrow. Why don't you listen to me? Why don't you sow them in the Field of Wonders?

– Today it is impossible. I'll go with you some other time.

– Another day will be too late – said the Fox.

– Why?

– Because that field has been bought by a very rich man, and today is the last day that it will be open to the public.

– How far is this Field of Wonders?

– Only two miles away. Will you come with us? We'll be there in half an hour. You can sow the money, and, after a few minutes, you will gather your two thousand coins and return home rich. Are you coming?

Pinocchio hesitated a moment before answering, for he remembered the good Fairy,

vecchio Geppetto e gli avvertimenti del Grillo-parlante; ma poi finì col fare come fanno tutti i ragazzi senza un fil di giudizio e senza cuore; finì, cioè, col dare una scrollatina di capo, e disse alla Volpe e al Gatto:

– Andiamo pure: io vengo con voi.

E partirono.

Dopo aver camminato una mezza giornata arrivarono a una città che aveva nome «Acchiappa-citrulli». Appena entrato in città, Pinocchio vide tutte le strade popolate di cani spelacchiati, che sbadigliavano dall'appetito, di pecore tosate che tremavano dal freddo, di galline rimaste senza cresta e senza bargigli, che chiedevano l'elemosina d'un chicco di granturco, di grosse farfalle, che non potevano più volare, perché avevano venduto le loro bellissime ali colorite, di pavoni tutti scodati, che si vergognavano a farsi vedere, e di fagiani che zampettavano cheti cheti, rimpiangendo le loro scintillanti penne d'oro e d'argento, oramai perdute per sempre.

In mezzo a questa folla di accattoni e di poveri vergognosi passavano di tanto in tanto alcune carrozze signorili con dentro

old Geppetto, and the advice of the Talking Cricket. Then he ended by doing what all boys do, when they have no heart and little brain. He shrugged his shoulders and said to the Fox and the Cat:

– Let us go! I am with you.

And they went.

They walked and walked for a half a day at least and at last they came to the town called the City of Simple Simons. As soon as they entered the town, Pinocchio noticed that all the streets were filled with hairless dogs, yawning from hunger; with sheared sheep, trembling with cold; with combless chickens, begging for a grain of wheat; with large butterflies, unable to use their wings because they had sold all their lovely colors; with tailless peacocks, ashamed to show themselves; and with bedraggled pheasants, scuttling away hurriedly, grieving for their bright feathers of gold and silver, lost to them forever.

Through this crowd of paupers and beggars beautiful coaches passed now and again.

o qualche volpe, o qualche gazza ladra o qualche uccellaccio di rapina.

– E il Campo dei miracoli dov'è? – domandò Pinocchio.

– È qui a due passi.

Detto fatto traversarono la città e, usciti fuori dalle mura, si fermarono in un campo solitario che, su per giù, somigliava a tutti gli altri campi.

– Eccoci giunti – disse la Volpe al burattino. – Ora chinati giù a terra, scava con le mani una piccola buca nel campo e mettici dentro le monete d'oro.

Pinocchio ubbidì. Scavò la buca, ci pose le quattro monete d'oro che gli erano rimaste: e dopo ricoprì la buca con un po' di terra.

– Ora poi – disse la Volpe – vai alla gora qui vicina, prendi una secchia d'acqua e annaffia il terreno dove hai seminato.

Pinocchio andò alla gora, e perché non aveva lì per lì una secchia, si levò di piedi una ciabatta e, riempitala d'acqua, annaffiò la terra che copriva la buca. Poi domandò:

– C'è altro da fare?

Within it sat either a Fox, a Hawk, or a Vulture.

– Where is the Field of Wonders? – asked Pinocchio, growing tired of waiting.

– Be patient. It is only a few more steps away.

They passed through the city and, just outside the walls, they stepped into a lonely field, which looked more or less like any other field.

– Here we are – said the Fox to the Marionette. – Dig a hole here and put the gold pieces into it.

The Marionette obeyed. He dug the hole, put the four gold pieces into it, and covered them up very carefully.

– Now – said the Fox – go to that near – by brook, bring back a pail full of water, and sprinkle it over the spot.

Pinocchio followed the directions closely, but, as he had no pail, he pulled off his shoe, filled it with water, and sprinkled the earth which covered the gold. Then he asked:

– Anything else?

– Nient'altro – rispose la Volpe. – Ora possiamo andar via. Tu poi ritorna qui fra una ventina di minuti e troverai l'arboscello già spuntato dal suolo e coi rami tutti carichi di monete.

Il povero burattino, fuori di sé dalla contentezza, ringraziò mille volte la Volpe e il Gatto, e promise loro un bellissimo regalo.

– Noi non vogliamo regali – risposero quei due malanni. – A noi ci basta di averti insegnato il modo di arricchire senza durar fatica, e siamo contenti come pasque.

Ciò detto salutarono Pinocchio, e augurandogli una buona raccolta, se ne andarono per i fatti loro.

– Nothing else – answered the Fox. – Now we can go. Return here within twenty minutes and you will find the vine grown and the branches filled with gold pieces.

Pinocchio, beside himself with joy, thanked the Fox and the Cat many times and promised them each a beautiful gift.

– We don't want any of your gifts – answered the two rogues. – It is enough for us that we have helped you to become rich with little or no trouble. For this we are as happy as kings.–

They said goodbye to Pinocchio and, wishing him good luck, went on their way.

Capitolo 19

Pinocchio è derubato delle sue monete d'oro e, per castigo, si busca quattro mesi di prigione.

Chapter 19

Pinocchio is robbed of his gold pieces and, as punishment, gets four months in prison.

Il burattino, ritornato in città, cominciò a contare i minuti a uno a uno; e, quando gli parve che fosse l'ora, riprese subito la strada che menava al Campo dei miracoli.

E mentre camminava con passo frettoloso, il cuore gli batteva forte e gli faceva tic, tac, tic, tac, come un orologio da sala, quando corre davvero. E intanto pensava dentro di sé:

– E se invece di mille monete, ne trovassi su i rami dell'albero duemila?... E se invece di duemila, ne trovassi cinquemila?... E se invece di cinquemila ne trovassi centomila? Oh che bel signore, allora, che diventerei!... Vorrei avere un bel palazzo, mille cavallini di legno e mille scuderie, per potermi baloccare, una cantina di rosoli e di alchermes, e una libreria tutta piena di canditi, di torte, di panettoni, di mandorlati e di cialdoni colla panna.

If the Marionette had been told to wait a day instead of twenty minutes, the time could not have seemed longer to him. He walked impatiently to and fro and finally turned his nose toward the Field of Wonders.

And as he walked with hurried steps, his heart beat with an excited tic, tac, tic, tac, just as if it were a wall clock, and his busy brain kept thinking:

– What if, instead of a thousand, I should find two thousand? Or if, instead of two thousand, I should find five thousand... or one hundred thousand? I'll build myself a beautiful palace, with a thousand stables filled with a thousand wooden horses to play with, a cellar overflowing with lemonade and ice cream soda, and a library of candies and fruits, cakes and cookies.

Così fantasticando, giunse in vicinanza del campo, e lì si fermò a guardare se per caso avesse potuto scorgere qualche albero coi rami carichi di monete: ma non vide nulla. Fece altri cento passi in avanti, e nulla: entrò sul campo... andò proprio su quella piccola buca, dove aveva sotterrato i suoi zecchini, e nulla. Allora diventò pensieroso e, dimenticando le regole del Galateo e della buona creanza, tirò fuori una mano di tasca e si dette una lunghissima grattatina di capo.

In quel mentre sentì fischiare negli orecchi una gran risata: e voltatosi in su, vide sopra un albero un grosso pappagallo che si spollinava le poche penne che aveva addosso.

– Perché ridi? – gli domandò Pinocchio con voce di bizza.

– Rido, perché nello spollinarmi mi son fatto il solletico sotto le ali.

Il burattino non rispose. Andò alla gora e riempita d'acqua la solita ciabatta, si pose nuovamente ad annaffiare la terra che ricuopriva le monete d'oro.

Quand'ecco che un'altra risata, anche più impertinente della prima, si fece

Thus amusing himself with fancies, he came to the field. There he stopped to see if, by any chance, a vine filled with gold coins was in sight. But he saw nothing! He took a few steps forward, and still nothing! He stepped into the field. He went up to the place where he had dug the hole and buried the gold pieces. Again nothing! Pinocchio became very thoughtful and, forgetting his good manners altogether, he pulled a hand out of his pocket and gave his head a thorough scratching.

As he did so, he heard a hearty burst of laughter close to his head. He turned sharply, and there, just above him on the branch of a tree, sat a large Parrot, busily preening his feathers.

– What are you laughing at? – Pinocchio asked peevishly.

– I am laughing because, in preening my feathers, I tickled myself under the wings.

The Marionette did not answer. He walked to the brook, filled his shoe with water, and once more sprinkled the ground which covered the gold pieces.

Another burst of laughter, even more impertinent than the first

sentire nella solitudine silenziosa di quel campo.

– Insomma – gridò Pinocchio, arrabbiandosi – si può sapere, Pappagallo mal educato, di che cosa ridi?

– Rido di quei barbagianni, che credono a tutte le scioccherie e che si lasciano trappolare da chi è più furbo di loro.

– Parli forse di me?

– Sì, parlo di te, povero Pinocchio, di te che sei così dolce di sale, da credere che i denari si possano seminare e raccogliere nei campi, come si seminano i fagioli e le zucche. Anch'io l'ho creduto una volta, e oggi ne porto le pene. Oggi (ma troppo tardi!) mi son dovuto persuadere che per mettere insieme onestamente pochi soldi, bisogna saperseli guadagnare o col lavoro delle proprie mani o coll'ingegno della propria testa.

– Non ti capisco – disse il burattino, che già cominciava a tremare dalla paura.

– Pazienza! Mi spiegherò meglio – soggiunse il Pappagallo. – Sappi dunque che, mentre tu eri in città, la Volpe e il Gatto sono tornati in questo campo: hanno preso le monete d'oro sotterrate, e poi

was heard in the quiet field.

– Well – cried the Marionette, angrily this time – may I know, Mr. Parrot, what amuses you so?

– I am laughing at those simpletons who believe everything they hear and who allow themselves to be caught so easily in the traps set for them.

– Do you, perhaps, mean me?

– I certainly do mean you, poor Pinocchio, who are such a little silly as to believe that gold can be sown in a field just like beans or squash. I believed that once too and today I am very sorry for it. Today (but too late!) I have reached the conclusion that, in order to come by money honestly, one must work and know how to earn it with hand or brain.

– I don't know what you are talking about – said the Marionette, who was beginning to tremble with fear.

– Too bad! I'll explain myself better – said the Parrot.

– While you were away in the city the Fox and the Cat returned here in a great hurry. They took the four gold pieces which you have buried, and

sono fuggiti come il vento. E ora chi li raggiunge, è bravo!

Pinocchio restò a bocca aperta, e non volendo credere alle parole del Pappagallo, cominciò colle mani e colle unghie a scavare il terreno che aveva annaffiato. E scava, scava, scava, fece una buca così profonda, che ci sarebbe entrato per ritto un pagliaio: ma le monete non ci erano più.

Allora, preso dalla disperazione, tornò di corsa in città e andò difilato in tribunale, per denunziare al giudice i due malandrini, che lo avevano derubato.

Il giudice era uno scimmione della razza dei Gorilla: un vecchio scimmione rispettabile per la sua grave età, per la sua barba bianca e specialmente per i suoi occhiali d'oro, senza vetri, che era costretto a portare continuamente, a motivo di una flussione d'occhi, che lo tormentava da parecchi anni.

Pinocchio, alla presenza del giudice, raccontò per filo e per segno l'iniqua frode, di cui era stato vittima; dette il nome, il cognome e i connotati dei malandrini, e finì col chiedere giustizia.

ran away as fast as the wind.

If you can catch them, you're a brave one!

Pinocchio's mouth opened wide. He would not believe the Parrot's words and began to dig away furiously at the earth. He dug and he dug till the hole was as big as himself, but no money was there. Every penny was gone.

In desperation, he ran to the city and went straight to the courthouse to report the robbery to the magistrate.

The Judge was a Monkey, a large Gorilla venerable with age. A flowing white beard covered his chest and he wore gold–rimmed spectacles from which the glasses had dropped out. The reason for wearing these, he said, was that his eyes had been weakened by the work of many years.

Pinocchio, standing before him, told his pitiful tale, word by word. He gave the names and the descriptions of the robbers and begged for justice.

Il giudice lo ascoltò con molta benignità: prese vivissima parte al racconto: s'intenerì, si commosse: e quando il burattino non ebbe più nulla da dire, allungò la mano e suonò il campanello.

A quella scampanellata comparvero subito due can mastini vestiti da giandarmi.

Allora il giudice, accennando Pinocchio ai giandarmi, disse loro:

– Quel povero diavolo è stato derubato di quattro monete d'oro: pigliatelo dunque e mettetelo subito in prigione.

Il burattino, sentendosi dare questa sentenza fra capo e collo, rimase di princisbecco e voleva protestare: ma i giandarmi, a scanso di perditempi inutili, gli tapparono la bocca e lo condussero in gattabuia.

E lì v'ebbe a rimanere quattro mesi: quattro lunghissimi mesi: e vi sarebbe rimasto anche di più, se non si fosse dato un caso fortunatissimo. Perché bisogna sapere che il giovane Imperatore che regnava nella città di Acchiappa-citrulli, avendo riportato una gran vittoria contro i suoi nemici, ordinò grandi feste pubbliche,

The Judge listened to him with great patience. A kind look shone in his eyes. He became very much interested in the story; he felt moved; he almost wept. When the Marionette had no more to say, the Judge put out his hand and rang a bell.

At the sound, two large Mastiffs appeared, dressed in Carabineers' uniforms.

Then the magistrate, pointing to Pinocchio, said in a very solemn voice:

– This poor simpleton has been robbed of four gold pieces. Take him, therefore, and throw him into prison. The Marionette, on hearing this sentence passed upon him, was thoroughly stunned. He tried to protest, but the two officers clapped their paws on his mouth and hustled him away to jail.

There he had to remain for four long, weary months. And if it had not been for a very lucky chance, he probably would have had to stay there longer. For, my dear children, you must know that it happened just then that the young emperor, who ruled over the City of Simple Simons, had gained a great victory over his enemy, and in celebration thereof,

luminarie, fuochi artificiali, corse di barberi e velocipedi, e in segno di maggiore esultanza, volle che fossero aperte le carceri e mandati fuori tutti i malandrini.

– Se escono di prigione gli altri, voglio uscire anch'io – disse Pinocchio al carceriere.

– Voi no – rispose il carceriere – perché voi non siete del bel numero...

– Domando scusa – replicò Pinocchio – sono un malandrino anch'io.

– In questo caso avete mille ragioni – disse il carceriere; e levandosi il berretto rispettosamente e salutandolo, gli aprì le porte della prigione e lo lasciò scappare.

he had ordered illuminations, fireworks, shows of all kinds, and, best of all, the opening of all prison doors.

– If the others go, I will go, too – said Pinocchio to the Jailer.

– Not you – answered the Jailer. –You are one of those...

– I beg your pardon – interrupted Pinocchio – I am a thief too.

– In that case you are free as well – said the Jailer. Taking off his cap, he bowed low and opened the door of the prison, and Pinocchio ran out and away, with never a look backward.

Capitolo 20

Liberato dalla prigione,
si avvia per tornare a casa della Fata;
ma lungo la strada trova un serpente
orribile, e poi rimane preso alla tagliuola.

Figuratevi l'allegrezza di Pinocchio, quando si sentì libero. Senza stare a dire che è e che non è, uscì subito fuori della città e riprese la strada che doveva ricondurlo alla Casina della Fata.

A motivo del tempo piovigginoso, la strada era diventata tutta un pantano e ci si andava fino a mezza gamba.

Ma il burattino non se ne dava per inteso.

Tormentato dalla passione di rivedere il suo babbo e la sua sorellina dai capelli turchini, correva a salti come un cane levriero, e nel correre le pillacchere gli schizzavano fin sopra il berretto. Intanto andava dicendo fra sé e sé:

– Quante disgrazie mi sono accadute... E me le merito! perché io sono un burattino testardo e piccoso... e voglio far sempre tutte le cose a modo mio, senza dar retta a quelli che mi voglion bene e che hanno mille volte più giudizio di me!...

Chapter 20

Freed from prison, Pinocchio tries to return to the Fairy's house; but on the way he meets a Serpent and later is caught in a trap.

Fancy the happiness of Pinocchio on finding himself free! Without saying yes or no, he fled from the city and set out on the road that was to take him back to the house of the lovely Fairy.

It had rained for many days, and the road was so muddy that, at times, Pinocchio sank down almost to his knees.

But he kept on bravely.

Tormented by the wish to see his father and his fairy sister with azure hair, he raced like a greyhound. As he ran, he was splashed with mud even up to his cap.

– How unhappy I have been – he said to himself. – And yet I deserve everything, for I am certainly very stubborn and stupid! I will always have my own way. I won't listen to those who love me and who have more brains than me.

Ma da questa volta in là, faccio proponimento di cambiar vita e di diventare un ragazzo ammodo e ubbidiente... Tanto ormai ho bell'e visto che i ragazzi, a essere disubbidienti, ci scapitano sempre e non ne infilano mai una per il su' verso. E il mio babbo mi avrà aspettato?... Ce lo troverò a casa della Fata? è tanto tempo, pover'uomo, che non lo vedo più, che mi struggo di fargli mille carezze e di finirlo dai baci! E la Fata mi perdonerà la brutta azione che le ho fatto?... E pensare che ho ricevuto da lei tante attenzioni e tante cure amorose... e pensare che se oggi son sempre vivo, lo debbo a lei! Ma si può dare un ragazzo più ingrato e più senza cuore di me?...

Nel tempo che diceva così, si fermò tutt'a un tratto spaventato e fece quattro passi indietro.

Che cosa aveva veduto?...

Aveva veduto un grosso Serpente, disteso attraverso alla strada, che aveva la pelle verde, gli occhi di fuoco e la coda appuntuta, che gli fumava come una cappa di camino.

Impossibile immaginarsi la paura del burattino: il quale, allontanatosi più di

But from now on, I'll be different and I'll try to become a most obedient boy. I have found out, beyond any doubt whatever, that disobedient boys are certainly far from happy, and that, in the long run, they always lose out. I wonder if Father is waiting for me. Will I find him at the Fairy's house? It has been so long, poor man, since I saw him, and I do so want his love and his kisses. And will the Fairy ever forgive me for all I have done? She who has been so good to me and to whom I owe my life! Can there be a worse or more heartless boy than I am anywhere?

As he spoke, he stopped suddenly, frozen with terror.

What was the matter?

An immense Serpent lay stretched across the road a Serpent with a bright green skin, fiery eyes which glowed and burned, and a pointed tail that smoked like a chimney.

How frightened was poor Pinocchio! He ran back

mezzo chilometro, si mise a sedere sopra un monticello di sassi, aspettando che il Serpente se ne andasse una buona volta per i fatti suoi e lasciasse libero il passo della strada.

Aspettò un'ora; due ore; tre ore; ma il Serpente era sempre là, e, anche di lontano, si vedeva il rosseggiare de' suoi occhi di fuoco e la colonna di fumo che gli usciva dalla punta della coda.

Allora Pinocchio, figurandosi di aver coraggio, si avvicinò a pochi passi di distanza, e facendo una vocina dolce, insinuante e sottile, disse al Serpente:

– Scusi, signor Serpente, che mi farebbe il piacere di tirarsi un pochino da una parte, tanto da lasciarmi passare?

Fu lo stesso che dire al muro. Nessuno si mosse.

Allora riprese colla solita vocina:

– Deve sapere, signor Serpente, che io vado a casa, dove c'è il mio babbo che mi aspetta e che è tanto tempo che non lo vedo più!... Si contenta dunque che io seguiti per la mia strada?

Aspettò un segno di risposta a quella domanda: ma la risposta non venne: anzi il Serpente, che fin allora pareva arzillo e

wildly for half a mile, and at last settled himself atop a heap of stones to wait for the Serpent to go on his way and leave the road clear for him.

He waited an hour; two hours; three hours; but the Serpent was always there, and even from afar one could see the flash of his red eyes and the column of smoke which rose from his long, pointed tail.

Pinocchio, trying to feel very brave, walked straight up to him and said in a sweet, soothing voice:

– I beg your pardon, Mr. Serpent, would you be so kind as to step aside to let me pass?

He might as well have talked to a wall. The Serpent never moved.

Once more, in the same sweet voice, he spoke:

– You must know, Mr. Serpent, that I am going home where my father is waiting for me. It has been so long since I saw him! Would you mind very much if I passed?

He waited for some sign of an answer to his questions, but the answer did not come. On the contrary, the green Serpent, who had seemed, until then, wide awake

pieno di vita, diventò immobile e quasi irrigidito. Gli occhi gli si chiusero e la coda gli smesse di fumare.

– Che sia morto davvero?... – disse Pinocchio, dandosi una fregatina di mani dalla gran contentezza: e senza mettere tempo in mezzo, fece l'atto di scavalcarlo, per passare dall'altra parte della strada. Ma non aveva ancora finito di alzare la gamba, che il Serpente si rizzò all'improvviso, come una molla scattata: e il burattino, nel tirarsi indietro, spaventato, inciampò e cadde per terra.

E per l'appunto cadde così male, che restò col capo conficcato nel fango della strada e con le gambe ritte su in aria.

Alla vista di quel burattino, che sgambettava a capofitto con una velocità incredibile il Serpente fu preso da una tal convulsione di risa, che ridi, ridi, ridi, alla fine, dallo sforzo del troppo ridere, gli si strappò una vena sul petto: e quella volta morì davvero.

Allora Pinocchio ricominciò a correre per arrivare a casa della Fata prima che si facesse buio. Ma lungo la strada non potendo più reggere ai morsi terribili della fame, saltò in un campo coll'intenzione di

and full of life, became suddenly very quiet and still. His eyes closed and his tail stopped smoking.

– Is he dead, I wonder? – said Pinocchio, rubbing his hands together happily. Without a moment's hesitation, he started to step over him, but he had just raised one leg when the Serpent shot up like a spring and the Marionette fell head over heels backward. He fell so awkwardly that his head stuck in the mud, and there he stood with his legs straight up in the air.

At the sight of the Marionette kicking and squirming like a young whirlwind, the Serpent laughed so heartily and so long that at last he burst an artery and died on the spot.

Pinocchio freed himself from his awkward position and once more began to run in order to reach the Fairy's house before dark. As he went, the pangs of hunger grew so strong that, unable to withstand them, he jumped into a field

cogliere poche ciocche d'uva moscatella. Non l'avesse mai fatto!

Appena giunto sotto la vite, *crac*... sentì stringersi le gambe da due ferri taglienti, che gli fecero vedere quante stelle c'erano in cielo.

Il povero burattino era rimasto preso da una tagliuola appostata là da alcuni contadini per beccarvi alcune grosse faine, che erano il flagello di tutti i pollai del vicinato.

to pick a few grapes that tempted him. Woe to him!

No sooner had he reached the grapevine than crack! went his legs.

The poor Marionette was caught in a trap set there by a Farmer for some Weasels which came every night to steal his chickens.

Capitolo 21

Pinocchio è preso da un contadino, il quale lo costringe a far da can da guardia a un pollaio.

Chapter 21

Pinocchio is seized by a Farmer, who uses him as a watchdog for his chicken coop.

Pinocchio, come potete figurarvelo, si dette a piangere, a strillare, a raccomandarsi: ma erano pianti e grida inutili, perché lì all'intorno non si vedevano case, e dalla strada non passava anima viva.

Intanto si fece notte.

Un po' per lo spasimo della tagliuola, che gli segava gli stinchi, e un po' per la paura di trovarsi solo e al buio in mezzo a quei campi, il burattino principiava quasi a svenirsi; quando a un tratto vedendosi passare una Lucciola di sul capo, la chiamò e le disse:

– O Lucciolina, mi faresti la carità di liberarmi da questo supplizio?...

– Povero figliuolo! – replicò la Lucciola, fermandosi impietosita a guardarlo. – Come mai sei rimasto colle gambe attanagliate fra codesti ferri arrotati?

– Sono entrato nel campo per cogliere due grappoli di quest'uva moscadella, e...

– Ma l'uva era tua?

– No...

Pinocchio, as you may well imagine, began to scream and weep and beg; but all was of no use, because no houses were to be seen and not a soul passed by on the road.

Night came on.

The Marionette was about to faint a little because of the sharp pain in his legs, a little because of fright at finding himself alone in the darkness of the field, when he saw a tiny Glowworm flickering by. He called to her and said:

– Dear little Glowworm, will you set me free?

– Poor little fellow!– replied the Glowworm, stopping to look at him with pity.

– How came you to be caught in this trap?

– I stepped into this lonely field to take a few grapes and...

– Are the grapes yours?

– No.

– E allora chi t'ha insegnato a portar via la roba degli altri?...

– Avevo fame...

– La fame, ragazzo mio, non è una buona ragione per potere appropriarsi la roba che non è nostra...

– È vero, è vero! – gridò Pinocchio piangendo – ma un'altra volta non lo farò più.

A questo punto il dialogo fu interrotto da un piccolissimo rumore di passi, che si avvicinavano.

Era il padrone del campo che veniva in punta di piedi a vedere se qualcuna di quelle faine, che mangiavano di nottetempo i polli, fosse rimasta al trabocchetto della tagliuola.

E la sua maraviglia fu grandissima quando, tirata fuori la lanterna di sotto il pastrano, s'accorse che, invece di una faina, c'era rimasto preso un ragazzo.

– Ah, ladracchiòlo! – disse il contadino incollerito – dunque sei tu che mi porti via le galline?

– Io no, io no! – gridò Pinocchio, singhiozzando. – Io sono entrato nel campo per prendere soltanto due grappoli d'uva!...

– Who has taught you to take things that do not belong to you?

– I was hungry.

– Hunger, my boy, is no reason for taking something which belongs to another.

– It's true, it's true! – cried Pinocchio in tears. – I won't do it again.

Just then, the conversation was interrupted by approaching footsteps. It was the owner of the field, who was coming on tiptoes to see if, by chance, he had caught the Weasels which had been eating his chickens.

Great was his surprise when, on holding up his lantern, he saw that, instead of a Weasel, he had caught a boy!

– Ah, you little thief! – said the Farmer in an angry voice. – So you are the one who steals my chickens!

– Not me! No, no! – cried Pinocchio, sobbing bitterly.

– I came here only to take a very few grapes.

– Chi ruba l'uva è capacissimo di rubare anche i polli. Lascia fare a me, che ti darò una lezione da ricordartene per un pezzo.

E aperta la tagliuola, afferrò il burattino per la collottola e lo portò di peso fino a casa, come si porterebbe un agnellino di latte.

Arrivato che fu sull'aia dinanzi alla casa, lo scaraventò in terra: e tenendogli un piede sul collo, gli disse:

– Oramai è tardi e voglio andare a letto. I nostri conti li aggiusteremo domani. Intanto, siccome oggi mi è morto il cane che mi faceva la guardia di notte, tu prenderai subito il suo posto. Tu mi farai da cane di guardia.

Detto fatto, gl'infilò al collo un grosso collare tutto coperto di spunzoni di ottone, e glielo strinse in modo da non poterselo levare passandoci la testa dentro. Al collare c'era attaccata una lunga catenella di ferro: e la catenella era fissata nel muro.

– Se questa notte – disse il contadino – cominciasse a piovere, tu puoi andare a cuccia in quel casotto di legno, dove c'è sempre la paglia che ha servito di letto per quattr'anni al mio povero cane.

– He who steals grapes may very easily steal chickens also. Take my word for it, I'll give you a lesson that you'll remember for a long while.

He opened the trap, grabbed the Marionette by the collar, and carried him to the house as if he were a puppy.

When he reached the yard in front of the house, he flung him to the ground, put a foot on his neck, and said to him roughly:

– It is late now and it's time for bed. Tomorrow we'll settle matters. In the meantime, since my watchdog died today, you may take his place and guard my henhouse.

No sooner said than done. He slipped a dog collar around Pinocchio's neck and tightened it so that it would not come off. A long iron chain was tied to the collar. The other end of the chain was nailed to the wall.

– If tonight it should happen to rain – said the Farmer – you can sleep in that little doghouse near–by, where you will find plenty of straw for a soft bed.

E se per disgrazia venissero i ladri, ricordati di stare a orecchi ritti e di abbaiare.

Dopo quest'ultimo avvertimento, il contadino entrò in casa chiudendo la porta con tanto di catenaccio: e il povero Pinocchio rimase accovacciato sull'aia, più morto che vivo, a motivo del freddo, della fame e della paura. E di tanto in tanto, cacciandosi rabbiosamente le mani dentro al collare, che gli serrava la gola, diceva piangendo:

– Mi sta bene!... Pur troppo mi sta bene! Ho voluto fare lo svogliato, il vagabondo... ho voluto dar retta ai cattivi compagni, e per questo la sfortuna mi perseguita sempre. Se fossi stato un ragazzino per bene, come ce n'è tanti, se avessi avuto voglia di studiare e di lavorare, se fossi rimasto in casa col mio povero babbo, a quest'ora non mi troverei qui, in mezzo ai campi, a fare il cane di guardia alla casa d'un contadino. Oh, se potessi rinascere un'altra volta!... Ma oramai è tardi, e ci vuol pazienza!

Fatto questo piccolo sfogo, che gli venne proprio dal cuore, entrò dentro il casotto e si addormentò.

It has been my poor dog's bed for three years, and it will be good enough for you. And if, by any chance, any thieves should come, be sure to bark!

After this last warning, the Farmer went into the house and closed the door and barred it. Poor Pinocchio huddled close to the doghouse more dead than alive from cold, hunger, and fright. Now and again he pulled and tugged at the collar which nearly choked him and cried out in a weak voice:

– I deserve it! Yes, I deserve it! I have been nothing but a truant and a vagabond. I have never obeyed anyone and I have always done as I pleased. If I were only like so many others and had studied and worked and stayed with my poor old father, I should not find myself here now, in this field and in the darkness, taking the place of a farmer's watchdog. Oh, if I could start all over again! But what is done can't be undone, and I must be patient!

After this little sermon to himself, which came from the very depths of his heart, Pinocchio went into the doghouse and fell asleep.

Capitolo 22

Pinocchio scuopre i ladri e,
in ricompensa di essere stato fedele,
vien posto in libertà.

Ed era già più di due ore che dormiva saporitamente; quando verso la mezzanotte fu svegliato da un bisbiglio e da un pissi-pissi di vocine strane, che gli parve di sentire nell'aia. Messa fuori la punta del naso dalla buca del casotto, vide riunite a consiglio quattro bestiuole di pelame scuro, che parevano gatti. Ma non erano gatti: erano faine, animaletti carnivori, ghiottissimi specialmente di uova e di pollastrine giovani. Una di queste faine, staccandosi dalle sue compagne, andò alla buca del casotto e disse sottovoce:

– Buona sera, Melampo.

– Io non mi chiamo Melampo – rispose il burattino.

– O dunque chi sei?

– Io sono Pinocchio.

– E che cosa fai costì?

– Faccio il cane di guardia.

Chapter 22

Pinocchio discovers the thieves and, as a reward for his faithfulness is granted his liberty.

Even though a boy may be very unhappy, he very seldom loses sleep over his worries. The Marionette, being no exception to this rule, slept on peacefully for a few hours till well along toward midnight, when he was awakened by strange whisperings and stealthy sounds coming from the yard. He stuck his nose out of the doghouse and saw four slender, hairy animals. They were Weasels, small animals very fond of both eggs and chickens. One of them left her companions and, going to the door of the doghouse, said in a sweet voice:

– Good evening, Melampo.–

– My name is not Melampo – answered Pinocchio.

– Who are you, then?

– I am Pinocchio.

– What are you doing here?

– I'm the watchdog.–

– O Melampo dov'è? dov'è il vecchio cane, che stava in questo casotto?

– È morto questa mattina.

– Morto? Povera bestia! Era tanto buono!... Ma giudicandoti alla fisonomia, anche te mi sembri un cane di garbo.

– Domando scusa, io non sono un cane!...

– O chi sei?

– Io sono un burattino.

– E fai da cane di guardia?

– Purtroppo: per mia punizione!...

– Ebbene, io ti propongo gli stessi patti, che avevo col defunto Melampo: e sarai contento.

– E questi patti sarebbero?

– Noi verremo una volta la settimana, come per il passato, a visitare di notte questo pollaio, e porteremo via otto galline. Di queste galline, sette le mangeremo noi, e una la daremo a te, a condizione, s'intende bene, che tu faccia finta di dormire e non ti venga mai l'estro di abbaiare e di svegliare il contadino.

– E Melampo faceva proprio così? – domandò Pinocchio.

– Faceva così, e fra noi e lui siamo andati sempre d'accordo.

– But where is Melampo? Where is the old dog who used to live in this house?

– He died this morning.

– Died? Poor beast! He was so good! Still, judging by your face, I think you, too, are a good–natured dog.

– I beg your pardon, I am not a dog!

– What are you, then?

– I am a Marionette.

– Are you taking the place of the watchdog?

– Yes as a punishment. I'm sorry to say that.

– Well, I will make the same terms with you that we had with the dead Melampo. I am sure you will be glad to hear them.

– And what are the terms?

– This is our plan: we'll come once in a while, as in the past, to pay a visit to this henhouse, and we'll take away eight chickens. Of these, seven are for us, and one for you, provided, of course, that you will make believe you are sleeping and will not bark for the Farmer.

– Did Melampo really do that? – asked Pinocchio.

– Indeed he did, and because of that we were best friends.

Dormi dunque tranquillamente, e stai sicuro che prima di partire di qui, ti lasceremo sul casotto una gallina bell'e pelata, per la colazione di domani. Ci siamo intesi bene?

– Anche troppo bene!... – rispose Pinocchio: e tentennò il capo in un certo modo minaccioso, come se avesse voluto dire: «Fra poco ci riparleremo!».

Quando le quattro faine si credettero sicure del fatto loro, andarono difilato al pollaio, che rimaneva appunto vicinissimo al casotto del cane, e aperta a furia di denti e di unghioli la porticina di legno, che ne chiudeva l'entratina, vi sgusciarono dentro, una dopo l'altra. Ma non erano ancora finite d'entrare, che sentirono la porticina richiudersi con grandissima violenza.

Quello che l'aveva richiusa era Pinocchio; il quale, non contento di averla richiusa, vi posò davanti per maggior sicurezza una grossa pietra, a guisa di puntello.

E poi cominciò ad abbaiare: e, abbaiando proprio come se fosse un cane di guardia, faceva colla voce *bu-bu-bu-bu*.

Sleep away peacefully, and remember that before we go we will leave you a nice fat chicken all ready for your breakfast in the morning. Is that understood?

– Even too well – answered Pinocchio. And shaking his head in a threatening manner, he seemed to say – We'll talk this over in a few minutes, my friends.

As soon as the four Weasels had talked things over, they went straight to the chicken coop which stood close to the doghouse. Digging busily with teeth and claws, they opened the little door and slipped in. But they were no sooner in than they heard the door close with a sharp bang.

The one who had done the trick was Pinocchio, who, not satisfied with that, dragged a heavy stone in front of it. Then, he started to bark.

And he barked as if he were a real watchdog:

– Bow, wow, wow! Bow, wow!

A quell'abbaiata, il contadino saltò dal letto e, preso il fucile e affacciatosi alla finestra, domandò:

– Che c'è di nuovo?

– Ci sono i ladri! – rispose Pinocchio.

– Dove sono?

– Nel pollaio.

– Ora scendo subito.

E infatti, in men che non si dice *amen*, il contadino scese: entrò di corsa nel pollaio e, dopo avere acchiappate e rinchiuse in un sacco le quattro faine, disse loro con accento di vera contentezza:

– Alla fine siete cascate nelle mie mani! Potrei punirvi, ma sì vil non sono! Mi contenterò, invece, di portarvi domani all'oste del vicino paese, il quale vi spellerà e vi cucinerà a uso lepre dolce e forte. È un onore che non vi meritate, ma gli uomini generosi come me non badano a queste piccolezze!...

Quindi, avvicinatosi a Pinocchio, cominciò a fargli molte carezze, e, fra le altre cose, gli domandò:

– Com'hai fatto a scuoprire il complotto di queste quattro ladroncelle? E dire che Melampo, il mio fido Melampo, non s'era mai accorto di nulla...

The Farmer heard the loud barks and jumped out of bed. Taking his gun, he leaped to the window and shouted:

– What's the matter?

– The thieves are here – answered Pinocchio.

– Where are they?

– In the chicken coop.

– I'll come down in a second.

And, in fact, he was down in the yard in a twinkling and running toward the chicken coop. He opened the door, pulled out the Weasels one by one, and, after tying them in a bag, said to them in a happy voice:

– You're in my hands at last! I could punish you now, but I'll wait! In the morning you may come with me to the inn and there you'll make a fine dinner for some hungry mortal. It is really too great an honor for you, one you do not deserve; but, as you see, I am really a very kind and generous man and I am going to do this for you!

Then he went up to Pinocchio and began to pet and caress him.

– How did you ever find them out so quickly? And to think that Melampo, my faithful Melampo, never saw them in all these years!

Il burattino, allora, avrebbe potuto raccontare quel che sapeva: avrebbe potuto, cioè, raccontare i patti vergognosi che passavano fra il cane e le faine: ma ricordatosi che il cane era morto, pensò subito dentro di sé: – A che serve accusare i morti?... I morti son morti, e la miglior cosa che si possa fare è quella di lasciarli in pace!...

– All'arrivo delle faine sull'aia, eri sveglio o dormivi? – continuò a chiedergli il contadino.

– Dormivo – rispose Pinocchio – ma le faine mi hanno svegliato coi loro chiacchiericci, e una è venuta fin qui al casotto per dirmi: «Se prometti di non abbaiare e di non svegliare il padrone, noi ti regaleremo una pollastra bell'e pelata!...». Capite, eh? Avere la sfacciataggine di fare a me una simile proposta! Perché bisogna sapere che io sono un burattino, che avrò tutti i difetti di questo mondo: ma non avrò mai quello di star di balla e di reggere il sacco alla gente disonesta!

– Bravo ragazzo! – gridò il contadino, battendogli sur una spalla. – Cotesti sentimenti ti fanno onore: e per provarti la mia grande soddisfazione, ti lascio libero fin d'ora di tornare a casa.

E gli levò il collare da cane.

The Marionette could have told, then and there, all he knew about the shameful contract between the dog and the Weasels, but thinking of the dead dog, he said to himself: – Melampo is dead. What is the use of accusing him? The dead are gone and they cannot defend themselves. The best thing to do is to leave them in peace!

– Were you awake or asleep when they came? – continued the Farmer.

– I was asleep – answered Pinocchio – but they awakened me with their whisperings. One of them even came to the door of the doghouse and said to me, `If you promise not to bark, we will make you a present of one of the chickens for your breakfast.' Did you hear that? They had the audacity to make such a proposition to me! Because you must know that, though I am a very wicked Marionette I have never been, nor will ever be, bribed.

– Fine boy! – cried the Farmer, slapping him on the shoulder in a friendly way. – You ought to be proud of yourself. And to show you what I think of you, you are free from this instant!

And he slipped the dog collar from his neck.

Capitolo 23

Pinocchio piange la morte della bella Bambina dai capelli turchini: poi trova un Colombo che lo porta sulla riva del mare, e lì si getta nell'acqua per andare in aiuto del suo babbo Geppetto.

Chapter 23

Pinocchio mourns the death of the lovely maiden with azure hair. He meets a Pigeon, who carries him to the seashore. He throws himself into the sea to go to the aid of his father.

Appena Pinocchio non sentì più il peso durissimo e umiliante di quel collare intorno al collo, si pose a scappare attraverso i campi, e non si fermò un solo minuto, finché non ebbe raggiunta la strada maestra, che doveva ricondurlo alla casina della Fata.

Arrivato sulla strada maestra, si voltò in giù a guardare nella sottoposta pianura, e vide benissimo a occhio nudo il bosco, dove disgraziatamente aveva incontrato la Volpe e il Gatto: vide, fra mezzo agli alberi, innalzarsi la cima di quella Quercia grande, alla quale era stato appeso ciondoloni per il collo: ma guarda di qua, guarda di là, non gli fu possibile di vedere la piccola casa della bella Bambina dai capelli turchini.

Allora ebbe una specie di tristo presentimento e datosi a correre con quanta forza gli rimaneva nelle gambe, si trovò in pochi minuti sul prato, dove sorgeva una volta la Casina bianca.

As soon as Pinocchio no longer felt the shameful weight of the dog collar around his neck, he started to run across the fields and meadows, and never stopped till he came to the main road that was to take him to the Fairy's house.

When he reached it, he looked into the valley far below him and there he saw the wood where unluckily he had met the Fox and the Cat, and the tall oak tree where he had been hanged; but though he searched far and near, he could not see the house where the Fairy with the Azure Hair lived.

He became terribly frightened and, running as fast as he could, he finally came to the spot where it had once stood.

Ma la Casina bianca non c'era più. C'era, invece, una piccola pietra di marmo sulla quale si leggevano in carattere stampatello queste dolorose parole:

QUI GIACE
LA BAMBINA DAI CAPELLI TURCHINI
MORTA DI DOLORE PER ESSERE STATA
ABBANDONATA
DAL SUO FRATELLINO PINOCCHIO

Come rimanesse il burattino, quand'ebbe compitate alla peggio quelle parole, lo lascio pensare a voi. Cadde bocconi a terra e coprendo di mille baci quel marmo mortuario, dette in un grande scoppio di pianto. Pianse tutta la notte, e la mattina dopo, sul far del giorno, piangeva sempre, sebbene negli occhi non avesse più lacrime: e le sue grida e i suoi lamenti erano così strazianti e acuti, che tutte le colline all'intorno ne ripetevano l'eco.

E piangendo diceva:

– O Fatina mia, perché sei morta?... perché, invece di te, non sono morto io, che sono tanto cattivo, mentre tu eri tanto buona?... E il mio babbo, dove sarà?

The little house was no longer there. In its place lay a small marble slab, which bore this sad inscription:

HERE LIES
THE LOVELY FAIRY WITH AZURE
HAIR WHO DIED OF GRIEF
WHEN ABANDONED BY
HER LITTLE BROTHER PINOCCHIO

The poor Marionette was heartbroken at reading these words. He fell to the ground and, covering the cold marble with kisses, burst into bitter tears. He cried all night, and dawn found him still there, though his tears had dried and only hard, dry sobs shook his wooden frame. But these were so loud that they could be heard by the faraway hills.

As he sobbed he said to himself:

– Oh, my Fairy, my dear, dear Fairy, why did you die? Why you, so good and not me, so bad. And my father... where can he be?

O Fatina mia, dimmi dove posso trovarlo, che voglio stare sempre con lui, e non lasciarlo più! più! più!... O Fatina mia, dimmi che non è vero che sei morta!... Se davvero mi vuoi bene... se vuoi bene al tuo fratellino, rivivisci... ritorna viva come prima!... Non ti dispiace a vedermi solo e abbandonato da tutti? Se arrivano gli assassini. mi attaccheranno daccapo al ramo dell'albero... e allora morirò per sempre. Che vuoi che faccia qui, solo in questo mondo? Ora che ho perduto te e il mio babbo, chi mi darà da mangiare? Dove anderò a dormire la notte? Chi mi farà la giacchettina nuova? Oh! sarebbe meglio, cento volte meglio, che morissi anch'io! Sì, voglio morire!... ih! ih! ih!...

E mentre si disperava a questo modo, fece l'atto di volersi strappare i capelli: ma i suoi capelli, essendo di legno, non poté nemmeno levarsi il gusto di ficcarci dentro le dita.

Intanto passò su per aria un grosso Colombo, il quale soffermatosi, a ali distese, gli gridò da una grande altezza:

– Dimmi, bambino, che cosa fai costaggiù?

Please dear Fairy, tell me where he is and I will never, never leave him again! You are not really dead, are you? If you love me, you will come back, alive as before. Don't you feel sorry for me? I'm so lonely. If the two Assassins come, they'll hang me again from the giant oak tree this time and I will really die. What shall I do alone in the world? Now that you are dead and my father is lost, where will I eat? Where will I sleep? Who will make my new clothes? Oh, I want to die! Yes, I want to die! Oh, oh, oh!

Poor Pinocchio! He even tried to tear his hair, but as it was only painted on his wooden head, he could not even pull it.

Just then a large Pigeon flew far above him. Seeing the Marionette, he cried to him:

– Tell me, little boy, what are you doing there –

– Non lo vedi? piango! – disse Pinocchio alzando il capo verso quella voce e strofinandosi gli occhi colla manica della giacchetta.

– Dimmi – soggiunse allora il Colombo – non conosci per caso fra i tuoi compagni, un burattino, che ha nome Pinocchio?

– Pinocchio?... Hai detto Pinocchio? – ripeté il burattino saltando subito in piedi. – Pinocchio sono io!

Il Colombo, a questa risposta, si calò velocemente e venne a posarsi a terra. Era più grosso di un tacchino.

– Conoscerai dunque anche Geppetto? – domandò al burattino.

– Se lo conosco? È il mio povero babbo! Ti ha forse parlato di me? Mi conduci da lui? Ma è sempre vivo? Rispondimi per carità: è sempre vivo?

– L'ho lasciato tre giorni fa sulla spiaggia del mare.

– Che cosa faceva?

– Si fabbricava da sé una piccola barchetta per traversare l'Oceano. Quel pover'uomo sono più di quattro mesi che gira per il mondo in cerca di te: e non avendoti potuto trovare, ora si è messo in

– Can't you see? I'm crying – cried Pinocchio, lifting his head toward that voice and rubbing his eyes with his sleeve.

– Tell me – asked the Pigeon – do you by chance know of a Marionette, named Pinocchio?

– Pinocchio! Did you say Pinocchio?– replied the Marionette, jumping to his feet.

– I am Pinocchio!

At this answer, the Pigeon flew swiftly down to the earth. He was much larger than a turkey.

– Then you know Geppetto also?

– Do I know him? He's my father, my poor, dear father! Has he, perhaps, spoken to you of me? Will you take me to him? Is he still alive? Answer me, please! Is he still alive?

– I left him three days ago on the shore of a large sea.

– What was he doing?

– He was building a little boat for cross the ocean. For the last four months, that poor man has been wandering around Europe, looking for you. Not having found you yet,

capo di cercarti nei paesi lontani del nuovo mondo.

– Quanto c'è di qui alla spiaggia? – domandò Pinocchio con ansia affannosa.

– Più di mille chilometri.

– Mille chilometri? O Colombo mio, che bella cosa potessi avere le tue ali!...

– Se vuoi venire, ti ci porto io.

– Come?

– A cavallo sulla mia groppa. Sei peso di molto?...

– Peso? tutt'altro! Son leggiero come una foglia.

E lì, senza stare a dir altro, Pinocchio saltò sulla groppa al Colombo e messa una gamba di qua e l'altra di là, come fanno i cavallerizzi, gridò tutto contento: – Galoppa, galoppa, cavallino, ché mi preme di arrivar presto!...

Il Colombo prese l'aire e in pochi minuti arrivò col volo tanto in alto, che toccava quasi le nuvole. Giunto a quell'altezza straordinaria, il burattino ebbe la curiosità di voltarsi in giù a guardare: e fu preso da tanta paura e da tali giracapi che, per evitare il pericolo di venir disotto, si avviticchiò colle braccia, stretto stretto, al collo della sua piumata cavalcatura.

he has made up his mind to look for you in the New World, far across the ocean.

– How far is it from here to the shore? – asked Pinocchio anxiously.

– More than fifty miles.

– Fifty miles? Oh, dear Pigeon, how I wish I had your wings!

– If you want to come, I'll take you with me.

– How?

– Astride my back. Are you very heavy?

– Heavy? Not at all. I'm only a feather.

– Very well.

Saying nothing more, Pinocchio jumped on the Pigeon's back and, as he settled himself, he cried out:

– Gallop on, gallop on, my pretty steed! I'm in a great hurry.

The Pigeon flew away, and in a few minutes he had reached the clouds. The Marionette looked to see what was below them. His head swam and he was so frightened that he clutched wildly at the Pigeon's neck to keep himself from falling.

Volarono tutto il giorno. Sul far della sera, il Colombo disse:

– Ho una gran sete!

– E io una gran fame! – soggiunse Pinocchio.

– Fermiamoci a questa colombaia pochi minuti; e dopo ci rimetteremo in viaggio, per essere domattina all'alba sulla spiaggia del mare.

Entrarono in una colombaia deserta, dove c'era soltanto una catinella piena d'acqua e un cestino ricolmo di vecce.

Il burattino, in tempo di vita sua, non aveva mai potuto patire le vecce: a sentir lui, gli facevano nausea, gli rivoltavano lo stomaco: ma quella sera ne mangiò a strippapelle, e quando l'ebbe quasi finite, si voltò al Colombo e gli disse:

– Non avrei mai creduto che le vecce fossero così buone!

– Bisogna persuadersi, ragazzo mio – replicò il Colombo – che quando la fame dice davvero e non c'è altro da mangiare, anche le vecce diventano squisite! La fame non ha capricci né ghiottonerie!

Fatto alla svelta un piccolo spuntino, si riposero in viaggio, e via! La mattina dopo arrivarono sulla spiaggia del mare.

They flew all day. Toward evening the Pigeon said:

– I'm very thirsty!

– And I'm very hungry! – said Pinocchio.

– Let us stop a few minutes at that pigeon coop down there. Then we can go on and be at the seashore in the morning.

They went into the empty coop and there they found nothing but a bowl of water and a small basket filled with chick-peas.

The Marionette had always hated chick–peas. According to him, they had always made him sick; but that night he ate them with a relish. As he finished them, he turned to the Pigeon and said:

– I should never have thought that chick–peas could be so good!

– You must remember, my boy – answered the Pigeon – that hunger is the best sauce!

After resting a few minutes longer, they set out again. The next morning they were at the seashore.

Il Colombo posò a terra Pinocchio, e non volendo nemmeno la seccatura di sentirsi ringraziare per aver fatto una buona azione, riprese subito il volo e sparì.

La spiaggia era piena di gente che urlava e gesticolava guardando il mare.

– Che cos'è accaduto? – domandò Pinocchio a una vecchina.

– Gli è accaduto che un povero babbo, avendo perduto il figliolo, gli è voluto entrare in una barchetta per andare a cercarlo di là dal mare; e il mare oggi è molto cattivo e la barchetta sta per andare sott'acqua...

– Dov'è la barchetta?

– Eccola laggiù, diritta al mio dito – disse la vecchia, accennando una piccola barca che, veduta in quella distanza, pareva un guscio di noce con dentro un omino piccino piccino.

Pinocchio appuntò gli occhi da quella parte, e dopo aver guardato attentamente, cacciò un urlo acutissimo gridando:

– Gli è il mi' babbo! gli è il mi' babbo!

Intanto la barchetta, sbattuta dall'infuriare dell'onde, ora spariva fra i grossi cavalloni, ora tornava a galleggiare: e Pinocchio ritto sulla punta di un alto

Pinocchio jumped off the Pigeon's back, and the Pigeon, not wanting any thanks for a kind deed, flew away swiftly and disappeared.

The shore was full of people, shrieking and tearing their hair as they looked toward the sea.

– What has happened? – asked Pinocchio to a little old woman.

– A poor old father lost his only son some time ago and today he built a tiny boat for himself in order to go in search of him across the ocean. The water is very rough and we're afraid he will be drowned.

– Where is the little boat?

– There. Straight down there – answered the little old woman, pointing to a tiny shadow, no bigger than a nutshell, floating on the sea.

Pinocchio looked closely for a few minutes and then gave a sharp cry:

– It's my father! It's my father!

Meanwhile, the little boat, tossed about by the angry waters, appeared and disappeared in the waves. And Pinocchio, standing on a high rock,

scoglio non finiva più dal chiamare il suo babbo per nome e dal fargli molti segnali colle mani e col moccichino da naso e perfino col berretto che aveva in capo.

E parve che Geppetto, sebbene fosse molto lontano dalla spiaggia, riconoscesse il figliuolo, perché si levò il berretto anche lui e lo salutò e, a furia di gesti, gli fece capire che sarebbe tornato volentieri indietro, ma il mare era tanto grosso, che gl'impediva di lavorare col remo e di potersi avvicinare alla terra.

Tutt'a un tratto, venne una terribile ondata, e la barca sparì.

Aspettarono che la barca tornasse a galla: ma la barca non si vide più tornare.

– Pover'omo! – dissero allora i pescatori, che erano raccolti sulla spiaggia: e brontolando sottovoce una preghiera si mossero per tornarsene alle loro case.

Quand'ecco che udirono un urlo disperato, e, voltandosi indietro, videro un ragazzetto che, di vetta a uno scoglio, si gettava in mare gridando:

– Voglio salvare il mio babbo!

Pinocchio, essendo tutto di legno, galleggiava facilmente e nuotava come un pesce.

tired out with searching, waved to him with hand and cap and even with his nose.

It looked as if Geppetto, though far away from the shore, recognized his son, for he took off his cap and waved also. He seemed to be trying to make everyone understand that he would come back if he were able, but the sea was so heavy that he could do nothing with his oars.

Suddenly a huge wave came and the boat disappeared.

They waited and waited for it, but it was gone.

– Poor man! – said the fisher folk on the shore, whispering a prayer as they turned to go home.

Just then a desperate cry was heard. Turning around, the fisher folk saw Pinocchio dive into the sea and heard him cry out:

– I'll save him! I'll save my father!

The Marionette, being made of wood, floated easily along and swam like a fish in the rough water.

Ora si vedeva sparire sott'acqua, portato dall'impeto dei flutti, ora riappariva fuori con una gamba o con un braccio, a grandissima distanza dalla terra. Alla fine lo persero d'occhio e non lo videro più.

– Povero ragazzo! - dissero allora i pescatori, che erano raccolti sulla spiaggia: e brontolando sottovoce una preghiera tornarono alle loro case.

Now and again he disappeared only to reappear once more. In a twinkling, he was far away from land. At last he was completely lost to view.

– Poor boy! – cried the fisher folk on the shore, and again they mumbled a few prayers, as they returned home.

Capitolo 24

Pinocchio arriva all'isola delle Api industriose e ritrova la Fata.

Pinocchio, animato dalla speranza di arrivare in tempo a dare aiuto al suo povero babbo, nuotò tutta quanta la notte.

E che orribile nottata fu quella! Diluviò, grandinò, tuonò spaventosamente, e con certi lampi che pareva di giorno.

Sul far del mattino, gli riuscì di vedere poco distante una lunga striscia di terra. Era un'isola in mezzo al mare.

Allora fece di tutto per arrivare a quella spiaggia: ma inutilmente. Le onde, rincorrendosi e accavallandosi, se lo abballottavano fra di loro, come se fosse stato un fuscello o un filo di paglia. Alla fine, e per sua buona fortuna, venne un'ondata tanto prepotente e impetuosa, che lo scaraventò di peso sulla rena del lido.

Il colpo fu così forte che, battendo in terra, gli crocchiarono tutte le costole e tutte le congiunture: ma si consolò subito col dire:

Chapter 24

Pinocchio reaches the Island of the Busy Bees and finds the Fairy again.

Pinocchio, spurred on by the hope of finding his father and of being in time to save him, swam all night long.

And what a horrible night it was! It poured rain, it hailed, it thundered, and the lightning was so bright that it turned the night into day.

At dawn, he saw, not far away from him, a long stretch of sand. It was an island in the middle of the sea.

Pinocchio tried his best to get there, but he couldn't. The waves played with him and tossed him about as if he were a twig or a bit of straw. At last, and luckily for him, a tremendous wave tossed him to the very spot where he wanted to be.

The blow from the wave was so strong that, as he fell to the ground, his joints cracked and almost broke. But, nothing daunted, he jumped to his feet and cried:

– Anche per questa volta l'ho proprio scampata bella!

Intanto a poco a poco il cielo si rasserenò; il sole apparve fuori in tutto il suo splendore e il mare diventò tranquillissimo e buono come un olio.

Allora il burattino distese i suoi panni al sole per rasciugarli e si pose a guardare di qua e di là se per caso avesse potuto scorgere su quella immensa spianata d'acqua una piccola barchetta con un omino dentro. Ma dopo aver guardato ben bene, non vide altro dinanzi a sé che cielo, mare e qualche vela di bastimento, ma così lontana, che pareva una mosca.

– Sapessi almeno come si chiama quest'isola! – andava dicendo. – Sapessi almeno se quest'isola è abitata da gente di garbo, voglio dire da gente che non abbia il vizio di attaccare i ragazzi ai rami degli alberi; ma a chi mai posso domandarlo? A chi, se non c'è nessuno?...

Quest'idea di trovarsi solo, solo, solo in mezzo a quel gran paese disabitato, gli messe addosso tanta malinconia, che stava lì lì per piangere; quando tutt'a un tratto vide passare, a poca distanza dalla riva, un grosso pesce, che se ne andava tranquillamente per i fatti suoi, con tutta la testa fuori dell'acqua.

– Once more I have escaped with my life!

Little by little the sky cleared. The sun came out in full splendor and the sea became as calm as a lake.

Then the Marionette took off his clothes and laid them on the sand to dry. He looked over the waters to see whether he might catch sight of a boat with a little man in it. He searched and he searched, but he saw nothing except sea and sky and far away a few sails, so small that they might have been birds.

– If only I knew the name of this island! he said to himself.

– If I even knew what kind of people I would find here! But whom could I ask? There is no one here.

The idea of finding himself in so lonesome a spot made him so sad that he was about to cry, but just then he saw a big Fish swimming near–by, with his head far out of the water.

Non sapendo come chiamarlo per nome, il burattino gli gridò a voce alta, per farsi sentire:

– Ehi, signor pesce, che mi permetterebbe una parola?

– Anche due – rispose il pesce, il quale era un Delfino così garbato, come se ne trovano pochi in tutti i mari del mondo.

– Mi farebbe il piacere di dirmi se in quest'isola vi sono dei paesi dove si possa mangiare, senza pericolo d'esser mangiati?

– Ve ne sono sicuro – rispose il Delfino.

– Anzi, ne troverai uno poco lontano di qui.

– E che strada si fa per andarvi?

– Devi prendere quella viottola là, a mancina, e camminare sempre diritto al naso. Non puoi sbagliare.

– Mi dica un'altra cosa. Lei che passeggia tutto il giorno e tutta la notte per il mare, non avrebbe incontrato per caso una piccola barchettina con dentro il mi' babbo?

– E chi è il tuo babbo?

– Gli è il babbo più buono del mondo, come io sono il figliuolo più cattivo che si possa dare.

Not knowing how to call him, the Marionette said to him:

– Hey there, Mr. Fish, may I have a word with you?

– Even two, if you want – answered the fish, who happened to be a very polite Dolphin.

– Will you please tell me if there are places, on this island where one may eat without necessarily being eaten?

– Surely, there are – answered the Dolphin.

– In fact you'll find one not far from this spot.

– And how shall I get there?

– Take that path on your left and follow your nose. You can't go wrong.

– Tell me another thing. Since you travel day and night through the sea, did you not perhaps meet a little boat with my father in it?

– And who is you father?

– He is the best father in the world, as I am the worst son that can be found.

– Colla burrasca che ha fatto questa notte – rispose il Delfino – la barchettina sarà andata sott'acqua.

– E il mio babbo?

– A quest'ora l'avrà inghiottito il terribile Pesce-cane, che da qualche giorno è venuto a spargere lo sterminio e la desolazione nelle nostre acque.

– Che è grosso di molto questo Pesce-cane? – domandò Pinocchio, che digià cominciava a tremare dalla paura.

– Se gli è grosso!... – replicò il Delfino. – Perché tu possa fartene un'idea, ti dirò che è più grosso di un casamento di cinque piani, ed ha una boccaccia così larga e profonda, che ci passerebbe comodamente tutto il treno della strada ferrata colla macchina accesa.

– Mamma mia! – gridò spaventato il burattino: e rivestitosi in fretta e furia, si voltò al Delfino e gli disse: – Arrivedella, signor pesce: scusi tanto l'incomodo e mille grazie della sua garbatezza.

Detto ciò, prese subito la viottola e cominciò a camminare di un passo svelto; tanto svelto, che pareva quasi che corresse. E a ogni più piccolo rumore che sentiva, si voltava subito a guardare indietro, per la

– In the storm of last night – answered the Dolphin – the little boat must have been swamped.

– And my father?

– By this time, he must have been swallowed by the Terrible Shark, which, for the last few days, has been bringing terror to these waters.

– Is this Shark very big? – asked Pinocchio, who was beginning to tremble with fright.

– Is he big? – replied the Dolphin. – Just to give you an idea of his size, let me tell you that he is larger than a five story building and that he has a mouth so big and so deep, that a whole train and engine could easily get into it.

– Heavens! – cried the Marionette, scared to death; and dressing himself as fast as he could, he turned to the Dolphin and said: – Goodbye, Mr. Fish. Pardon the bother, and many thanks for your kindness.

This said, he took the path at a so swift gait that he seemed to fly, and at every small sound he heard, he turned in fear to see whether

paura di vedersi inseguire da quel terribile Pesce-cane grosso come una casa di cinque piani e con un treno della strada ferrata in bocca.

Dopo mezz'ora di strada, arrivò a un piccolo paese detto «Il paese delle Api industriose». Le strade formicolavano di persone che correvano di qua e di là per le loro faccende: tutti lavoravano, tutti avevano qualche cosa da fare. Non si trovava un ozioso o un vagabondo nemmeno a cercarlo col lumicino.

– Ho capito – disse subito quello svogliato di Pinocchio – questo paese non è fatto per me! Io non son nato per lavorare!

Intanto la fame lo tormentava, perché erano oramai passate ventiquattr'ore che non aveva mangiato più nulla; nemmeno una pietanza di vecce.

Che fare?

Non gli restavano che due modi per potersi sdigiunare: o chiedere un po' di lavoro, o chiedere in elemosina un soldo o un boccone di pane.

A chiedere l'elemosina si vergognava: perché il suo babbo gli aveva predicato sempre che l'elemosina hanno il diritto di

the Terrible Shark, five stories high and with a train in his mouth, was following him.

After walking a half hour, he came to a small country called the Land of the Busy Bees. The streets were filled with people running to and fro about their tasks. Everyone worked, everyone had something to do. Even if one were to search with a lantern, not one idle man or one tramp could have been found.

– I understand – said Pinocchio at once wearily – this is no place for me! I was not born for work.

But in the meantime, he began to feel hungry, for it was twenty–four hours since he had eaten.

What was to be done?

There were only two means left to him in order to get a bite to eat. He had either to work or to beg.

He was ashamed to beg, because his father had always preached to him that begging should be done only by the

chiederla solamente i vecchi e gl'infermi. I veri poveri, in questo mondo, meritevoli di assistenza e di compassione, non sono altro che quelli che, per ragione d'età o di malattia, si trovano condannati a non potersi più guadagnare il pane col lavoro delle proprie mani. Tutti gli altri hanno l'obbligo di lavorare: e se non lavorano e patiscono la fame, tanto peggio per loro.

In quel frattempo, passò per la strada un uomo tutto sudato e trafelato, il quale da sé tirava con gran fatica due carretti carichi di carbone.

Pinocchio, giudicandolo dalla fisonomia per un buon uomo, gli si accostò e, abbassando gli occhi dalla vergogna, gli disse sottovoce:

– Mi fareste la carità di darmi un soldo, perché mi sento morir dalla fame?

– Non un soldo solo – rispose il carbonaio – ma te ne do quattro, a patto che tu m'aiuti a tirare fino a casa questi due carretti di carbone.

– Mi meraviglio! – rispose il burattino quasi offeso – per vostra regola io non ho fatto mai il somaro: io non ho mai tirato il carretto!...

sick or the old. He had said that the real poor in this world, deserving of our pity and help, were only those who, either through age or sickness, had lost the means of earning their bread with their own hands. All others should work, and if they didn't, and went hungry, so much the worse for them. Just then a man passed by, worn out and wet with perspiration, pulling, with difficulty, two heavy carts filled with coal.

Pinocchio looked at him and, judging him by his looks to be a kind man, said to him with eyes downcast in shame:

– Will you be so good as to give me a penny, for I am faint with hunger?

– Not only one penny – answered the Coal Man.

– I'll give you four if you will help me pull these two wagons.

– I am surprised! – answered the Marionette, very much offended.

– I wish you to know that I never have been a donkey, nor have I ever pulled a wagon.

– Meglio per te! – rispose il carbonaio. – Allora, ragazzo mio, se ti senti davvero morir dalla fame, mangia due belle fette della tua superbia e bada di non prendere un'indigestione.

Dopo pochi minuti passò per la via un muratore, che portava sulle spalle un corbello di calcina.

– Fareste, galantuomo, la carità d'un soldo a un povero ragazzo, che sbadiglia dall'appetito?

– Volentieri; vieni con me a portar calcina – rispose il muratore – e invece d'un soldo, te ne darò cinque.

– Ma la calcina è pesa – replicò Pinocchio – e io non voglio durar fatica.

– Se non vuoi durar fatica, allora, ragazzo mio – divertiti a sbadigliare, e buon pro ti faccia.

In men di mezz'ora passarono altre venti persone, e a tutte Pinocchio chiese un po' d'elemosina, ma tutte gli risposero:

– Non ti vergogni? Invece di fare il bighellone per la strada, và piuttosto a cercarti un po' di lavoro, e impara a guadagnarti il pane!

Finalmente passò una buona donnina che portava due brocche d'acqua.

– So much the better for you!– answered the Coal Man. – Then, my boy, if you are really faint with hunger, eat two slices of your pride; and I hope they don't give you indigestion.

A few minutes after, a Bricklayer passed by, carrying a pail full of plaster on his shoulder.

– Good man, will you be kind enough to give a penny to a poor boy who is yawning from hunger?

– Gladly – answered the Bricklayer. – Come with me and carry some plaster, and instead of one penny, I'll give you five.

– But the plaster is heavy – answered Pinocchio – and the work too hard for me.

– If the work is too hard for you, my boy, enjoy your yawns and may they bring you luck!

In less than a half hour, at least twenty people passed and Pinocchio begged of each one, but they all answered:

– Aren't you ashamed? Instead of being a beggar in the streets, why don't you look for work and earn your own bread?

Finally a little woman went by carrying two water jugs.

– Vi contentate, buona donna, che io beva una sorsata d'acqua alla vostra brocca? – disse Pinocchio, che bruciava dall'arsione della sete.

– Bevi pure, ragazzo mio! – disse la donnina, posando le due brocche in terra.

Quando Pinocchio ebbe bevuto come una spugna, borbottò a mezza voce, asciugandosi la bocca:

– La sete me la sono levata! Così mi potessi levar la fame!...

La buona donnina, sentendo queste parole, soggiunse subito:

– Se mi aiuti a portare a casa una di queste brocche d'acqua, ti darò un bel pezzo di pane.

Pinocchio guardò la brocca, e non rispose né sì né no.

– E insieme col pane ti darò un bel piatto di cavolfiore condito coll'olio e coll'aceto – soggiunse la buona donna.

Pinocchio dette un'altra occhiata alla brocca, e non rispose né sì né no.

– E dopo il cavolfiore ti darò un bel confetto ripieno di rosolio.

Alle seduzioni di quest'ultima ghiottoneria, Pinocchio non seppe più resistere e, fatto un animo risoluto, disse:

– Good woman, will you allow me to have a drink from one of your jugs? – asked Pinocchio, who was burning up with thirst.

– With pleasure, my boy! – she answered, setting the two jugs on the ground before him.

When Pinocchio had had his fill, he grumbled, as he wiped his mouth:

– My thirst is gone. If I could only as easily get rid of my hunger!

On hearing these words, the good little woman immediately said:

– If you help me to carry these jugs home, I'll give you a slice of bread.

Pinocchio looked at the jug and said neither yes nor no.

– And with the bread, I'll give you a nice dish of cauliflower with white sauce on it.

Pinocchio gave the jug another look and said neither yes nor no.

– And after the cauliflower, some cake and jam.

At this last bribery, Pinocchio could no longer resist and said firmly:

– Pazienza! Vi porterò la brocca fino a casa!

La brocca era molto pesa, e il burattino, non avendo forza da portarla colle mani, si rassegnò a portarla in capo.

Arrivati a casa, la buona donnina fece sedere Pinocchio a una piccola tavola apparecchiata e gli pose davanti il pane, il cavolfiore condito e il confetto.

Pinocchio non mangiò, ma diluviò. Il suo stomaco pareva un quartiere rimasto vuoto e disabitato da cinque mesi.

Calmati a poco a poco i morsi rabbiosi della fame, allora alzò il capo per ringraziare la sua benefattrice; ma non aveva ancora finito di fissarla in volto, che cacciò un lunghissimo *ohhh!...* di maraviglia e rimase là incantato, cogli occhi spalancati, colla forchetta per aria e colla bocca piena di pane e di cavolfiore.

– Che cos'è mai tutta questa maraviglia? – disse ridendo la buona donna.

– Egli è... – rispose balbettando Pinocchio – egli è... egli è... che voi somigliate... voi mi rammentate... sì, sì, sì, la stessa voce... gli stessi occhi.. gli stessi capelli... sì, sì, sì... anche voi avete i capelli

–Very well. I'll take the jug home for you.

The jug was very heavy, and the Marionette, not being strong enough to carry it with his hands, had to put it on his head. When they arrived home, the little woman made Pinocchio sit down at a small table and placed before him the bread, the cauliflower, and the cake.

Pinocchio did not eat; he devoured. His stomach seemed a bottomless pit.

His hunger finally appeased, he raised his head to thank his kind benefactress. But he had not looked at her long when he gave a cry of surprise and sat there with his eyes wide open, his fork in the air, and his mouth filled with bread and cauliflower.

– Why all this surprise? – asked the good woman, laughing.

– Because... - answered Pinocchio, stammering and stuttering – because you look like... you remind me of... yes, yes, the same voice, the same eyes, the same hair—yes, yes, yes, you also have the same azure

turchini... come lei!... O Fatina mia!... O Fatina mia!... ditemi che siete voi, proprio voi!... Non mi fate più piangere! Se sapeste!... Ho pianto tanto, ho patito tanto..

E nel dir così, Pinocchio piangeva dirottamente, e gettandosi ginocchioni per terra, abbracciava i ginocchi di quella donnina misteriosa.

hair she had... Oh, my little Fairy, my little Fairy! Tell me that it is you! Don't make me cry any longer! If you only knew! I have cried so much, I have suffered so!

And Pinocchio threw himself on the floor and clasped the knees of the mysterious little woman.

Capitolo 25

Pinocchio promette alla Fata
di essere buono e di studiare,
perché è stufo di fare il burattino
e vuol diventare un bravo ragazzo.

Chapter 25

Pinocchio promises the Fairy to be good and to study, as he is tired of being a Marionette and wishes to become a good boy.

In sulle prime la buona donnina cominciò col dire che lei non era la piccola Fata dai capelli turchini: ma poi, vedendosi oramai scoperta e non volendo mandare più a lungo la commedia, finì col farsi riconoscere, e disse a Pinocchio:

– Birba d'un burattino! Come mai ti sei accorto che ero io?

– Gli è il gran bene che vi voglio quello che me l'ha detto.

– Ti ricordi? Mi lasciasti bambina e ora mi ritrovi donna; tanto donna, che potrei quasi farti da mamma.

– L'ho caro dimolto, perché così, invece di sorellina, vi chiamerò la mia mamma. Gli è tanto tempo che mi struggo di avere una mamma come tutti gli altri ragazzi!... Ma come avete fatto a crescere così presto?

– È un segreto.

– Insegnatemelo: vorrei crescere un poco anch'io. Non lo vedete? Sono sempre rimasto alto come un soldo di cacio.

– Ma tu non puoi crescere – replicò la Fata.

If Pinocchio cried much longer, the little woman thought he would melt away, so she finally admitted that she was the little Fairy with Azure Hair.

– You rascal of a Marionette! How did you know it was me? – she asked, laughing.

– My love for you told me who you were.

– Do you remember? You left me when I was a little girl and now you find me a grown woman. I am so old, I could almost be your mother!

– I am very glad of that, for then I can call you mother instead of sister. For a long time I have wanted a mother, just like other boys. But how did you grow so quickly?

– That's a secret!

– Tell it to me. I also want to grow a little. Look at me! I have never grown higher than a penny's worth of cheese.

– But you can't grow – answered the Fairy.

– Perché?

– Perché i burattini non crescono mai. Nascono burattini, vivono burattini e muoiono burattini.

– Oh! sono stufo di far sempre il burattino! – gridò Pinocchio, dandosi uno scappellotto. – Sarebbe ora che diventassi anch'io un uomo come tutti gli altri.

– E lo diventerai, se saprai meritartelo...

– Davvero? E che posso fare per meritarmelo?

– Una cosa facilissima: avvezzarti a essere un ragazzino perbene.

– O che forse non sono?

– Tutt'altro! I ragazzi perbene sono ubbidienti, e tu invece...

– E io non ubbidisco mai.

– I ragazzi perbene prendono amore allo studio e al lavoro, e tu...

– E io, invece, faccio il bighellone e il vagabondo tutto l'anno.

– I ragazzi perbene dicono sempre la verità...

– E io sempre le bugie.

– I ragazzi perbene vanno volentieri alla scuola...

– Why not?

– Because Marionettes never grow. They are born Marionettes, they live Marionettes, and they die Marionettes.

– Oh, I'm tired of always being a Marionette! – cried Pinocchio disgustedly.

– It's about time for me to grow into a man as everyone else does.

– And you will if you deserve it...

– Really? What can I do to deserve it?

– It's a very simple matter. Try to act like a well–behaved child.

– Don't you think I do?

– Far from it! Good boys are obedient, and you, on the contrary...

– And I never obey.

– Good boys love study and work, but you...

– And I am, on the contrary, a lazy fellow and a tramp all year round.

– Good boys always tell the truth.

– And I always tell lies.

– Good boys go gladly to school.

– E a me la scuola mi fa venire i dolori di corpo. Ma da oggi in poi voglio mutar vita.

– Me lo prometti?

– Lo prometto. Voglio diventare un ragazzino perbene e voglio essere la consolazione del mio babbo... Dove sarà il mio povero babbo a quest'ora?

– Non lo so.

– Avrò mai la fortuna di poterlo rivedere e abbracciare?

– Credo di sì: anzi ne sono sicura.

A questa risposta fu tale e tanta la contentezza di Pinocchio, che prese le mani alla Fata e cominciò a baciargliele con tanta foga, che pareva quasi fuori di sé. Poi, alzando il viso e guardandola amorosamente, le domandò:

– Dimmi, mammina: dunque non è vero che tu sia morta?

– Par di no – rispose sorridendo la Fata.

– Se tu sapessi, che dolore e che serratura alla gola che provai, quando lessi *qui giace...*

– Lo so: ed è per questo che ti ho perdonato. La sincerità del tuo dolore mi fece conoscere che tu avevi il cuore buono: e dai ragazzi buoni di cuore, anche se sono

– And I get sick if I go to school. From now on I'll be different.

– Do you promise?

– I promise. I want to become a good boy and be a comfort to my father. Where is my poor father now?

– I do not know.

– Will I ever be lucky enough to find him and embrace him once more?

– I think so. Indeed, I am sure of it.

At this answer, Pinocchio's happiness was very great. He grasped the Fairy's hands and kissed them so hard that it looked as if he had lost his head. Then lifting his face, he looked at her lovingly and asked:

– Tell me, little Mother, isn't it true that you are dead, is it?

– It doesn't seem so – answered the Fairy, smiling.

– If you only knew how I suffered and how I wept when I read `Here lies...'

– I know it, and for that I have forgiven you. The depth of your sorrow made me see that you have a kind heart. There is always hope for boys with hearts such as yours, though they may

un po' monelli e avvezzati male, c'è sempre da sperar qualcosa: ossia, c'è sempre da sperare che rientrino sulla vera strada. Ecco perché son venuta a cercarti fin qui. Io sarò la tua mamma...

– Oh! che bella cosa! – gridò Pinocchio saltando dall'allegrezza.

– Tu mi ubbidirai e farai sempre quello che ti dirò io.

– Volentieri, volentieri, volentieri!

– Fino da domani – soggiunse la Fata – tu comincerai coll'andare a scuola.

Pinocchio diventò subito un po' meno allegro.

– Poi sceglierai a tuo piacere un'arte o un mestiere...

Pinocchio diventò serio.

– Che cosa brontoli fra i denti? – domandò la Fata con accento risentito.

– Dicevo... – mugolò il burattino a mezza voce – che oramai per andare a scuola mi pare un po' tardi...

– Nossignore. Tieni a mente che per istruirsi e per imparare non è mai tardi.

– Ma io non voglio fare né arti né mestieri...

– Perché?

– Perché a lavorare mi par fatica.

often be very mischievous. This is the reason why I have come so far to look for you. From now on, I'll be your own little mother.

– Oh! How lovely! – cried Pinocchio, jumping with joy.

– Will you always obey me and behave as I wish?

– Gladly, very gladly, more than gladly!

– Beginning tomorrow – said the Fairy – you'll go to school every day.

Pinocchio's face fell a little.

– Then you will choose the trade you like best.

Pinocchio became more serious.

– What are you mumbling to yourself? asked the Fairy.

– I was just saying – whined the Marionette in a whisper – that it seems too late for me to go to school now.

– No, indeed. Remember it is never too late to learn.

– But I don't want either trade or work.

– Why?

– Because work wearies me!

– Ragazzo mio – disse la Fata – quelli che dicono così, finiscono quasi sempre o in carcere o all'ospedale. L'uomo, per tua regola, nasca ricco o povero, è obbligato in questo mondo a far qualcosa, a occuparsi, a lavorare. Guai a lasciarsi prendere dall'ozio! L'ozio è una bruttissima malattia, e bisogna guarirla subito, fin da ragazzi: se no, quando siamo grandi, non si guarisce più.

Queste parole toccarono l'animo di Pinocchio, il quale rialzando vivacemente la testa disse alla Fata:

– Io studierò, io lavorerò, io farò tutto quello che mi dirai, perché, insomma, la vita del burattino mi è venuta a noia, e voglio diventare un ragazzo a tutti i costi. Me l'hai promesso, non è vero?

– Te l'ho promesso, e ora dipende da te.

– My dear boy – said the Fairy – people who speak as you do usually end their days either in a prison or in a hospital. A man, remember, whether rich or poor, should do something in this world. No one can find happiness without work. Woe betide the lazy fellow! Laziness is a serious illness and one must cure it immediately; yes, even from early childhood. If not, it will kill you in the end.

These words touched Pinocchio's heart. He lifted his eyes to his Fairy and said seriously:

– I'll work; I'll study; I'll do all you tell me. After all, the life of a Marionette has grown very tiresome to me and I want to become a boy, no matter how hard it is. You promise that, don't you?

– Yes, I promise, and now it is up to you.

Capitolo 26

Pinocchio va co' suoi compagni di scuola in riva al mare, per vedere il terribile Pesce-cane.

Chapter 26

Pinocchio goes to the seashore with his friends to see the terrible Shark.

Il giorno dopo Pinocchio andò alla scuola comunale.

Figuratevi quelle birbe di ragazzi, quando videro entrare nella loro scuola un burattino! Fu una risata, che non finiva più. Chi gli faceva uno scherzo, chi un altro; chi gli levava il berretto di mano; chi gli tirava il giubbettino di dietro; chi si provava a fargli coll'inchiostro due grandi baffi sotto il naso; e chi si attentava perfino a legargli dei fili ai piedi e alle mani per farlo ballare.

Per un poco Pinocchio usò disinvoltura e tirò via; ma finalmente, sentendosi scappar la pazienza, si rivolse a quelli, che più lo tafanavano e si pigliavano gioco di lui, e disse loro a muso duro:

– Badate, ragazzi: io non son venuto qui per essere il vostro buffone. Io rispetto gli altri e voglio essere rispettato.

Next morning Pinocchio went to school.

Imagine what the boys said when they saw a marionette enter the classroom! They laughed until they cried. Everyone played tricks on him. One pulled his hat off, another tugged at his coat, a third tried to paint a mustache under his nose. One even attempted to tie strings to his feet and his hands to make him dance.

For a while Pinocchio was very calm and quiet. Finally, however, he lost all patience and turning to his tormentors, he said to them threateningly:

– Careful, boys, I haven't come here to be made fun of. I'll respect you and I want you to respect me.

– Bravo berlicche! Hai parlato come un libro stampato! – urlarono quei monelli, buttandosi via dalle matte risate: e uno di loro, più impertinente degli altri allungò la mano coll'idea di prendere il burattino per la punta del naso.

Ma non fece a tempo: perché Pinocchio stese la gamba sotto la tavola e gli consegnò una pedata negli stinchi.

– Ohi! che piedi duri! – urlò il ragazzo stropicciandosi il livido che gli aveva fatto il burattino.

– E che gomiti!... anche più duri dei piedi! – disse un altro che, per i suoi scherzi sguaiati, s'era beccata una gomitata nello stomaco.

Fatto sta che dopo quel calcio e quella gomitata Pinocchio acquistò subito la stima e la simpatia di tutti i ragazzi di scuola: e tutti gli facevano mille carezze e tutti gli volevano un bene dell'anima.

E anche il maestro se ne lodava, perché lo vedeva attento, studioso, intelligente, sempre il primo a entrare nella scuola, sempre l'ultimo a rizzarsi in piedi, a scuola finita.

Il solo difetto che avesse era quello di bazzicare troppi compagni: e fra questi,

– Hurrah! You have spoken like a printed book! – howled the boys, bursting with laughter. One of them, more impudent than the rest, put out his hand to pull the puppet's nose.

But he was not quick enough, for Pinocchio stretched his leg under the table and kicked him hard on the shin.

– Oh, what hard feet! – cried the boy, rubbing the spot where the Marionette had kicked him.

– And what elbows! They are even harder than the feet! – shouted another one, who, for some tricks, had received a blow in the stomach.

With that kick and that blow Pinocchio gained everybody's favor. Everyone admired him, danced attendance upon him, petted and caressed him.

As the days passed, even the teacher praised him, because he saw him attentive, hard working, and wide awake, always the first to come in the morning, and the last to leave when school was over.

Pinocchio's only fault was that he had too many friends.

c'erano molti monelli conosciutissimi per la loro poca voglia di studiare e di farsi onore.

Il maestro lo avvertiva tutti i giorni, e anche la buona Fata non mancava di dirgli e di ripetergli più volte:

– Bada, Pinocchio! Quei tuoi compagnacci di scuola finiranno prima o poi col farti perdere l'amore allo studio e, forse, col tirarti addosso qualche grossa disgrazia.

– Non c'è pericolo! – rispondeva il burattino, facendo una spallucciata e toccandosi coll'indice in mezzo alla fronte, come per dire: «C'è tanto giudizio qui dentro!».

Ora avvenne che un bel giorno, mentre camminava verso scuola, incontrò un branco dei soliti compagni, che andandogli incontro, gli dissero:

– Sai la gran notizia?

– No.

– Qui nel mare vicino è arrivato un Pesce-cane, grosso come una montagna.

– Davvero?... Che sia quel medesimo Pesce-cane di quando affogò il mio povero babbo?

Among these were many well–known rascals, who cared not a jot for study or for success.

The teacher warned him each day, and even the good Fairy repeated to him many times:

– Take care, Pinocchio! Those bad companions will sooner or later make you lose your love for study. Some day they will lead you astray.

– There's no such danger – answered the marionette, shrugging his shoulders and pointing to his forehead as if to say – I'm too wise.

So it happened that one day, as he was walking to school, he met some boys who ran up to him and said:

– Have you heard the news?

– No!

– A Shark as big as a mountain has been seen near the shore.

– Really? I wonder if it could be the same one I heard of when my father was drowned?

– Noi andiamo alla spiaggia per vederlo. Vieni anche tu?

– Io, no: voglio andare a scuola.

– Che t'importa della scuola? Alla scuola ci anderemo domani. Con una lezione di più o con una di meno, si rimane sempre gli stessi somari.

– E il maestro che dirà?

– Il maestro si lascia dire. È pagato apposta per brontolare tutto il giorno.

– E la mia mamma?...

– Le mamme non sanno mai nulla – risposero quei malanni.

– Sapete che cosa farò? – disse Pinocchio. – Il Pesce-cane voglio vederlo per certe mie ragioni... ma anderò a vederlo dopo la scuola.

– Povero giucco! – ribatté uno del branco. – Che credi che un pesce di quella grossezza voglia star lì a fare il comodo tuo? Appena s'è annoiato, piglia il dirizzone per un'altra parte, e allora chi s'è visto s'è visto.

– Quanto tempo ci vuole di qui alla spiaggia? – domandò il burattino.

– Fra un'ora, siamo bell'e andati e tornati.

– We are going to see it. Are you coming?

– No, not me. I must go to school.

– What do you care about school? You can go there tomorrow. With a lesson more or less, we are always the same donkeys.

– And what will the teacher say?

– Let him talk. He is paid to grumble all day long.

– And my mother?

– Mothers don't know anything – answered those scamps.

– Do you know what I'll do? – said Pinocchio.

– For certain reasons of mine, I, too, want to see that Shark; but I'll go after school. I can see him then as well as now.

– Poor simpleton! – cried one of the boys. – Do you think that a fish of that size will stand there waiting for you? He turns and off he goes, and no one will ever be the wiser.

– How long does it take from here to the shore? – asked the marionette.

– One hour there and back.

– Dunque, via! e chi più corre, è più bravo! – gridò Pinocchio.

Dato così il segnale della partenza, quel branco di monelli, coi loro libri e i loro quaderni sotto il braccio, si messero a correre attraverso ai campi; e Pinocchio era sempre avanti a tutti: pareva che avesse le ali ai piedi.

Di tanto in tanto, voltandosi indietro, canzonava i suoi compagni rimasti a una bella distanza, e nel vederli, ansanti, trafelati, polverosi e con tanto di lingua fuori, se la rideva proprio di cuore. Lo sciagurato in quel momento non sapeva a quali paure e a quali orribili disgrazie andava incontro!...

– Very well, then. Let's see who gets there first! – cried Pinocchio.

At the signal, the little troop, with books under their arms, dashed across the fields. Pinocchio led the way, running as if on wings, the others following as fast as they could.

Now and again, he looked back and, seeing his followers hot and tired, and with tongues hanging out, he laughed out heartily. Unhappy boy! If he had only known then the dreadful things that were to happen to him on account of his disobedience!

Capitolo 27

Gran combattimento fra Pinocchio e i suoi compagni: uno de' quali essendo rimasto ferito, Pinocchio viene arrestato dai carabinieri.

Giunto che fu sulla spiaggia, Pinocchio dette subito una grande occhiata sul mare; ma non vide nessun Pesce-cane.

Il mare era tutto liscio come un gran cristallo da specchio.

– O il Pesce-cane dov'è? – domandò, voltandosi ai compagni.

– Sarà andato a far colazione – rispose uno di loro, ridendo.

– O si sarà buttato sul letto per far un sonnellino – soggiunse un altro, ridendo più forte che mai.

Da quelle risposte sconclusionate e da quelle risatacce grulle, Pinocchio capì che i suoi compagni gli avevano fatto una brutta celia, dandogli ad intendere una cosa che non era vera; e pigliandosela a male, disse a loro con voce di bizza:

– E ora? Che sugo ci avete trovato a darmi ad intendere la storiella del Pesce-cane?

Chapter 27

The great battle between Pinocchio and his schoolmates: one is wounded. Pinocchio is arrested.

Arrived on the shore Pinocchio glanced all around him, but there was no sign of a Shark.

The sea was as smooth as glass.

– Where's that Shark? – he asked, turning to his playmates.

– He may have gone for his breakfast – said one of them, laughing.

– Or, perhaps, he went to bed for a little nap – said another, laughing also.

From those answers and the laughter which followed them, Pinocchio understood that the boys had played a trick on him.

– What now? – he said angrily to them. – What's the joke?

– Il sugo c'è sicuro!... – risposero in coro quei monelli.

– E sarebbe?...

– Quello di farti perdere la scuola e di farti venire con noi. Non ti vergogni a mostrarti tutti i giorni così preciso e così diligente alle lezioni? Non ti vergogni a studiar tanto, come fai?

– E se io studio, che cosa ve ne importa?

– A noi ce ne importa moltissimo perché ci costringi a fare una brutta figura col maestro...

– Perché?

– Perché gli scolari che studiano fanno sempre scomparire quelli, come noi, che non hanno voglia di studiare. E noi non vogliamo scomparire! Anche noi abbiamo il nostro amor proprio!...

– E allora che cosa devo fare per contentarvi?

– Devi prendere a noia, anche tu, la scuola, la lezione e il maestro, che sono i nostri tre grandi nemici.

– E se io volessi seguitare a studiare?

– Noi non ti guarderemo più in faccia, e alla prima occasione ce la pagherai!...

– In verità mi fate quasi ridere – disse il burattino con una scrollatina di capo.

– Oh, the joke's on you! – answered boys, laughing more heartily than ever, and dancing around the marionette.

– And that is...?

– That we have made you stay out of school to come with us. Aren't you ashamed of being such a good boy and of studying so hard? You never have a bit of enjoyment.

– And what is the matter, if I study?

– It matters, what does the teacher think of us.?

– Why?

– If you study and we don't, we pay for it. After all, it's not fair...

– What do you want me to do?

– Hate school and books and teachers, as we all do. They are your worst enemies, you know, and they like to make you as unhappy as they can.

– And if I go on studying, what will you do to me?

– You'll pay for it!

– Really, you amuse me – answered the marionette, nodding his head.

– Ehi, Pinocchio! – gridò allora il più grande di quei ragazzi, andandogli sul viso. – Non venir qui a fare lo smargiasso: non venir qui a far tanto il galletto!... Perché se tu non hai paura di noi, noi non abbiamo paura di te! Ricordati che tu sei solo e noi siamo in sette.

– Sette come i peccati mortali – disse Pinocchio con una gran risata.

– Avete sentito? Ci ha insultati tutti! Ci ha chiamati col nome di peccati mortali!...

– Pinocchio! chiedici scusa dell'offesa... se no, guai a te!...

– Cucù! – fece il burattino, battendosi coll'indice sulla punta del naso, in segno di canzonatura.

– Pinocchio! la finisce male!...

– Cucù!

– Ne toccherai quanto un somaro!...

– Cucù!

– Ritornerai a casa col naso rotto!...

– Cucù!

– Ora il cucù te lo darò io! – gridò il più ardito di quei monelli. – Prendi intanto quest'acconto e serbalo per la cena di stasera.

E nel dir così gli appiccicò un pugno sul capo.

– Hey, Pinocchio – cried the tallest of them all – We are tired of hearing you bragging about yourself, you little cockerel! You may not be afraid of us, but remember we are not afraid of you, either! You are alone, you know, and we are seven.

– Like the seven sins – said Pinocchio, still laughing.

– Did you hear that? He has insulted us all. He has called us sins.

– Pinocchio, apologize for that, or look out!

– Cuckoo! – said the puppet, mocking them with his thumb to his nose.

– You'll be sorry!

– Cuckoo!

– We'll whip you soundly!

– Cuckoo!

– You'll go home with a broken nose!

– Cuckoo!

– Very well, then! Take that, and keep it for your supper – called out the boldest of those rascals.

And with the words, he gave Pinocchio a terrible blow on the head.

Ma fu, come si suol dire, botta e risposta; perché il burattino, come c'era da aspettarselo, rispose con un altro pugno: e lì, da un momento all'altro, il combattimento diventò generale e accanito.

Pinocchio, sebbene fosse solo, si difendeva come un eroe. Con quei suoi piedi di legno durissimo lavorava così bene, da tener sempre i suoi nemici a rispettosa distanza. Dove i suoi piedi potevano arrivare e toccare, ci lasciavano sempre un livido per ricordo.

Allora i ragazzi, indispettiti di non potersi misurare col burattino a corpo a corpo, pensarono bene di metter mano ai proiettili, e sciolti i fagotti de' loro libri di scuola, cominciarono a scagliare contro di lui i *Sillabari*, le *Grammatiche*, i *Giannettini*, i *Minuzzoli*, i *Racconti* del Thouar, il *Pulcino* della Baccini e altri libri scolastici: ma il burattino, che era d'occhio svelto e ammalizzito, faceva sempre civetta a tempo, sicché i volumi, passandogli di sopra al capo, andavano tutti a cascare nel mare.

Figuratevi i pesci! I pesci, credendo che quei libri fossero roba da mangiare,

Pinocchio answered with another blow, and that was the signal for the beginning of the fray. In a few moments, the fight raged hot and heavy on both sides.

Pinocchio, although alone, defended himself bravely. With those two wooden feet of his, he worked so fast that his opponents kept at a respectful distance. Wherever they landed, they left their painful mark and the boys could only run away and howl.

Enraged at not being able to fight the Marionette at close quarters, they started to throw all kinds of books at him. Readers, geographies, histories, grammars flew in all directions. But Pinocchio was keen of eye and swift of movement, and the books only passed over his head, landed in the sea, and disappeared.

The fish, thinking they might be good to eat,

correvano a frotte a fior d'acqua; ma dopo avere abboccata qualche pagina o qualche frontespizio, la risputavano subito facendo con la bocca una certa smorfia, che pareva volesse dire: «Non è roba per noi: noi siamo avvezzi a cibarci molto meglio!»

Intanto il combattimento s'inferociva sempre più, quand'ecco che un grosso Granchio, che era uscito fuori dell'acqua e s'era adagio adagio arrampicato fin sulla spiaggia, gridò con una vociaccia di trombone infreddato:

– Smettetela, birichini che non siete altro! Queste guerre manesche fra ragazzi e ragazzi raramente vanno a finir bene. Qualche disgrazia accade sempre!...

Povero Granchio! Fu lo stesso che avesse predicato al vento. Anzi quella birba di Pinocchio, voltandosi indietro a guardarlo in cagnesco, gli disse sgarbatamente:

– Chétati, Granchio dell'uggia!... Faresti meglio a succiare due pasticche di lichene per guarire da codesta infreddatura di gola. Vai piuttosto a letto e cerca di sudare!

In quel frattempo i ragazzi, che avevano finito oramai di tirare tutti i loro libri, occhiarono lì a poca distanza il

came to the top of the water in great numbers. Some took a nibble, some took a bite, but no sooner had they tasted a page or two, than they spat them out with a wry face, as if to say:

– What a horrid taste! Our own food is so much better!

Meanwhile, the battle waxed more and more furious. At the noise, a large crab crawled slowly out of the water and, with a voice that sounded like a trombone suffering from a cold, he cried out:

– Stop fighting, you rascals! These battles between boys rarely end well. Trouble is sure to come to you!

Poor crab! He might as well have spoken to the wind.

Instead of listening to his good advice, Pinocchio turned to him and said as roughly as he knew how:

– Keep quiet, ugly crab! It would be better for you to chew a few cough drops to get rid of that cold you have. Go to bed and sleep! You will feel better in the morning.

In the meantime, the boys, having used all their books, looked around for new ammunition.

fagotto dei libri del burattino, e se ne impadronirono in men che non si dice.

Fra questi libri, v'era un volume rilegato in cartoncino grosso, colla costola e colle punte di cartapecora. Era un *Trattato di Aritmetica*. Vi lascio immaginare se era peso di molto!

Uno di quei monelli agguantò quel volume e, presa di mira la testa di Pinocchio, lo scagliò con quanta forza aveva nel braccio: ma invece di cogliere il burattino, colse nella testa uno dei compagni; il quale diventò bianco come un panno lavato, e non disse altro che queste parole:

– O mamma mia, aiutatemi... perché muoio!

Poi cadde disteso sulla rena del lido.

Alla vista di quel morticino, i ragazzi spaventati si dettero a scappare a gambe e in pochi minuti non si videro più.

Ma Pinocchio rimase lì, e sebbene per il dolore e per lo spavento, anche lui fosse più morto che vivo, nondimeno corse a inzuppare il suo fazzoletto nell'acqua del mare e si pose a bagnare la tempia del suo povero compagno di scuola.

Seeing Pinocchio's bundle lying idle nearby, they somehow managed to get hold of it.

One of the books was a very large volume, an arithmetic text, heavily bound in leather. It was Pinocchio's pride.

Among all his books, he liked that one very much. Thinking it would make a fine missile, one of the boys took hold of it and threw it with all his strength at Pinocchio's head. But instead of hitting the marionette, the book struck one of the other boys, who, as pale as a ghost, cried out faintly:

– Oh, mother, help! I'm dying! – and fell senseless to the ground.

At the sight of that pale little corpse, the boys were so frightened that they turned tail and ran. In a few moments, all had disappeared.

All except Pinocchio. Although scared to death by the horror of what had been done, he ran to the sea and soaked his handkerchief in the cool water and with it bathed the head of his poor little schoolmate.

E intanto piangendo dirottamente e disperandosi, lo chiamava per nome e gli diceva:

– Eugenio!... povero Eugenio mio!... apri gli occhi, e guardami!... Perché non mi rispondi? Non sono stato io, sai, che ti ho fatto tanto male! Credilo, non sono stato io!... Apri gli occhi, Eugenio... Se tieni gli occhi chiusi, mi farai morire anche me... O Dio mio! come farò ora a tornare a casa?... Con che coraggio potrò presentarmi alla mia buona mamma? Che sarà di me?... Dove fuggirò?... Dove andrò a nascondermi?... Oh! quant'era meglio, mille volte meglio che fossi andato a scuola!... Perché ho dato retta a questi compagni, che sono la mia dannazione?... E il maestro me l'aveva detto!... e la mia mamma me lo aveva ripetuto: «Guàrdati dai cattivi compagni!». Ma io sono un testardo... un caparbiaccio... lascio dir tutti, e poi fo sempre a modo mio!... E dopo mi tocca a scontarle... E così, da che sono al mondo, non ho mai avuto un quarto d'ora di bene. Dio mio! Che sarà di me, che sarà di me, che sarà di me?...

E Pinocchio continuava a piangere, e berciare, a darsi pugni nel capo e a

– Eugene! My poor Eugene! Open your eyes and look at me!

Why don't you answer? I was not the one who hit you, you know. Believe me, I didn't do it. Open your eyes, Eugene? If you keep them shut, I'll die, too. Oh, dear me, how shall I ever go home now? How shall I ever look at my little mother again? What will happen to me? Where shall I go? Where shall I hide? Oh, how much better it would have been, a thousand times better, if only I had gone to school! Why did I listen to those boys? They always were a bad influence! And to think that the teacher had told me... and my mother, too! `Beware of bad company!' That's what she said. But I'm stubborn and proud. I listen, but always I do as I wish. And then I pay. I've never had a moment's peace since I've been born! Oh, dear! What will become of me? What will become of me?

Pinocchio went on crying and moaning and beating his head.

chiamar per nome il povero Eugenio: quando sentì a un tratto un rumore sordo di passi che si avvicinavano.

Si voltò: erano due carabinieri

– Che cosa fai così sdraiato per terra? – domandarono a Pinocchio.

– Assisto questo mio compagno di scuola.

– Che gli è venuto male?

– Par di sì!..

– Altro che male! – disse uno dei carabinieri, chinandosi e osservando Eugenio da vicino. – Questo ragazzo è stato ferito in una tempia: chi è che l'ha ferito?

– Io no – balbettò il burattino che non aveva più fiato in corpo.

– Se non sei stato tu, chi è stato dunque che l'ha ferito?

– Io no – ripeté Pinocchio.

– E con che cosa è stato ferito?

– Con questo libro. – E il burattino raccattò di terra il *Trattato di Aritmetica,* rilegato in cartone e cartapecora, per mostrarlo al carabiniere.

– E questo libro di chi è?

– Mio.

Again and again he called to his little friend, when suddenly he heard heavy steps approaching.

He looked up and saw two tall Carabineers near him.

– What are you doing stretched out on the ground? - they asked Pinocchio.

– I'm helping my schoolmate.

– Has he fainted?

– I should say so – said one of the carabineers, bending to look at Eugene. – This boy has been wounded on the temple. Who has hurt him?

– Not me – stammered the marionette, who had hardly a breath left in his whole body.

– If it wasn't you, who was it, then?

– Not me – repeated Pinocchio.

– And with what was he wounded?

– With this book – and the Marionette picked up the arithmetic text to show it to the officer.

– And whose book is this?

– Mine.

– Basta così: non occorre altro. Rìzzati subito e vieni via con noi.

– Ma io...

– Via con noi!

– Ma io sono innocente...

– Via con noi!

Prima di partire, i carabinieri chiamarono alcuni pescatori, che in quel momento passavano per l'appunto colla loro barca vicino alla spiaggia, e dissero loro:

– Vi affidiamo questo ragazzetto ferito nel capo. Portatelo a casa vostra e assistetelo. Domani torneremo a vederlo.

Quindi si volsero a Pinocchio, e dopo averlo messo in mezzo a loro due, gl'intimarono con accento soldatesco:

– Avanti! e cammina spedito! se no, peggio per te!

Senza farselo ripetere, il burattino cominciò a camminare per quella viottola, che conduceva al paese. Ma il povero diavolo non sapeva più nemmeno lui in che mondo si fosse. Gli pareva di sognare, e che brutto sogno! Era fuori di sé. I suoi occhi vedevano tutto doppio: le gambe gli tremavano: la lingua gli era rimasta attaccata al palato e non poteva più

– Enough.

– Not another word! Get up as quickly as you can and come along with us.

– But I...

– Come with us!

– But I am innocent.

– Come with us!

Before starting out, the officers called out to several fishermen passing by in a boat and said to them:

– Take care of this little fellow who has been hurt. Take him home and bind his wounds. Tomorrow we'll come after him.

They then turned to Pinocchio and, putting him between them, said to him in a rough voice:

– March! And go quickly, or there will be troubles for you!

They did not have to repeat their words. The marionette walked swiftly along the road to the village. But the poor fellow hardly knew what he was about. He thought he had a nightmare. He felt ill. His eyes saw everything double, his legs trembled, his tongue was dry, and, try as he might, he could not

spiccicare una sola parola. Eppure, in mezzo a quella specie di stupidità e di rintontimento, una spina acutissima gli bucava il cuore: il pensiero, cioè, di dover passare sotto le finestre di casa della sua buona Fata, in mezzo ai carabinieri. Avrebbe preferito piuttosto di morire.

Erano già arrivati e stavano per entrare in paese, quando una folata di vento strapazzone levò di testa a Pinocchio il berretto, portandoglielo lontano una decina di passi.

– Si contentano – disse il burattino ai carabinieri – che vada a riprendere il mio berretto?

– Vai pure: ma facciamo una cosa lesta.

Il burattino andò, raccattò il berretto... ma invece di metterselo in capo, se lo mise in bocca fra i denti, e poi cominciò a correre di gran carriera verso la spiaggia del mare. Andava via come una palla di fucile.

I carabinieri, giudicando che fosse difficile raggiungerlo, gli aizzarono dietro un grosso cane mastino, che aveva guadagnato il primo premio in tutte le corse dei cani. Pinocchio correva, e il cane correva più di lui: per cui tutta la gente si

say a single word. Yet, in spite of this numbness of feeling, he suffered keenly at the thought of passing under the windows of his good little Fairy's house. What would she say on seeing him between two carabineers?

They had just reached the village, when a sudden gust of wind blew off Pinocchio's cap and made it go sailing far down the street.

– Would you allow me – the puppet asked the carabineers – to run after my cap?

– Very well, go; but hurry.

The marionette went, picked up his cap... but instead of putting it on his head, he stuck it between his teeth and then raced toward the sea.

He went like a bullet out of a gun.

The carabineers, judging that it would be very difficult to catch him, sent a large mastiff after him, one that had won first prize in all the dog races. Pinocchio ran fast and the dog ran faster. At so much noise, the people

affacciava alle finestre e si affollava in mezzo alla strada, ansiosa di veder la fine di questo palio feroce.

Ma non poté levarsi questa voglia, perché il cane mastino e Pinocchio sollevarono lungo la strada un tal polverone, che dopo pochi minuti non fu più possibile di veder nulla.

hung out of the windows or gathered in the street, anxious to see the end of the contest.

But they were disappointed, for the dog and Pinocchio raised so much dust on the road that, after a few moments, it was impossible to see them.

Capitolo 28

Pinocchio corre pericolo
di essere fritto in padella come un pesce.

Chapter 28

Pinocchio is in danger of
being fried in a pan like a fish.

Durante quella corsa disperata, vi fu un momento terribile, un momento in cui Pinocchio si credé perduto: perché bisogna sapere che Alidoro (era questo il nome del can-mastino) a furia di correre e correre, l'aveva quasi raggiunto.

Basti dire che il burattino sentiva dietro di sé, alla distanza d'un palmo, l'ansare affannoso di quella bestiaccia e ne sentiva perfino la vampa calda delle fiatate.

Per buona fortuna la spiaggia era oramai vicina e il mare si vedeva lì a pochi passi.

Appena fu sulla spiaggia, il burattino spiccò un bellissimo salto, come avrebbe potuto fare un ranocchio, e andò a cascare in mezzo all'acqua. Alidoro invece voleva fermarsi; ma trasportato dall'impeto della corsa, entrò nell'acqua anche lui. E quel disgraziato non sapeva nuotare; per cui cominciò subito ad annaspare colle zampe per reggersi a galla: ma più annaspava e più andava col capo sott'acqua.

During that wild chase, Pinocchio lived a terrible moment when he almost gave himself up as lost. This was when Alidoro (that was the mastiff's name), in a frenzy of running, came so near that he was nearly to reaching him.

The marionette felt, close behind him, the breathing of the beast who was fast on his trail, and now and again even felt his hot breath blowing over him.

Luckily, by this time, he was very near the shore, and the sea could be seen, only a few short steps away.

As soon as he set foot on the beach, Pinocchio gave a leap and fell into the water. Alidoro tried to stop, but as he was running very fast, he couldn't, and he, too, landed far out in the sea. Strange though it may seem, the dog could not swim. He beat the water with his paws to hold himself up, but the harder he tried, the deeper he sank.

Quando torno a rimettere il capo fuori, il povero cane aveva gli occhi impauriti e stralunati, e, abbaiando, gridava.

– Affogo! Affogo!

– Crepa! – gli rispose Pinocchio da lontano, il quale si vedeva oramai sicuro da ogni pericolo.

– Aiutami, Pinocchio mio!... salvami dalla morte!...

A quelle grida strazianti, il burattino, che in fondo aveva un cuore eccellente, si mosse a compassione, e voltosi al cane gli disse:

– Ma se io ti aiuto a salvarti, mi prometti di non darmi più noia e di non corrermi dietro?

– Te lo prometto! Te lo prometto! Spicciati per carità, perché se indugi un altro mezzo minuto, son bell'e morto.

Pinocchio esitò un poco: ma poi ricordandosi che il suo babbo gli aveva detto tante volte che a fare una buona azione non ci si scapita mai, andò nuotando a raggiungere Alidoro, e, presolo per la coda con tutte e due le mani, lo portò sano e salvo sulla rena asciutta del lido.

As he stuck his head out once more, the poor fellow's eyes were bulging and he barked out wildly:

– I drown! I drown!

– Drown! – answered Pinocchio from afar, happy at his escape.

– Help, Pinocchio, dear little Pinocchio! Save me from death!

At those cries of suffering, Pinocchio, who after all had a very kind heart, was moved to compassion. He turned toward the poor animal and said to him:

– But if I help you, will you promise not to bother me again by running after me?

– I promise! I promise! Only hurry, for if you wait another second, I'll be dead and gone!

Pinocchio hesitated still another minute. Then, remembering how his father had often told him that a kind deed is never lost, he swam to Alidoro and, catching hold of his tail, dragged him to the shore.

Il povero cane non si reggeva più in piedi. Aveva bevuto, senza volerlo, tant'acqua salata, che era gonfiato come un pallone. Per altro il burattino, non volendo fare a fidarsi troppo, stimò cosa prudente di gettarsi novamente in mare; e, allontanandosi dalla spiaggia, gridò all'amico salvato:

– Addio, Alidoro, fai buon viaggio e tanti saluti a casa.

– Addio, Pinocchio – rispose il cane; – mille grazie di avermi liberato dalla morte. Tu mi hai fatto un gran servizio: e in questo mondo quel che è fatto è reso. Se capita l'occasione, ci riparleremo.

Pinocchio seguitò a nuotare, tenendosi sempre vicino alla terra. Finalmente gli parve di esser giunto in un luogo sicuro; e dando un' occhiata alla spiaggia, vide sugli scogli una specie di grotta, dalla quale usciva un lunghissimo pennacchio di fumo.

– In quella grotta – disse allora fra sé – ci deve essere del fuoco. Tanto meglio! Anderò a rasciugarmi e a riscaldarmi, e poi?... E poi sarà quel che sarà.

Presa questa risoluzione, si avvicinò alla scogliera; ma quando fu lì per

The poor Dog was so weak he could not stand. He had swallowed so much salt water that he was swollen like a balloon. However, Pinocchio, not wishing to trust him too much, threw himself once again into the sea. As he swam away, he called out:

– Goodbye, Alidoro, good luck and remember me to the family!

– Goodbye, little Pinocchio – answered the Dog.

– A thousand thanks for having saved me from death. You did a good job and, in this world, what is given is always returned. If the chance comes, I shall be there.

Pinocchio went on swimming close to shore. At last he thought he had reached a safe place. Glancing up and down the beach, he saw the opening of a cave out of which rose a spiral of smoke.

– In that cave – he said to himself – there must be a fire. So much the better. I'll dry my clothes and warm myself, and then... well.

His mind made up, Pinocchio swam to the rocks, but as he started

arrampicarsi, sentì qualche cosa sotto l'acqua che saliva, saliva, saliva e lo portava per aria. Tentò subito di fuggire, ma oramai era tardi, perché con sua grandissima maraviglia si trovò rinchiuso dentro a una grossa rete in mezzo a un brulichio di pesci d'ogni forma e grandezza, che scodinzolando si dibattevano come tant'anime disperate.

E nel tempo stesso vide uscire dalla grotta un pescatore così brutto, ma tanto brutto, che pareva un mostro marino. Invece di capelli aveva sulla testa un cespuglio foltissimo di erba verde; verde era la pelle del suo corpo, verdi gli occhi, verde la barba lunghissima, che gli scendeva fin quaggiù. Pareva un grosso ramarro ritto su i piedi di dietro.

Quando il pescatore ebbe tirata fuori la rete dal mare, gridò tutto contento:

– Provvidenza benedetta! Anch'oggi potrò fare una bella scorpacciata di pesce!

– Manco male, che io non sono un pesce! – disse Pinocchio dentro di sé, ripigliando un po' di coraggio.

La rete piena di pesci fu portata dentro la grotta, una grotta buia e affumicata, in mezzo alla quale friggeva una gran

to climb, he felt something under him lifting him up higher and higher. He tried to escape, but he was too late. To his great surprise, he found himself in a huge net, amid a crowd of fish of all kinds and sizes, who were fighting and struggling desperately to free themselves.

At the same time, he saw a fisherman come out of the cave, a fisherman so ugly that Pinocchio thought he was a sea monster. In place of hair, his head was covered by a thick bush of green grass. Green was the skin of his body, green were his eyes, green was the long, long beard that reached down to his feet. He looked like a giant lizard with legs and arms.

When the fisherman pulled the net out of the sea, he cried out joyfully:

– Blessed Providence! Once more I'll have a fine meal of fish!

– Thank Heaven, I'm not a fish! – said Pinocchio to himself, trying with these words to find a little courage.

The fisherman took the net and the fish to the cave, a dark, gloomy, smoky place. In the middle of it, a pan full of oil sizzled

padella d'olio, che mandava un odorino di moccolaia da mozzare il respiro.

– Ora vediamo un po' che pesci abbiamo presi! – disse il pescatore verde; e ficcando nella rete una manona così spropositata, che pareva una pala da fornai, tirò fuori una manciata di triglie.

– Buone queste triglie! – disse, guardandole e annusandole con compiacenza. E dopo averle annusate, le scaraventò in una conca senz'acqua.

Poi ripeté più volte la solita operazione; e via via che cavava fuori gli altri pesci, sentiva venirsi l'acquolina in bocca e gongolando diceva:

– Buoni questi naselli!...

– Squisiti questi muggini!...

– Deliziose queste sogliole!...

– Prelibati questi ragnotti!...

– Carine queste acciughe col capo!...

Come potete immaginarvelo, i naselli, i muggini, le sogliole, i ragnotti e le acciughe, andarono tutti alla rinfusa nella conca, a tener compagnia alle triglie.

L'ultimo che restò nella rete fu Pinocchio.

over a smoky fire, sending out a repelling odor of tallow that took away one's breath.

– Now, let's see what kind of fish we have caught today – said the Green Fisherman. He put a hand as big as a spade into the net and pulled out a handful of mullets.

– Fine mullets, these! – he said, after looking at them and smelling them with pleasure. After that, he threw them into a large, empty tub.

Many times he repeated this performance. As he pulled each fish out of the net, his mouth watered with the thought of the good dinner coming, and he said:

– Fine fish, these bass!

– Very tasty, these whitefish!

– Delicious flounders, these!

– What splendid crabs!

– And these dear little anchovies, with their heads still on!

As you can well imagine, the bass, the flounders, the whitefish, and even the little anchovies all went together into the tub to keep the mullets company. The last to come out of the net was Pinocchio.

Appena il pescatore l'ebbe cavato fuori, sgranò dalla maraviglia i suoi occhioni verdi, gridando quasi impaurito:

– Che razza di pesce è questo? Dei pesci fatti a questo modo non mi ricordo di averne mai mangiati!

E tornò a guardarlo attentamente, e dopo averlo guardato ben bene per ogni verso, finì col dire:

– Ho già capito: dev'essere un granchio di mare.

Allora Pinocchio mortificato di sentirsi scambiare per un granchio, disse con accento risentito:

– Ma che granchio e non granchio? Guardi come lei mi tratta! Io per sua regola sono un burattino.

– Un burattino? – replicò il pescatore. – Dico la verità, il pesce burattino è per me un pesce nuovo! Meglio così! Ti mangerò più volentieri.

– Mangiarmi? Ma la vuol capire che io non sono un pesce? O non sente che parlo, e ragiono come lei?

– È verissimo – soggiunse il pescatore – e siccome vedo che sei un pesce, che hai la fortuna di parlare e di ragionare, come

As soon as the fisherman pulled him out, his green eyes opened wide with surprise, and he cried out in fear:

– What kind of fish is this? I don't remember ever eating anything like it.

He looked at him closely and after turning him over and over, he said at last:

– I understand. He must be a crab!

Pinocchio, mortified at being taken for a crab, said resentfully:

– What nonsense! A crab indeed! I am no such thing. Beware how you deal with me! I am a marionette, I want you to know.

– A Marionette? – asked the Fisherman.

– I must admit that a Marionette fish is, for me, an entirely new kind of fish. So much the better. I'll eat you with greater relish.

– Eat me? But can't you understand that I'm not a fish? Can't you hear that I speak and think as you do?

– It's true – answered the fisherman; – but since I see that you are a fish, well able to talk and

me, così voglio usarti anch'io i dovuti riguardi.

– E questi riguardi sarebbero?...

– In segno di amicizia e di stima particolare, lascerò a te la scelta del come vuoi essere cucinato. Desideri essere fritto in padella, oppure preferisci di essere cotto nel tegame colla salsa di pomidoro?

– A dir la verità – rispose Pinocchio – se io debbo scegliere, preferisco piuttosto di essere lasciato libero, per potermene tornare a casa mia.

– Tu scherzi? Ti pare che io voglia perdere l'occasione di assaggiare un pesce così raro? Non capita mica tutti i giorni un pesce burattino in questi mari. Lascia fare a me: ti friggerò in padella assieme a tutti gli altri pesci, e te ne troverai contento. L'esser fritto in compagnia è sempre una consolazione.

L'infelice Pinocchio, a quest'antifona, cominciò a piangere, a strillare, a raccomandarsi e piangendo diceva: – Quant'era meglio, che fossi andato a scuola!... Ho voluto dar retta ai compagni, e ora la pago! Ih!... Ih!... Ih!...

E perché si divincolava come un anguilla e faceva sforzi incredibili, per

think as I do, I'll treat you with all due respect.

– And that is...

– That, as a sign of my particular esteem, I'll leave to you the choice of the manner in which you are to be cooked. Do you wish to be fried in a pan, or do you prefer to be cooked with tomato sauce?

– To tell you the truth – answered Pinocchio – if I must choose, I should much rather go free so I may return home!

– Are you fooling? Do you think that I want to lose the opportunity to taste such a rare fish? A marionette fish does not come very often to these seas. Leave it to me. I'll fry you in the pan with the others. I know you'll like it. It's always a comfort to find oneself in good company.

The unlucky marionette, hearing this, began to cry and wail and beg. With tears streaming down his cheeks, he said:

– How much better it would have been for me to go to school! I did listen to my playmates and now I am paying for it! Oh! Oh! Oh!

And as he struggled and squirmed like an eel to escape from him,

isgusciare dalle grinfie del pescatore verde, questi prese una bella buccia di giunco, e dopo averlo legato per le mani e per i piedi, come un salame, lo gettò in fondo alla conca cogli altri.

Poi, tirato fuori un vassoiaccio di legno, pieno di farina, si dette a infarinare tutti quei pesci; e man mano che li aveva infarinati, li buttava a friggere dentro la padella.

I primi a ballare nell'olio bollente furono i poveri naselli: poi toccò ai ragnotti, poi ai muggini, poi alle sogliole e alle acciughe, e poi venne la volta di Pinocchio. Il quale a vedersi così vicino alla morte (e che brutta morte!) fu preso da tanto tremito e da tanto spavento, che non aveva più né voce né fiato per raccomandarsi.

Il povero figliuolo si raccomandava cogli occhi! Ma il pescatore verde, senza badarlo neppure, lo avvoltolò cinque o sei volte nella farina, infarinandolo così bene dal capo ai piedi, che pareva diventato un burattino di gesso.

Poi lo prese per il capo, e...

the green fisherman took a stout cord and tied him hand and foot, and threw him into the bottom of the tub with the others.

Then he pulled a wooden bowl full of flour out of a cupboard and started to roll the fish into it, one by one. When they were white with it, he threw them into the pan. The first to dance in the hot oil were the mullets, the bass followed, then the whitefish, the flounders, and the anchovies. Pinocchio's turn came last. Seeing himself so near to death (and such a horrible death!) he began to tremble so with fright that he had no voice left with which to beg for his life.

The poor boy beseeched only with his eyes. But the green fisherman, not even noticing that it was he, turned him over and over in the flour until he looked like a marionette made of chalk.

Then he took him by the head and...

Capitolo 29

Ritorna a casa della Fata, la quale gli promette che il giorno dopo non sarà più un burattino, ma diventerà un ragazzo. Gran colazione di caffè-e-latte per festeggiare questo grande avvenimento.

Mentre il pescatore era proprio sul punto di buttar Pinocchio nella padella, entrò nella grotta un grosso cane condotto là dall'odore acutissimo e ghiotto della frittura.

– Passa via! – gli gridò il pescatore minacciandolo e tenendo sempre in mano il burattino infarinato.

Ma il povero cane aveva una fame per quattro, e mugolando e dimenando la coda, pareva che dicesse: «Dammi un boccon di frittura e ti lascio in pace».

– Passa via, ti dico! – gli ripeté il pescatore; e allungò la gamba per tirargli una pedata.

Allora il cane che, quando aveva fame davvero, non era avvezzo a lasciarsi posar mosche sul naso, si rivoltò ringhioso al pescatore, mostrandogli le sue terribili zanne.

Chapter 29

Pinocchio returns to the Fairy's house and she promises him that, the next morning, he will cease to be a puppet and become a boy.
A big breakfast of coffee and milk to celebrate this great event.

Mindful of what the fisherman had said, Pinocchio knew that all hope of being saved had gone. He closed his eyes and waited for the ending moment. Suddenly, a large dog, attracted by the odor of the boiling oil, came running into the cave.

– Get out! – cried the fisherman threateningly and still holding onto the marionette, who was all covered with flour. But the poor dog was very hungry, and whining and wagging his tail, he tried to say:

– Give me a bite of that fish and I'll leave you in peace.

– Get out, I say! – repeated the fisherman. And he drew back his foot to give the dog a kick. Then the dog, who, becoming really hungry, would take no refusal, turned in a rage toward the fisherman and bared his terrible fangs.

In quel mentre si udì nella grotta una vocina fioca fioca, che disse:

– Salvami, Alidoro!... Se non mi salvi, son fritto!

Il cane riconobbe subito la voce di Pinocchio e si accorse con sua grandissima maraviglia che la vocina era uscita da quel fagotto infarinato che il pescatore teneva in mano.

Allora che cosa fa? Spicca un gran lancio da terra, abbocca quel fagotto infarinato e tenendolo leggermente coi denti, esce correndo dalla grotta, e via come un baleno!

Il pescatore, arrabbiatissimo di vedersi strappar di mano un pesce, che egli avrebbe mangiato tanto volentieri, si provò a rincorrere il cane; ma fatti pochi passi, gli venne un nodo di tosse e dové tornarsene indietro.

Intanto Alidoro, ritrovata che ebbe la viottola che conduceva al paese, si fermò e posò delicatamente in terra l'amico Pinocchio.

– Quanto ti debbo ringraziare! – disse il burattino.

– Non c'è bisogno – replicò il cane. – Tu salvasti me, e quel che è fatto, è reso. Si sa:

At that moment, a pitiful little voice was heard saying: – Save me, Alidoro; if you don't, I become fried!

The dog immediately recognized Pinocchio's voice. Great was his surprise to find that the voice came from the little flour–covered bundle that the fisherman held in his hand.

Then what did he do? With one great leap, he grasped that bundle in his mouth and, holding it lightly between his teeth, ran through the door and disappeared like a flash!

The fisherman, angry at seeing his meal snatched from under his nose, ran after the dog, but a bad fit of coughing made him stop and turn back.

Meanwhile, Alidoro, as soon as he had found the road which led to the village, stopped and dropped Pinocchio softly to the ground.

– Really, really thank you! – said the puppet.

– It is not necessary – answered the dog.

– You saved me once and what is given is always returned.

in questo mondo bisogna tutti aiutarsi l'uno coll'altro.

– Ma come mai sei capitato in quella grotta?

– Ero sempre qui disteso sulla spiaggia più morto che vivo, quando il vento mi ha portato da lontano un odorino di frittura. Quell'odorino mi ha stuzzicato l'appetito, e io gli sono andato dietro. Se arrivavo un minuto più tardi!...

– Non me lo dire! – urlò Pinocchio che tremava ancora dalla paura. – Non me lo dire! Se tu arrivavi un minuto più tardi, a quest'ora io ero bell'e fritto, mangiato e digerito. Brrr!... mi vengono i brividi soltanto a pensarvi!...

Alidoro, ridendo, stese la zampa destra verso il burattino, il quale gliela strinse forte forte in segno di grande amicizia: e dopo si lasciarono.

Il cane riprese la strada di casa: e Pinocchio, rimasto solo, andò a una capanna lì poco distante, e domandò a un vecchietto che stava sulla porta a scaldarsi al sole:

– Dite, galantuomo, sapete nulla di un povero ragazzo ferito nel capo e che si chiamava Eugenio?...

We are in this world to help one another.

– But how did you get in that cave?

– I was lying here on the sand more dead than alive, when an appetizing odor of fried fish came to me. That odor tickled my hunger and I followed it. Oh, if I had come a moment later!

– Don't talk about it – wailed Pinocchio, still trembling with fright. Don't say a word. If you had come a moment later, I would be fried, eaten and digested. Brrrrrr! I shiver at the mere thought of it.

Alidoro laughingly held out his paw to the marionette, who shook it heartily, feeling that now he and the dog were good friends. Then they bid each other goodbye and the dog went home.

Pinocchio, left alone, walked toward a little hut near by, where an old man sat at the door sunning himself, and asked:

– Tell me, good man, have you heard anything of a poor boy with a wounded head, whose name was Eugene?

– Il ragazzo è stato portato da alcuni pescatori in questa capanna, e ora...

Ora sarà morto!... – interruppe Pinocchio con gran dolore.

– No: ora è vivo, ed è già ritornato a casa sua.

– Davvero, davvero? – gridò il burattino, saltando dall'allegrezza. – Dunque la ferita non era grave?

– Ma poteva riuscire gravissima e anche mortale – rispose il vecchietto – perché gli tirarono sul capo un grosso libro rilegato in cartone.

– E chi glielo tirò?

– Un suo compagno di scuola: un certo Pinocchio...

– E chi è questo Pinocchio? – domandò il burattino facendo lo gnorri.

– Dicono che sia un ragazzaccio, un vagabondo, un vero rompicollo...

– Calunnie! Tutte calunnie!

– Lo conosci tu questo Pinocchio?

– Di vista! – rispose il burattino.

– E tu che concetto ne hai? – gli chiese il vecchietto.

– A me mi pare un gran buon figliuolo, pieno di voglia di studiare, ubbidiente,

– The boy was brought to this hut and now...

– Now he is dead? – Pinocchio interrupted sorrowfully.

– No, he is now alive and he has already returned home.

– Really? Really? – cried the marionette, jumping around with joy. – Then the wound was not serious?

– But it might have been and even mortal – answered the old man – beacuse a heavy book was thrown at his head.

– And who threw it?

– A schoolmate of his, a certain Pinocchio.

– And who is this Pinocchio? – asked the puppet, feigning indifference.

– They say he is a mischief–maker, a tramp, a street urchin...

– Calumnies! All calumnies!

– Do you know this Pinocchio?

– By sight! – answered Pinocchio.

– And what do you think of him? – asked the old man.

– I think he's a very good boy, fond of study, obedient,

affezionato al suo babbo e alla sua famiglia...

Mentre il burattino sfilava a faccia fresca tutte queste bugie, si toccò il naso e si accorse che il naso gli s'era allungato più d'un palmo. Allora tutto impaurito cominciò a gridare:

– Non date retta, galantuomo, a tutto il bene che ve ne ho detto: perché conosco benissimo Pinocchio e posso assicurarvi anch'io che è davvero un ragazzaccio, un disubbidiente e uno svogliato, che invece di andare a scuola, va coi compagni a fare lo sbarazzino!

Appena ebbe pronunziate queste parole, il suo naso raccorcì e tornò della grandezza naturale, come era prima.

– E perché sei tutto bianco a codesto modo? – gli domandò a un tratto il vecchietto.

– Vi dirò... senza avvedermene, mi sono strofinato a un muro, che era imbiancato di fresco – rispose il burattino, vergognandosi a confessare che lo avevano infarinato come un pesce, per poi friggerlo in padella.

kind to his Father, and to his whole family...

As he was telling all these enormous lies about himself, Pinocchio touched his nose and found it twice as long as it should be. Scared out of his wits, he cried out:

– Don't listen to me, good man! All the wonderful things I have said are not true at all. I know Pinocchio well and he is indeed a very wicked fellow, lazy and disobedient, who instead of going to school, runs away with his playmates to have a good time.

At this speech, his nose returned to its natural size.

– Why are you so pale? – the old man asked suddenly.

– Let me tell you. Without knowing it, I rubbed myself against a newly painted wall – he lied, ashamed to say that he had been made ready for the frying pan.

– O della tua giacchetta, de' tuoi calzoncini e del tuo berretto che cosa ne hai fatto?

– Ho incontrato i ladri e mi hanno spogliato. Dite, buon vecchio, non avreste per caso da darmi un po' di vestituccio, tanto perché io possa ritornare a casa?

– Ragazzo mio, in fatto di vestiti, io non ho che un piccolo sacchetto, dove ci tengo i lupini. Se vuoi, piglialo: eccolo là.

E Pinocchio non se lo fece dire due volte: prese subito il sacchetto dei lupini che era vuoto, e dopo averci fatto colle forbici una piccola buca nel fondo e due buche dalle parti, se lo infilò a uso camicia. E vestito leggerino a quel modo, si avviò verso il paese.

Ma, lungo la strada, non si sentiva punto tranquillo; tant'è vero che faceva un passo avanti e uno indietro e, discorrendo da se solo, andava dicendo:

– Come farò a presentarmi alla mia buona Fatina? Che dirà quando mi vedrà?... Vorrà perdonarmi questa seconda birichinata?... Scommetto che non me la perdona!... Oh! Non me la perdona di certo... E mi sta il dovere: perché io sono

– What have you done with your coat and your hat and your breeches?

– I met thieves and they robbed me. Tell me, my good man, have you not, perhaps, a little suit to give me, so that I may go home?

– My boy, as for clothes, I have only a bag in which I keep hops. If you want it, take it. There it is.

Pinocchio did not wait for him to repeat his words. He took the bag, which happened to be empty, and after cutting a big hole on the top and two at the sides, he slipped into it as if it were a shirt. Lightly clad as he was, he moved toward the village.

Along the way he felt very uneasy. In fact he was so unhappy that he went along taking two steps forward and one back, and as he went he said to himself:

– How shall I ever face my good little Fairy? What will she say when she sees me? Will she forgive this last trick of mine? I am sure she won't. Oh, no, she won't. And I deserve it, as usual! For I am a rascal,

un monello che prometto sempre di correggèrmi, e non mantengo mai!...

Arrivò al paese che era già notte buia, e perché faceva tempaccio e l'acqua veniva giù a catinelle, andò diritto diritto alla casa della Fata coll'animo risoluto di bussare alla porta e di farsi aprire.

Ma, quando fu lì, sentì mancarsi il coraggio, e invece di bussare si allontanò, correndo, una ventina di passi. Si avvicinò una seconda volta alla porta, e non concluse nulla: si avvicinò una terza volta, e nulla: la quarta volta prese, tremando, il battente di ferro in mano, e bussò un piccolo colpettino.

Aspetta, aspetta, finalmente dopo mezz'ora si aprì una finestra dell'ultimo piano (la casa era di quattro piani) e Pinocchio vide affacciarsi una grossa Lumaca, che aveva un lumicino acceso sul capo, la quale disse:

– Chi è a quest'ora?

– La Fata è in casa? – domandò il burattino.

– La Fata dorme e non vuol essere svegliata: ma tu chi sei?

– Sono io!

– Chi io?

fine on promises which I never keep!

He arrived at the village late at night. It was so dark he could see nothing and it was raining. Pinocchio went straight to the Fairy's house, firmly resolved to knock at the door.

When he found himself there, he lost courage and ran back a few steps. A second time he came to the door and again he ran back. A third time he repeated his performance. The fourth time, before he had time to lose his courage, he grasped the knocker and made a faint sound with it.

He waited and waited and waited. Finally, after a full half hour, a top–floor window (the house had four stories) opened and Pinocchio saw a large Snail look out. A tiny light glowed on top of her head. – Who knocks at this late hour?– she called.

– Is the Fairy home? – asked the marionette.

– The Fairy is asleep and does not wish to be disturbed. Who are you?

– It is me.

– Me who?

– Pinocchio.

– Chi Pinocchio?

– Il burattino, quello che sta in casa colla Fata.

– Ah! ho capito – disse la Lumaca. – Aspettami costì, che ora scendo giù e ti apro subito.

– Spicciatevi, per carità, perché io muoio dal freddo.

– Ragazzo mio, io sono una lumaca, e le lumache non hanno mai fretta.

Intanto passò un'ora, ne passarono due, e la porta non si apriva: per cui Pinocchio, che tremava dal freddo, dalla paura e dall'acqua che aveva addosso, si fece cuore e bussò una seconda volta, e bussò più forte. A quel secondo colpo si aprì una finestra del piano di sotto e si affacciò la solita Lumaca.

– Lumachina bella – gridò Pinocchio dalla strada – sono due ore che aspetto! E due ore, a questa serataccia, diventano più lunghe di due anni. Spicciatevi, per carità.

– Ragazzo mio – gli rispose dalla finestra quella bestiola tutta pace e tutta flemma – ragazzo mio, io sono una lumaca, e le lumache non hanno mai fretta.

– Pinocchio.

– Who is Pinocchio?

– The puppet; the one who lives in the Fairy's house.

– Oh, I understand – said the Snail. – Wait for me there. I'll come down to open the door for you.

– Hurry, I beg of you, for I am dying of cold.

– My boy, I am a Snail and snails are never in a hurry.

An hour passed, two hours; and the door was still closed. Pinocchio, who was trembling with fear and shivering from the cold rain on his back, knocked a second time, this time louder than before. At that second knock, a window on the third floor opened and the same Snail looked out.

– Dear little Snail – cried Pinocchio from the street. – I have been waiting two hours for you! And two hours on a dreadful night like this are as long as two years. Hurry, please!

– My boy – answered the Snail in a calm, peaceful voice – my dear boy, I am a Snail and snails are never in a hurry.

E la finestra si richiuse.

Di lì a poco suonò la mezzanotte: poi il tocco, poi le due dopo mezzanotte, e la porta era sempre chiusa.

Allora Pinocchio, perduta la pazienza, afferrò con rabbia il battente della porta per bussare un gran colpo da far rintronare tutto il casamento: ma il battente che era di ferro, diventò a un tratto un'anguilla viva, che sgusciandogli dalle mani sparì nel rigagnolo d'acqua in mezzo alla strada.

– Ah, sì? – gridò Pinocchio sempre più accecato dalla collera. – Se il battente è sparito, io seguiterò a bussare a furia di calci.

E tiratosi un poco indietro, lasciò andare una solennissima pedata nell'uscio della casa. Il colpo fu così forte, che il piede penetrò nel legno fino a mezzo: e quando il burattino si provò a ricavarlo fuori, fu tutta fatica inutile: perché il piede c'era rimasto conficcato dentro, come un chiodo ribadito.

Figuratevi il povero Pinocchio! Dové passare tutto il resto della notte con un piede in terra e con quell'altro per aria.

And the window closed.

A few minutes later midnight struck; then one o'clock, two o'clock. And the door still remained closed!

Then Pinocchio, losing all patience, grabbed the knocker with both hands, fully determined to awaken the whole house and street with it. As soon as he touched the knocker, however, it became an eel and wiggled away into the darkness.

– Really? – cried Pinocchio, blind for rage. – If the knocker is gone, I can still use my feet.

He stepped back and gave the door a most solemn kick. He kicked so hard that his foot went straight through the door and his leg followed almost to the knee. No matter how he pulled and tugged, he could not pull it out. There he stayed as if nailed to the door.

Poor Pinocchio! The rest of the night he had to spend with one foot through the door and the other one in the air.

La mattina, sul far del giorno, finalmente la porta si aprì.

Quella brava bestiola della Lumaca, a scendere dal quarto piano fino all'uscio di strada, ci aveva messo solamente nove ore. Bisogna proprio dire che avesse fatto una sudata!

– Che cosa fate con codesto piede conficcato nell'uscio? – domandò ridendo al burattino.

– È stata una disgrazia. Vedete un po', Lumachina bella, se vi riesce di liberarmi da questo supplizio.

– Ragazzo mio, così ci vuole un legnaiolo, e io non ho mai fatto la legnaiola.

– Pregate la Fata da parte mia!...

– La Fata dorme e non vuol essere svegliata.

– Ma che cosa volete che io faccia inchiodato tutto il giorno a questa porta?

– Divèrtiti a contare le formicole che passano per la strada.

– Portatemi almeno qualche cosa da mangiare, perché mi sento rifinito.

– Subito! – disse la Lumaca. Difatti dopo tre ore e mezzo Pinocchio la vide tornare con un vassoio d'argento in capo.

As dawn was breaking, the door finally opened. That brave little animal, the Snail, had taken exactly nine hours to go from the fourth floor to the street. How she must have raced!

– What are you doing with your foot through the door? – she asked the marionette, laughing.

– It was a misfortune. Won't you try, pretty little Snail, to free me from this terrible torture?

– My boy, we need a carpenter here and I have never been one.

– Ask the Fairy to help me!

– The Fairy is asleep and does not want to be disturbed.

– But what do you want me to do, nailed to the door like this?

– Enjoy yourself counting the ants which are passing by.

– Bring me something to eat, I am faint and hungry.

– Immediately! In fact, after three hours and a half, Pinocchio saw her return with a silver tray on her head.

Nel vassoio c'era un pane, un pollastro arrosto e quattro albicocche mature.

– Ecco la colazione che vi manda la Fata – disse la Lumaca.

Alla vista di quella grazia di Dio, il burattino sentì consolarsi tutto.

Ma quale fu il suo disinganno, quando incominciando a mangiare, si dové accorgere che il pane era di gesso, il pollastro di cartone e le quattro albicocche di alabastro, colorite al naturale.

Voleva piangere, voleva darsi alla disperazione, voleva buttar via il vassoio e quel che c'era dentro: ma invece, o fosse il gran dolore o la gran languidezza di stomaco, fatto sta che cadde svenuto.

Quando si riebbe, si trovò disteso sopra un sofà, e la Fata era accanto a lui.

– Anche per questa volta ti perdono – gli disse la Fata – ma guai a te se me ne fai un'altra delle tue!...

Pinocchio promise e giurò che avrebbe studiato, e che si sarebbe condotto sempre bene. E mantenne la parola per tutto il resto dell'anno. Difatti, agli esami delle vacanze, ebbe l'onore di essere il più bravo della scuola; e i suoi portamenti, in generale, furono giudicati così lodevoli e

On the tray there was bread, roast chicken, fruit.

– Here is the breakfast the Fairy sends to you – said the Snail.

At the sight of all these good things, the Marionette felt much better.

What was his disgust, however, when on tasting the food, he found the bread to be made of chalk, the chicken of cardboard, and the brilliant fruit of colored alabaster!

He wanted to cry, he wanted to give himself up to despair, he wanted to throw away the tray and all that was on it. Instead, either from pain or weakness, he fell to the floor in a dead faint.

When he regained his senses, he found himself stretched out on a sofa and the Fairy was seated near him.

– This time also I forgive you – said the Fairy to him.

– But be careful not to get into mischief again.

Pinocchio promised to study and to behave himself. And he kept his word for the remainder of the year. At the end of it, he passed first in all his examinations, and

soddisfacenti, che la Fata, tutta contenta, gli disse:

– Domani finalmente il tuo desiderio sarà appagato!

– Cioè?

– Domani finirai di essere un burattino di legno, e diventerai un ragazzo perbene.

Chi non ha veduto la gioia di Pinocchio, a questa notizia tanto sospirata, non potrà mai figurarsela. Tutti i suoi amici e compagni di scuola dovevano essere invitati per il giorno dopo a una gran colazione in casa della Fata, per festeggiare insieme il grande avvenimento: e la Fata aveva fatto preparare dugento tazze di caffè-e-latte e quattrocento panini imburrati di sotto e di sopra. Quella giornata prometteva d'essere molto bella e molto allegra, ma...

Disgraziatamente, nella vita dei burattini c'è sempre un *ma,* che sciupa ogni cosa.

his report was so good that the Fairy said to him happily:

– Tomorrow your wish will come true.

– And what is it?

– Tomorrow you will cease to be a Marionette and will become a real boy.

Pinocchio was beside himself with joy. All his friends and schoolmates must be invited to celebrate the great event! The Fairy promised to prepare two hundred cups of coffee–and–milk and four hundred slices of toast buttered on both sides. The day promised to be very happy one, but...

Unluckily, in a puppet's life there's always a *but* which is apt to spoil everything.

Capitolo 30

Pinocchio, invece di diventare un ragazzo, parte di nascosto col suo amico Lucignolo per il Paese dei Balocchi.

Chapter 30

Pinocchio, instead of becoming a boy, leaves for the Land of Toys with his friend, Lamp–Wick.

Com'è naturale, Pinocchio chiese subito alla Fata il permesso di andare in giro per la città a fare gli inviti: e la Fata gli disse:

– Vai pure a invitare i tuoi compagni per la colazione di domani: ma ricordati di tornare a casa prima che faccia notte. Hai capito?

– Fra un'ora prometto di essere bell'e ritornato – replicò il burattino.

– Bada, Pinocchio! I ragazzi fanno presto a promettere: ma il più delle volte, fanno tardi a mantenere.

– Ma io non sono come gli altri: io, quando dico una cosa, la mantengo.

– Vedremo. Caso poi tu disubbidissi, tanto peggio per te.

– Perché?

– Perché i ragazzi che non danno retta ai consigli di chi ne sa più di loro, vanno sempre incontro a qualche disgrazia.

– E io l'ho provato! – disse Pinocchio. – Ma ora non ci ricasco più!

– Vedremo se dici il vero.

Pinocchio asked for permission to give out the invitations and the good Fairy told him:

– You may invite your friends to tomorrow's party. Only remember to return home before dark. Do you understand?

– I'll be back in one hour without fail – answered the puppet.

– Take care, Pinocchio! Boys give promises very easily, but they as easily forget them.

– But I am not like those others. When I give my word I keep it.

– We shall see. In case you do disobey, you will be the one to suffer, not anyone else.

– Why?

– Because boys who do not listen to their elders always come to grief.

– Certainly it had happened to me – said Pinocchio – but from now on, I obey.

– We shall see if you are telling the truth.

Senza aggiungere altre parole, il burattino salutò la sua buona Fata, che era per lui una specie di mamma, e cantando e ballando uscì fuori della porta di casa.

In poco più d'un'ora, tutti i suoi amici furono invitati. Alcuni accettarono subito e di gran cuore: altri da principio si fecero un po' pregare; ma quando seppero che i panini da inzuppare nel caffè-e-latte sarebbero stati imburrati anche dalla parte di fuori, finirono tutti col dire: «Verremo anche noi, per farti piacere».

Ora bisogna sapere che Pinocchio, fra i suoi amici e compagni di scuola, ne aveva uno prediletto e carissimo, il quale si chiamava di nome Romeo: ma tutti lo chiamavano col soprannome di *Lucignolo,* per via del suo personalino asciutto, secco e allampanato, tale e quale come il lucignolo nuovo di un lumino da notte.

Lucignolo era il ragazzo più svogliato e più birichino di tutta la scuola: ma Pinocchio gli voleva un gran bene. Difatti andò subito a cercarlo a casa, per invitarlo alla colazione, e non lo trovò: tornò una seconda volta, e Lucignolo non c'era: tornò una terza volta, e fece la strada invano.

Without adding another word, the marionette greeted the good Fairy goodbye, and singing and dancing, he left the house.

Less than an hour, all his friends were invited. Some accepted quickly and gladly. Others had to be coaxed, but when they heard that the toast was to be buttered on both sides, they all ended by accepting the invitation with the words – We'll come to please you.

Now it must be known that, among all his friends, Pinocchio had one whom he loved most of all. The boy's real name was Romeo, but everyone called him Lamp–Wick, for he was long and thin.

Lamp–Wick was the laziest boy in the school and the biggest mischief–maker, but Pinocchio loved him dearly. That day, he went straight to his friend's house to invite him to the party, but Lamp–Wick was not at home. He went a second time, and again a third, but still without success.

Dove poterlo ripescare? Cerca di qua, cerca di là, finalmente lo vide nascosto sotto il portico di una casa di contadini.

– Che cosa fai costì? – gli domandò Pinocchio, avvicinandosi.

– Aspetto la mezzanotte, per partire...

– Dove vai?

– Lontano, lontano, lontano!

– E io che son venuto a cercarti a casa tre volte!...

– Che cosa volevi da me?

– Non sai il grande avvenimento? Non sai la fortuna che mi è toccata?

– Quale?

– Domani finisco di essere un burattino e divento un ragazzo come te, e come tutti gli altri.

– Buon pro ti faccia.

– Domani, dunque, ti aspetto a colazione a casa mia.

– Ma se ti dico che parto questa sera.

– A che ora?

– Fra poco.

– E dove vai?

– Vado ad abitare in un paese... che è il più bel paese di questo mondo: una vera cuccagna!...

– E come si chiama?

Where could he be? Pinocchio searched here and there and everywhere, and finally discovered him hiding near a farmer's wagon.

– What are you doing there?– asked Pinocchio, running up to him.

– I am waiting for midnight to strike to go...

– Where?

– Far, far away!

– And I have gone to your house three times to look for you!

– What did you want from me?

– Haven't you heard the news? Don't you know what good luck is mine?

– What is it?

– Tomorrow I end my days as a Marionette and become a boy, like you and all my other friends.

– May it bring you luck!

– Shall I see you at my party tomorrow?

– But I'm telling you that I go tonight.

– At what time?

– At midnight.

– And where are you going?

– To a real country—the best in the world: a wonderful place!

– What is it called?

– Si chiama il Paese dei Balocchi. Perché non vieni anche tu?

– Io? No davvero!

– Hai torto, Pinocchio! Credilo a me che, se non vieni, te ne pentirai. Dove vuoi trovare un paese più salubre per noialtri ragazzi? Lì non vi sono scuole: lì non vi sono maestri: lì non vi sono libri. In quel paese benedetto non si studia mai. Il giovedì non si fa scuola: e ogni settimana è composta di sei giovedì e di una domenica. Figùrati che le vacanze dell'autunno cominciano col primo di gennaio e finiscono coll'ultimo di dicembre. Ecco un paese, come piace veramente a me! Ecco come dovrebbero essere tutti i paesi civili!...

– Ma come si passano le giornate nel Paese dei Balocchi?

– Si passano baloccandosi e divertendosi dalla mattina alla sera. La sera poi si va a letto, e la mattina dopo si ricomincia daccapo. Che te ne pare?

– Uhm!... – fece Pinocchio: e tentennò leggermente il capo, come dire: «È una vita che farei volentieri anch'io!».

– Dunque, vuoi partire con me? Sì o no? Risolviti.

– It is called the Land of Toys. Why don't you come, too?

– Me? Oh, no!

– You are making a big mistake, Pinocchio. Believe me, if you don't come, you'll be sorry. Where can you find a place that will agree better with you and me? No schools, no teachers, no books! In that blessed place there is no such thing as study. Here, it is only on Saturdays that we have no school. In the Land of Toys, every day, except Sunday, is a Saturday. Vacation begins on the first of January and ends on the last day of December. That is the place for me! All countries should be like it! How happy we should all be!

– But how does one spend the day in the Land of Toys?

– Days are spent in play and enjoyment from morn till night. At night one goes to bed, and next morning, the good times begin all over again. What do you think of it?

– H'm!– said Pinocchio, nodding his wooden head, as if to say,

– It's the kind of life which would agree with me perfectly.

–Do you want to go with me, then? Yes or no? You must make up your mind.

– No, no, no e poi no. Oramai ho promesso alla mia buona Fata di diventare un ragazzo perbene, e voglio mantenere la promessa. Anzi, siccome vedo che il sole va sotto, così ti lascio subito e scappo via. Dunque addio e buon viaggio.

– Dove corri con tanta furia?

– A casa. La mia buona Fata vuole che ritorni prima di notte.

– Aspetta altri due minuti.

– Faccio troppo tardi.

– Due minuti soli.

– E se poi la Fata mi grida?

– Lasciala gridare. Quando avrà gridato ben bene, si cheterà – disse quella birba di Lucignolo.

– E come fai? Parti solo o in compagnia?

– Solo? Saremo più di cento ragazzi.

– E il viaggio lo fate a piedi?

– A mezzanotte passerà di qui il carro che ci deve prendere e condurre fin dentro ai confini di quel fortunatissimo paese.

– Che cosa pagherei che ora fosse mezzanotte!...

– Perché?

– Per vedervi partire tutti insieme.

– Rimani qui un altro poco e ci vedrai.

– No, no: voglio ritornare a casa.

– No, no, and again no! I have promised my kind Fairy to become a good boy, and I want to keep my promise. Just see: The sun is setting and I must leave you and run. Goodbye and good luck to you!

– Where are you going in such a hurry?

– Home. My good Fairy wants me to return home before night.

– Wait two minutes more.

– It's too late!

– Only two minutes.

– And if the Fairy scolds me?

– Let her scold you. After she gets tired, she will stop – said Lamp–Wick.

– Are you going alone or with others?

– Alone? There will be more than a hundred of us!

– Will you walk?

– At midnight the wagon passes here that is to take us within the boundaries of that marvelous country.

– How I wish midnight would strike!

– Why?

– To see you all set out together.

– Stay here a while longer and you will see us!

– No, no. I want to return home.

– Aspetta altri due minuti.

– Ho indugiato anche troppo. La Fata starà in pensiero per me.

– Povera Fata! Che ha paura forse che ti mangino i pipistrelli?

– Ma dunque – soggiunse Pinocchio – tu sei veramente sicuro che in quel paese non ci sono punte scuole?...

– Neanche l'ombra.

– E nemmeno maestri?...

– Nemmen'uno.

– E non c'è mai l'obbligo di studiare?

– Mai, mai, mai!

– Che bel paese! – disse Pinocchio, sentendo venirsi l'acquolina in bocca. – Che bel paese! Io non ci sono stato mai, ma me lo figuro!...

– Perché non vieni anche tu?

– È inutile che tu mi tenti! Oramai ho promesso alla mia buona Fata di diventare un ragazzo di giudizio, e non voglio mancare alla parola.

– Dunque addio, e salutami tanto le scuole ginnasiali!... E anche quelle liceali, se le incontri per la strada.

– Addio, Lucignolo: fai buon viaggio, divertiti e rammentati qualche volta degli amici.

– Wait two more minutes.

– I have waited too long. The Fairy will be worried.

– Poor Fairy! Is she afraid the bats will eat you?

– Listen, Lamp–Wick – said the marionette – are you really sure that there are no schools in the Land of Toys?

– Not even the shadow of one.

– Not even one teacher?

– Not one.

– And one does not have to study?

– Never, never, never!

– What a great land! – said Pinocchio, feeling his mouth water.

– What a beautiful land! I have never been there, but I can well imagine it.

– Why don't you come, too?

– It is useless for you to tempt me! I told you I promised my good Fairy to behave myself, and I am going to keep my word.

– Goodbye, then, and remember me to the grammar schools, to the high schools, and even to the colleges if you meet them on the way.

– Goodbye, Lamp–Wick. Have a pleasant trip, enjoy yourself, and remember your friends once in a while.

Ciò detto, il burattino fece due passi in atto di andarsene: ma poi, fermandosi e voltandosi all'amico, gli domandò:

– Ma sei proprio sicuro che in quel paese tutte le settimane sieno composte di sei giovedì e di una domenica?

– Sicurissimo.

– Ma lo sai di certo che le vacanze abbiano principio col primo di gennaio e finiscano coll'ultimo di dicembre?

– Di certissimo!

– Che bel paese! – ripeté Pinocchio, sputando dalla soverchia consolazione.

Poi, fatto un animo risoluto, soggiunse in fretta e furia:

– Dunque, addio davvero: e buon viaggio.

– Addio.

– Fra quanto partirete?

– Fra due ore!

– Peccato! Se alla partenza mancasse un'ora sola, sarei quasi quasi capace di aspettare.

– E la Fata?...

– Oramai ho fatto tardi!... E tornare a casa un'ora prima o un'ora dopo, è lo stesso.

With these words, the marionette started on his way home. Turning once more to his friend, he asked him:

– But are you sure that, in that country, each week is composed of six Saturdays and one Sunday?

– Very sure!

– And that vacation begins on the first of January and ends on the thirty–first of December?

– Very, very sure!

– What a great country! – repeated Pinocchio.

Then, in sudden determination, he said hurriedly:

– Goodbye for the last time, and good luck.

– Goodbye.

– How soon will you go?

– Within two hours.

– What a pity! If it were only one hour, I might wait for you.

– And the Fairy?

– By this time I'm late, and one hour more or less makes very little difference.

– Povero Pinocchio! E se la Fata ti grida?

– Pazienza! La lascerò gridare. Quando avrà gridato ben bene, si cheterà.

Intanto si era già fatta notte e notte buia: quando a un tratto videro muoversi in lontananza un lumicino... e sentirono un suono di bubboli e uno squillo di trombetta, così piccolino e soffocato, che pareva il sibilo di una zanzara!

– Eccolo! – gridò Lucignolo, rizzandosi in piedi.

– Chi è? – domandò sottovoce Pinocchio.

– È il carro che viene a prendermi. Dunque, vuoi venire, sì o no?

– Ma è proprio vero – domandò il burattino – che in quel paese i ragazzi non hanno mai l'obbligo di studiare?

– Mai, mai, mai!

– Che bel paese!... che bel paese!... che bel paese!...

– Poor Pinocchio! And if the Fairy scolds you?

– Oh, I'll let her scold. After she gets tired, she will stop.

In the meantime, the night became darker and darker. All at once in the distance a small light flickered. A queer sound could be heard, soft as a little bell, and faint and muffled like the buzz of a far away mosquito.

– There it is! – cried Lamp–Wick, jumping to his feet.

– What? – whispered Pinocchio.

– The wagon which is coming to get me. For the last time, are you coming or not?

– But is it really true that in that country boys never have to study?

– Never, never, never!

– What a wonderful, beautiful, marvelous country!

Capitolo 31

Dopo cinque mesi di cuccagna, Pinocchio, con sua grande maraviglia, sente spuntarsi un bel paio d'orecchie asinine e diventa un ciuchino, con la coda e tutto.

Chapter 31

After five months of play, Pinocchio wakes up one morning and finds a great surprise awaiting him.

Finalmente il carro arrivò: e arrivò senza fare il più piccolo rumore, perché le sue ruote erano fasciate di stoppa e di cenci.

Lo tiravano dodici pariglie di ciuchini, tutti della medesima grandezza, ma di diverso pelame.

Alcuni erano bigi, altri bianchi, altri brizzolati a uso pepe e sale, e altri rigati a grandi strisce gialle e turchine. Ma la cosa più singolare era questa: che quelle dodici pariglie, ossia quei ventiquattro ciuchini, invece di essere ferrati come tutti le altre bestie da tiro o da soma, avevano ai piedi degli stivali da uomo di vacchetta bianca.

E il conduttore del carro?...

Figuratevi un omino più largo che lungo, tenero e untuoso come una palla di burro, con un visino di melarosa, una bocchina che rideva sempre e una voce sottile e carezzevole, come quella d'un gatto che si raccomanda al buon cuore della padrona di casa.

Finally the wagon arrived. Without noise, for its wheels were bound with straw and rags.

It was drawn by twelve pair of donkeys, all of the same size, but all of different color. Some were gray, others white, and still others a mixture of brown and black. Here and there were a few with large yellow and blue stripes. The strangest thing of all was that those twenty-four donkeys, instead of being iron shod like any other beast of burden, had on their feet laced shoes made of leather, just like the ones boys wear.

And the driver of the wagon?

Imagine yourselves as a little, fat man, much wider than tall,, round and shiny as a ball of butter, with a face beaming like an apple, a little mouth that always smiled, and a voice small and wheedling like that of a cat begging for food.

Tutti i ragazzi, appena lo vedevano, ne restavano innamorati e facevano a gara nel montare sul suo carro, per essere condotti da lui in quella vera cuccagna conosciuta nella carta geografica col seducente nome di Paese dei Balocchi.

Difatti il carro era già tutto pieno di ragazzetti fra gli otto e i dodici anni, ammonticchiati gli uni sugli altri, come tante acciughe nella salamoia. Stavano male, stavano pigiati, non potevano quasi respirare: ma nessuno diceva *ohi!* nessuno si lamentava. La consolazione di sapere che fra poche ore sarebbero giunti in un paese, dove non c'erano né libri, né scuole, né maestri, li rendeva così contenti e rassegnati, che non sentivano né i disagi, né gli strapazzi, né la fame, né la sete, né il sonno.

Appena che il carro si fu fermato, l'omino si volse a Lucignolo e con mille smorfie e mille manierine, gli domandò sorridendo:

– Dimmi, mio bel ragazzo, vuoi venire anche tu in quel fortunato paese?

– Sicuro che ci voglio venire.

As soon as boys see him they fell in love with him, desiring to ride his wagon, to get to the lovely place called the Land of Toys.

In fact the wagon was so closely packed with boys of all ages that it looked like a box of sardines. They were uncomfortable, they were piled one on top of the other, they could hardly breathe; yet not one word of complaint was heard. The thought that in a few hours they would reach a country where there were no schools, no books, no teachers, made these boys so happy that they felt neither hunger, nor thirst, nor sleep, nor discomfort.

No sooner had the wagon stopped than the little fat man turned to Lamp–Wick. With bows and smiles, he asked in a wheedling tone:

– Tell me, my fine boy, do you also want to come to my wonderful country?

– Indeed I do.

– Ma ti avverto, carino mio, che nel carro non c'è più posto. Come vedi, è tutto pieno!...

– Pazienza! – replicò Lucignolo – se non c'è posto dentro, io mi adatterò a star seduto sulle stanghe del carro.

E spiccato un salto, montò a cavalcioni sulle stanghe.

– E tu, amor mio?... – disse l'omino volgendosi tutto complimentoso a Pinocchio. – Che intendi fare? Vieni con noi, o rimani?...

– Io rimango – rispose Pinocchio. – Io voglio tornarmene a casa mia: voglio studiare e voglio farmi onore alla scuola, come fanno tutti i ragazzi perbene.

– Buon pro ti faccia!

– Pinocchio! – disse allora Lucignolo. – Dai retta a me: vieni via con noi e staremo allegri.

– No, no, no!

– Vieni via con noi e staremo allegri – gridarono altre quattro voci di dentro al carro.

– Vieni via con noi e staremo allegri – urlarono tutte insieme un centinaio di voci di dentro al carro.

– But I warn you, my littlè dear, there's no more room in the wagon. It is full.

– Never mind – answered Lamp–Wick.

– If there's no room inside, I can sit on the top of the coach.

And with one leap, he perched himself there.

– What about you, my love?– asked the little man, turning politely to Pinocchio.

– What are you going to do?

Will you come with us, or do you stay here? – I stay here – answered Pinocchio.

– I want to return home, as I prefer to study and to succeed in my life.

– May that bring you luck!

– Pinocchio! – Lamp–Wick called out.

– Listen to me. Come with us and we'll always be happy.

– No, no, no!

– Come with us and we'll always be happy – cried four other voices from the wagon.

– E se vengo con voi, che cosa dirà la mia buona Fata? – disse il burattino che cominciava a intenerirsi e a ciurlar nel manico.

– Non ti fasciare il capo con tante melanconie. Pensa che andiamo in un paese dove saremo padroni di fare il chiasso dalla mattina alla sera!

Pinocchio non rispose: ma fece un sospiro: poi fece un altro sospiro: poi un terzo sospiro; finalmente disse:

– Fatemi un po' di posto: voglio venire anch'io!...

– I posti son tutti pieni – replicò l'omino – ma per mostrarti quanto sèi gradito, posso cederti il mio posto a cassetta...

– E voi?...

– E io farò la strada a piedi.

– No, davvero, che non lo permetto. Preferisco piuttosto di salire in groppa a qualcuno di questi ciuchini! – gridò Pinocchio.

Detto fatto, si avvicinò al ciuchino manritto della prima pariglia e fece l'atto di volerlo cavalcare: ma la bestiola, voltandosi a secco, gli dette una gran

– Come with us and we'll always be happy – shouted the one hundred and more boys in the wagon, all together.

– And if I go with you, what will my good Fairy say? – asked the marionette, who was beginning to waver and weaken in his good resolutions.

– Don't worry so much. Only think that we are going to a land where we will be allowed to make all the racket we like from morning till night.

Pinocchio did not answer, but sighed deeply once... twice... a third time. Finally, he said:

– Make space for me. I want to go, too!

– The seats are all filled – answered the little man – but to show you how much I think of you, take my place as coachman.

– And you?

– I'll walk.

– No, indeed. I could not permit such a thing. I much prefer riding one of these donkeys – cried Pinocchio.

No sooner said than done. He approached the first donkey and tried to mount it. But the little animal turned suddenly and gave him

musata nello stomaco e lo gettò a gambe all'aria.

Figuratevi la risatona impertinente e sgangherata di tutti quei ragazzi presenti alla scena.

Ma l'omino non rise. Si accostò pieno di amorevolezza al ciuchino ribelle, e, facendo finta di dargli un bacio, gli staccò con un morso la metà dell'orecchio destro.

Intanto Pinocchio, rizzatosi da terra tutto infuriato, schizzò con un salto sulla groppa di quel povero animale. E il salto fu così bello, che i ragazzi, smesso di ridere, cominciarono a urlare: «Viva Pinocchio!» e a fare una smanacciata di applausi, che non finivano più.

Quand'ecco che all'improvviso il ciuchino alzò tutt'e due le gambe di dietro, e dando una fortissima sgropponata, scaraventò il povero burattino in mezzo alla strada sopra un monte di ghiaia.

Allora grandi risate daccapo: ma l'omino, invece di ridere, si sentì preso da tanto amore per quell'irrequieto asinello, che, con un bacio, gli portò via di netto la metà di quell'altro orecchio. Poi disse al burattino:

such a terrible kick in the stomach that Pinocchio was thrown to the ground and fell with his legs in the air.

Imagine the saucy and ramshackle laughter of all those present boys to the scene.

The little fat man did not laugh. He went up to the rebellious animal, and, still smiling, bent over him lovingly and bit off half of his right ear.

In the meantime, Pinocchio lifted himself up from the ground, and with one leap landed on the donkey's back. The leap was so well taken that all the boys shouted,

– Hurrah for Pinocchio! – and clapped their hands in hearty applause. Suddenly the little donkey gave a kick with his two hind feet and, at this unexpected move, the poor puppet found himself once again sprawling right in the middle of the road.

Again the boys shouted with laughter. But the little man, instead of laughing, became so loving toward the little animal that, with another kiss, he bit off half of his left ear.

– Rimonta pure a cavallo e non aver paura. Quel ciuchino aveva qualche grillo per il capo: ma io gli ho detto due paroline negli orecchi e spero di averlo reso mansueto e ragionevole.

Pinocchio montò: e il carro cominciò a muoversi: ma nel tempo che i ciuchini galoppavano e che il carro correva sui ciotoli della via maestra, gli parve al burattino di sentire una voce sommessa e appena intelligibile, che gli disse:

– Povero gonzo! Hai voluto fare a modo tuo, ma te ne pentirai!

Pinocchio, quasi impaurito, guardò di qua e di là, per conoscere da qual parte venissero queste parole; ma non vide nessuno: i ciuchini galoppavano, il carro correva, i ragazzi dentro al carro dormivano, Lucignolo russava come un ghiro e l'omino seduto a cassetta, canterellava fra i denti:

Tutti la notte dormono
E io non dormo mai...

Fatto un altro mezzo chilometro, Pinocchio sentì la solita vocina fioca che gli disse:

– You can mount again, my boy – he then said to Pinocchio.

– Have no fear. That donkey was worried about something, but I have spoken to him and now he seems quiet and reasonable.

Pinocchio mounted and the wagon started on its way. While the donkeys galloped along the stony road, the Marionette fancied he heard a very quiet voice whispering to him:

– Poor silly! You have done as you wished. But you are going to be a sorry boy before very long.

Pinocchio, greatly frightened, looked about him to see whence the words had come, but he saw no one. The donkeys galloped, the wagon rolled on smoothly, the boys slept (Lamp–Wick snored like a dormouse) and the little, fat driver sang sleepily between his teeth.

After a mile or so, Pinocchio again heard the same faint voice whispering:

– Tienlo a mente, grullerello! I ragazzi che smettono di studiare e voltano le spalle ai libri, alle scuole e ai maestri, per darsi interamente ai balocchi e ai divertimenti, non possono far altro che una fine disgraziata!... Io lo so per prova!... E te lo posso dire! Verrà un giorno che piangerai anche tu, come oggi piango io... ma allora sarà tardi!...

A queste parole bisbigliate sommessamente, il burattino, spaventato più che mai, saltò giù dalla groppa della cavalcatura e andò a prendere il suo ciuchino per il muso.

E immaginatevi come restò, quando s'accorse che il suo ciuchino piangeva... e piangeva proprio come un ragazzo!

– Ehi, signor omino – gridò allora Pinocchio al padrone del carro – sapete che cosa c'è di nuovo? Questo ciuchino piange.

– Lascialo piangere: riderà quando sarà sposo

– Ma che forse gli avete insegnato anche a parlare ?

– No: ha imparato da sé a borbottare qualche parola, essendo stato tre anni in una compagnia di cani ammaestrati.

– Remember, little simpleton! Boys who stop studying and turn their backs upon books and schools and teachers in order to give all their time to nonsense and pleasure, sooner or later come to grief. Oh, how well I know this! How well I can prove it to you! A day will come when you will weep bitterly, even as I am weeping now... but it will be too late!

At these whispered words, the marionette grew more and more frightened. He jumped to the ground, ran up to the donkey on whose back he had been riding, and taking his nose in his hands, looked at him. Think how great was his surprise when he saw that the donkey was weeping... weeping just like a boy!

– Hey, Mr. Driver! – cried Pinocchio.

–Do you know what strange thing is happening here! This donkey weeps.

– Let him weep. When he gets married, he will have time to laugh.

– Have you perhaps taught him to speak?

– No, he learned to mumble a few words when he lived for three years with a band of trained dogs.

– Povera bestia!...

– Via, via – disse l'omino – non perdiamo il nostro tempo a veder piangere un ciuco. Rimonta a cavallo, e andiamo: la notte è fresca e la strada è lunga.

Pinocchio obbedì senza rifiatare. Il carro riprese la sua corsa: e la mattina, sul far dell'alba, arrivarono felicemente nel Paese dei Balocchi.

Questo paese non somigliava a nessun altro paese del mondo. La sua popolazione era tutta composta di ragazzi. I più vecchi avevano quattordici anni: i più giovani ne avevano otto appena. Nelle strade, un'allegria, un chiasso, uno strillìo da levar di cervello! Branchi di monelli dappertutto. Chi giocava alle noci, chi alle piastrelle, chi alla palla, chi andava in velocipede, chi sopra a un cavallino di legno; questi facevano a mosca-cieca, quegli altri si rincorrevano; altri, vestiti da pagliacci, mangiavano la stoppa accesa: chi recitava, chi cantava, chi faceva i salti mortali, chi si divertiva a camminare colle mani in terra e colle gambe in aria; chi mandava il cerchio, chi passeggiava vestito da generale coll'elmo di foglio e lo squadrone di cartapesta; chi rideva, chi

– Poor beast!

– Come, come – said the little man –do not lose time over a donkey that can weep. Mount quickly and let us go. The night is cool and the road is long.

Pinocchio obeyed without another word. The wagon started again. Toward dawn the next morning they finally reached the Land of Toys.

This great land was entirely different from any other place in the world. Its population, was composed wholly of boys. The oldest were about fourteen years of age, the youngest, eight. In the street, there was such a racket, such shouting, such blowing of trumpets, that it was deafening. Everywhere groups of boys were gathered together. Some played at marbles, at hopscotch, at ball. Others rode on bicycles or on wooden horses. Some played at blindman's buff, others at tag. Here a group played circus, there another sang and recited. A few turned somersaults, others walked on their hands with their feet in the air. Generals in full uniform leading regiments of cardboard soldiers passed by.

urlava, chi chiamava, chi batteva le mani, chi fischiava, chi rifaceva il verso alla gallina quando ha fatto l'ovo; insomma un tal pandemonio, un tal passeraio, un tal baccano indiavolato, da doversi mettere il cotone negli orecchi per non rimanere assorditi. Su tutte le piazze si vedevano teatrini di tela, affollati di ragazzi dalla mattina alla sera, e su tutti i muri delle case si leggevano scritte col carbone delle bellissime cose come queste: *Viva i balocci* (invece di balocchi): *non vogliamo più schole* (invece di *non vogliamo più scuole*): *abbasso Larin Metica* (invece di l'aritmetica) e altri fiori consimili.

Pinocchio, Lucignolo e tutti gli altri ragazzi, che avevano fatto il viaggio coll'omino, appena ebbero messo il piede dentro la città, si ficcarono subito in mezzo alla gran baraonda, e in pochi minuti, come è facile immaginarselo, diventarono gli amici di tutti. Chi più felice, chi più contento di loro?

In mezzo ai continui spassi e agli svariati divertimenti, le ore, i giorni, le settimane, passavano come tanti baleni.

– Oh! che bella vita! – diceva Pinocchio tutte le volte che per caso s'imbatteva in Lucignolo.

– Vedi, dunque, se avevo ragione?... – ripigliava quest'ultimo.

Laughter, shrieks, howls, catcalls, hand–clapping followed this parade. One boy made a noise like a hen, another like a rooster, and a third imitated a lion in his den. All together they created such a pandemonium that it would have been necessary for you to put cotton in your ears. The squares were filled with small wooden theaters, overflowing with boys from morning till night, and on the walls of the houses, written with charcoal, were words like these: HURRAH FOR THE LAND OF TOYS! NO MORE ARITHMETIC! NO MORE SCHOOL!

As soon as they had set foot in that land, Pinocchio, Lamp–Wick, and all the other boys, who had traveled with them, started out on a tour of investigation. They wandered everywhere, they looked into every nook and corner, house and theater. They became everybody's friend. Who could be happier than they?

What with entertainments and parties, the hours, the days, the weeks passed like lightning.

– Oh, what a beautiful life this is! – said Pinocchio each time that, by chance, he met his friend Lamp –Wick.

–Was I right or wrong? – answered Lamp–Wick.

– E dire che tu non volevi partire! E pensare che t'eri messo in capo di tornartene a casa dalla tua Fata, per perdere il tempo a studiare!.... Se oggi ti sei liberato dalla noia dei libri e delle scuole, lo devi a me, ai miei consigli, alle mie premure, ne convieni? Non vi sono che i veri amici che sappiano rendere di questi grandi favori.

– È vero, Lucignolo! Se oggi io sono un ragazzo veramente contento, è tutto merito tuo. E il maestro, invece, sai che cosa mi diceva, parlando di te? Mi diceva sempre: «Non praticare quella birba di Lucignolo perché Lucignolo è un cattivo compagno e non può consigliarti altro che a far del male!...».

– Povero maestro! – replicò l'altro tentennando il capo. – Lo so purtroppo che mi aveva a noia e che si divertiva sempre a calunniarmi, ma io sono generoso e gli perdono!

– Anima grande! – disse Pinocchio, abbracciando affettuosamente l'amico e dandogli un bacio in mezzo agli occhi.

Intanto era già da cinque mesi che durava questa bella cuccagna di baloccarsi e di divertirsi le giornate intere, senza mai

– And to think you did not want to come! To think that even yesterday the idea came into your head to return home to see your Fairy and to start studying again! If today you are free from pencils and books and school, you owe it to me, to my advice, to my care. Do you admit it?

– It's true, Lamp–Wick, it's true. If today I am a really happy boy, it is all because of you. And to think that the teacher, when speaking of you, used to say, `Do not go with that Lamp–Wick! He is a bad companion and some day he will lead you astray.'

– Poor teacher! – answered the other, nodding his head.

– Indeed I know how much he disliked me and how he enjoyed speaking ill of me. But I am of a generous nature, and I gladly forgive him.

– Great soul! – said Pinocchio, fondly embracing his friend.

Five months passed and the boys continued playing and enjoying themselves from morn till night, without ever

vedere in faccia né un libro, né una scuola, quando una mattina Pinocchio, svegliandosi, ebbe, come si suol dire, una gran brutta sorpresa che lo messe proprio di malumore.

seeing a book, or a desk, or a school. But, my children, there came a morning when Pinocchio awoke and found a great surprise awaiting him, a surprise which made him feel very unhappy, as you will see.

Capitolo 32

A Pinocchio gli vengono gli orecchi di ciuco, e poi diventa un ciuchino vero e comincia a ragliare.

E questa sorpresa quale fu?

Ve lo dirò io, miei cari e piccoli lettori: la sorpresa fu che Pinocchio, svegliandosi, gli venne fatto naturalmente di grattarsi il capo; e nel grattarsi il capo si accorse...

Indovinate un po' di che cosa si accorse?

Si accorse con sua grandissima maraviglia che gli orecchi gli erano cresciuti più d'un palmo.

Voi sapete che il burattino, fin dalla nascita, aveva gli orecchi piccini piccini: tanto piccini che, a occhio nudo, non si vedevano neppure! Immaginatevi dunque come restò, quando si poté scorgere che i suoi orecchi, durante la notte, erano così allungati, che parevano due spazzole di padule.

Chapter 32

Pinocchio's ears become like donkey's ears. Then he changes into a real donkey and begins to bray.

What was this surprise?

I will tell you, my dear little readers. On awakening, Pinocchio put his hand up to his head and there he found...

Guess!

He found that, during the night, his ears had grown at least ten full inches!

You must know that the marionette, even from his birth, had very small ears, so small indeed that they could hardly be seen. Fancy how he felt when he noticed that overnight those two dainty organs had become as long as shoe brushes!

Andò subito in cerca di uno specchio, per potersi vedere: ma non trovando uno specchio, empì d'acqua la catinella del lavamano, e specchiandovisi dentro, vide quel che non avrebbe mai voluto vedere: vide, cioè, la sua immagine abbellita di un magnifico paio di orecchi asinini.

Lascio pensare a voi il dolore, la vergogna e la disperazione del povero Pinocchio!

Cominciò a piangere, a strillare, a battere la testa nel muro: ma quanto più si disperava, e più i suoi orecchi crescevano, crescevano e diventavano pelosi verso la cima. Al rumore di quelle grida acutissime, entrò nella stanza una bella Marmottina, che abitava il piano di sopra: la quale, vedendo il burattino in così grandi smanie, gli domandò premurosamente:

– Che cos'hai, mio caro casigliano?

– Sono malato, Marmottina mia, molto malato... e malato d'una malattia che mi fa paura! Te ne intendi tu del polso?

– Un pochino.

– Senti dunque se per caso avessi la febbre.

He went around looking for a mirror, but not finding any, he just filled a basin with water and looked at himself. There he saw what he never could have wished to see. His manly figure was adorned and enriched by a beautiful pair of donkey's ears.

I leave you to think of the terrible grief, the shame, the despair of the poor puppet.

He began to cry, to scream, to knock his head against the wall, but more he shrieked, longer and more hairy grew his ears.

At those piercing shrieks, a dormouse came into the room, a fat little dormouse, who lived upstairs. Seeing Pinocchio so grief stricken, she asked him anxiously:

– What is the matter, dear little neighbor?

– I am sick, my little dormouse, very, very sick... and from an illness which frightens me! Do you understand how to feel the pulse?

– A little.

– Feel mine then and tell me if I have a fever.

La Marmottina alzò la zampa destra davanti: e dopo aver tastato il polso di Pinocchio gli disse sospirando:

– Amico mio, mi dispiace doverti dare una cattiva notizia!...

– Cioè?

– Tu hai una gran brutta febbre!...

– E che febbre sarebbe?

– È la febbre del somaro.

– Non la capisco questa febbre! – rispose il burattino, che l'aveva pur troppo capita.

– Allora te la spiegherò io – soggiunse la Marmottina. – Sappi dunque che fra due o tre ore tu non sarai più burattino, né un ragazzo...

– E che cosa sarò?

– Fra due o tre ore, tu diventerai un ciuchino vero e proprio, come quelli che tirano il carretto e che portano i cavoli e l'insalata al mercato.

– Oh! Povero me! Povero me! – gridò Pinocchio pigliandosi con le mani tutt'e due gli orecchi, e tirandoli e strapazzandoli rabbiosamente, come se fossero gli orecchi di un altro.

– Caro mio – replicò la Marmottina per consolarlo – che cosa ci vuoi tu fare?

The dormouse took Pinocchio's wrist between her paws and, after a few minutes, looked up at him sorrowfully and said:

– My friend, I am sorry, but I must give you very sad news.

– What?

– You have a very bad fever.

– But what fever is it?

– The donkey fever.

– I don't know anything about that fever – answered Pinocchio, beginning to understand even too well what was happening to him.

– Then I will tell you all about it – said the dormouse.

– Know then that, within two or three hours, you will no longer be a marionette, nor a boy.

– What will I be?

– Within two or three hours you will become a real donkey, just like the ones that pull the fruit carts to market.

– Oh, what have I done? What have I done? – cried Pinocchio, grasping his two long ears in his hands and pulling and tugging at them angrily, just as if they belonged to another.

– My dear boy – answered the dormouse to cheer him up a bit – why worry now?

Oramai è destino. Oramai è scritto nei decreti della sapienza, che tutti quei ragazzi svogliati che, pigliando a noia i libri, le scuole e i maestri, passano le loro giornate in balocchi, in giochi e in divertimenti, debbano finire prima o poi col trasformarsi in tanti piccoli somari.

– Ma davvero è proprio così? – domandò singhiozzando il burattino.

– Purtroppo è così! E ora i pianti sono inutili. Bisognava pensarci prima!

– Ma la colpa non è mia: la colpa, credilo, Marmottina, è tutta di Lucignolo!...

– E chi è questo Lucignolo!...

– Un mio compagno di scuola. Io volevo tornare a casa: io volevo essere ubbidiente: io volevo seguitare a studiare e a farmi onore... ma Lucignolo mi disse: «Perché vuoi annoiarti a studiare? Perché vuoi andare alla scuola? Vieni piuttosto con me, nel Paese dei Balocchi: lì non studieremo più: lì ci divertiremo dalla mattina alla sera e staremo sempre allegri».

– E perché seguisti il consiglio di quel falso amico? di quel cattivo compagno?

What is done cannot be undone, you know. Fate has decreed that all lazy boys who come to hate books and schools and teachers and spend all their days with toys and games must sooner or later turn into donkeys.

– But is it really so?– asked the Marionette, sobbing bitterly.

– I am sorry to say it is. And tears now are useless. You should have thought of all this before.

– But the fault is not mine. Believe me, little dormouse, the fault is all Lamp–Wick's.

– And who is this Lamp–Wick?

– My classmate. I wanted to return home. I wanted to be obedient. I wanted to study and to succeed in school, but Lamp–Wick said to me, `Why do you want to waste your time studying? Why do you want to go to school? Come with me to the Land of Toys. There we'll never study again. There we can enjoy ourselves and be happy from morn till night.'

– And why did you follow the advice of that false friend?

– Perché?... Perché, Marmottina mia, io sono un burattino senza giudizio... e senza cuore. Oh! se avessi avuto un zinzino di cuore, non avrei mai abbandonato quella buona Fata, che mi voleva bene come una mamma e che aveva fatto tanto per me!... E a quest'ora non sarei più un burattino... ma sarei invece un ragazzino a modo, come ce n'è tanti! Oh!... ma se incontro Lucignolo, guai a lui! Gliene voglio dire un sacco e una sporta!

E fece l'atto di volere uscire. Ma quando fu sulla porta, si ricordò che aveva gli orecchi d'asino, e vergognandosi di mostrarli al pubblico, che cosa inventò?... Prese un gran berretto di cotone, e, ficcatoselo in testa, se lo ingozzò fin sotto la punta del naso.

Poi uscì: e si dette a cercar Lucignolo dappertutto. Lo cercò nelle strade, nelle piazze, nei teatrini, in ogni luogo: ma non lo trovò. Ne chiese notizia a quanti incontrò per la via, ma nessuno l'aveva veduto.

Allora andò a cercarlo a casa: e arrivato alla porta bussò.

– Chi è? – domandò Lucignolo di dentro.

– Why? Because, my dear little dormouse, I am a mindless puppet... heedless and heartless. Oh! If I had only had a bit of heart, I should never have abandoned that good Fairy, who loved me so well and who has been so kind to me! And by this time, I should no longer be a marionette. I should have become a real boy, like all these friends of mine! Oh, if I meet Lamp–Wick I am going to tell him what I think of him... and more, too!

After this long speech, Pinocchio walked to the door of the room. But when he reached it, remembering his donkey ears, he felt ashamed to show them to the public and turned back. He took a large cotton bag from a shelf, put it on his head, and pulled it far down to his very nose.

Thus adorned, he went out. He looked for Lamp–Wick everywhere, along the streets, in the squares, inside the theatres, everywhere; but he was not to be found. He asked everyone whom he met about him, but no one had seen him. In desperation, he returned home and knocked at the door.

– Who is it? – asked Lamp–Wick from within.

– Sono io! – rispose il burattino.

– Aspetta un poco, e ti aprirò.

Dopo mezz'ora la porta si aprì: e figuratevi come restò Pinocchio quando, entrando nella stanza, vide il suo amico Lucignolo con un gran berretto di cotone in testa, che gli scendeva fin sotto il naso.

Alla vista di quel berretto, Pinocchio sentì quasi consolarsi e pensò subito dentro di sé:

«Che l'amico sia malato della mia medesima malattia? Che abbia anche lui la febbre del ciuchino?...»

E facendo finta di non essersi accorto di nulla, gli domandò sorridendo:

– Come stai, mio caro Lucignolo?

– Benissimo: come un topo in una forma di cacio parmigiano.

– Lo dici proprio sul serio?

– E perché dovrei dirti una bugia?

– Scusami, amico: e allora perché tieni in capo codesto berretto di cotone che ti cuopre tutti gli orecchi?

– Me l'ha ordinato il medico, perché mi sono fatto male a questo ginocchio. E tu, caro burattino, perché porti codesto berretto di cotone ingozzato fin sotto il naso?

– It is me! – answered Pinocchio.

– Wait a minute.

After a full half hour the door opened. Another surprise awaited Pinocchio! There in the room stood his friend, with a large cotton bag on his head, pulled far down to his very nose.

At the sight of that bag, Pinocchio felt slightly happier and thought to himself:

– My friend must be suffering from the same sickness that I am! I wonder if he, too, has donkey fever? But pretending he had seen nothing, he asked with a smile:

– How are you, my dear Lamp–Wick?

– Very well. Like a mouse in a Parmesan cheese.

– Is that really true?

– Why should I lie to you?

– I beg your pardon, my friend, but why then are you wearing that cotton bag over your ears?

– The doctor has ordered it because one of my knees hurts. And you, dear marionette, why are you wearing that cotton bag down to your nose?

– Me l'ha ordinato il medico, perché mi sono sbucciato un piede.

– Oh! povero Pinocchio!...

– Oh! povero Lucignolo!...

A queste parole tenne dietro un lunghissimo silenzio, durante il quale i due amici non fecero altro che guardarsi fra loro in atto di canzonatura.

Finalmente il burattino, con una vocina melliflua e flautata, disse al suo compagno:

– Levami una curiosità, mio caro Lucignolo: hai mai sofferto di malattia agli orecchi?

– Mai!... E tu?

– Mai! Per altro da questa mattina in poi ho un orecchio, che mi fa spasimare.

– Ho lo stesso male anch'io.

– Anche tu?... E qual è l'orecchio che ti duole?

– Tutt'e due. E tu?

– Tutt'e due. Che sia la medesima malattia?

– Ho paura di sì?

– Vuoi farmi un piacere, Lucignolo?

– Volentieri! Con tutto il cuore.

– Mi fai vedere i tuoi orecchi?

– The doctor has ordered it because I have bruised my foot.

– Oh, my poor Pinocchio!

– Oh, my poor Lamp–Wick!

An embarrassingly long silence followed these words, during which time the two friends looked at each other in a mocking way.

Finally Pinocchio, in a voice sweet as honey and soft as a flute, said to his companion:

– Tell me, Lamp–Wick, dear friend, have you ever suffered from an earache?

– Never! And you?

– Never! Still, since this morning my ear has been torturing me.

– So has mine.

– Yours, too? And which ear is it?

– Both of them. And yours?

– Both of them, too. I wonder if it could be the same sickness.

– I'm afraid it is.

– Will you do me a favor, Lamp–Wick?

– Gladly! With my whole heart.

– Will you let me see your ears?

– Perché no? Ma prima voglio vedere i tuoi, caro Pinocchio.

– No: il primo devi essere tu.

– No, carino! Prima tu, e dopo io!

– Ebbene – disse allora il burattino – facciamo un patto da buoni amici.

– Sentiamo il patto.

– Leviamoci tutt'e due il berretto nello stesso tempo: accetti?

– Accetto.

– Dunque attenti!

E Pinocchio cominciò a contare a voce alta:

– Uno! Due! Tre!

Alla parola *tre!* i due ragazzi presero i loro berretti di capo e li gettarono in aria.

E allora avvenne una scena, che parrebbe incredibile, se non fosse vera. Avvenne, cioè, che Pinocchio e Lucignolo, quando si videro colpiti tutt'e due dalla medesima disgrazia, invece di restar mortificati e dolenti, cominciarono ad ammiccarsi i loro orecchi smisuratamente cresciuti, e dopo mille sguaiataggini finirono col dare in una bella risata.

E risero, risero, risero da doversi reggere il corpo: se non che, sul più bello del ridere, Lucignolo tutt'a un tratto si

– Why not? But before I show you mine, I want to see yours, dear Pinocchio.

– No. You must show yours first.

– No, my dear! Yours first, then mine.

– Well, then – said the puppet – let us make a contract.

– Let's hear the contract!

– Let us take off our caps together. All right?

– All right.

– Ready then!

Pinocchio began to count – One! Two! Three!

At the word –Three!– the two boys pulled off their caps and threw them high in air.

And then a scene took place which is hard to believe, but it is all too true. The marionette and his friend, Lamp–Wick, when they saw each other both stricken by the same misfortune, instead of feeling sorrowful and ashamed, began to poke fun at each other, and after much nonsense, they ended by bursting out into hearty laughter.

They laughed and laughed, and laughed again, laughed till they ached, laughed till they cried. But all of a sudden Lamp–Wick stopped laughing.

chetò, e barcollando e cambiando colore, disse all'amico:

– Aiuto, aiuto, Pinocchio!

– Che cos'hai?

– Ohimè. Non mi riesce più di star ritto sulle gambe.

– Non mi riesce più neanche a me – gridò Pinocchio, piangendo e traballando.

E mentre dicevano così, si piegarono tutt'e due carponi a terra e, camminando con le mani e coi piedi, cominciarono a girare e a correre per la stanza. E intanto che correvano, i loro bracci diventarono zampe, i loro visi si allungarono e diventarono musi e le loro schiene si coprirono di un pelame grigiolino chiaro, brizzolato di nero.

Ma il momento più brutto per que' due sciagurati sapete quando fu? Il momento più brutto e più umiliante fu quello quando sentirono spuntarsi di dietro la coda. Vinti allora dalla vergogna e dal dolore, si provarono a piangere e a lamentarsi del loro destino.

Non l'avessero mai fatto! Invece di gemiti e di lamenti, mandavano fuori dei ragli asinini: e ragliando sonoramente, facevano tutt'e due coro: *j-a, j-a, j-a*.

He tottered and almost fell. Pale as a ghost, he turned to his friend and said:

– Help, help, Pinocchio!

– What is the matter?

– Oh, help me! I can no longer stand up.

– I can't either – cried Pinocchio; and his laughter turned to tears as he stumbled about helplessly.

They had hardly finished speaking, when both of them fell on all fours and began running and jumping around the room. As they ran, their arms turned into legs, their faces lengthened into snouts and their backs became covered with long gray hairs.

This was humiliation enough, but the most horrible moment was the one in which the two poor creatures felt their tails appear. Overcome with shame and grief, they tried to cry and bemoan their fate. But what is done can't be undone!

Instead of moans and cries, they burst forth into loud donkey brays, which sounded very much like –Haw! Haw! Haw!

In quel frattempo fu bussato alla porta, e una voce di fuori disse:

– Aprite! Sono l'Omino, sono il conduttore del carro che vi portò in questo paese. Aprite subito, o guai a voi!

At that moment, a loud knocking was heard at the door and a voice called to them:

– Open! I am the little man, the driver of the wagon which brought you here. Open, I say, or beware!

Capitolo 33

Diventato un ciuchino vero, è portato a vendere, e lo compra il direttore di una compagnia di pagliacci per insegnargli a ballare e a saltare i cerchi; ma una sera azzoppisce e allora lo ricompra un altro, per far con la sua pelle un tamburo.

Chapter 33

Pinocchio, now a real donkey, is bought by the owner of a Circus, who wants to teach him to dance and jumps: one evening the donkey becomes lame and is sold to a man who wants to use his skin for a drumhead.

Vedendo che la porta non si apriva, l'Omino la spalancò con un violentissimo calcio: ed entrato che fu nella stanza, disse col suo solito risolino a Pinocchio e a Lucignolo:

– Bravi ragazzi! Avete ragliato bene, e io vi ho subito riconosciuti alla voce. E per questo eccomi qui.

A tali parole, i due ciuchini rimasero mogi mogi, colla testa giù, con gli orecchi bassi e con la coda fra le gambe.

Da principio l'Omino li lisciò, li accarezzò, li palpeggiò: poi, tirata fuori la striglia, cominciò a strigliarli per bene.

E quando a furia di strigliarli, li ebbe fatti lustri come due specchi, allora messe loro la cavezza e li condusse sulla piazza del mercato, con la speranza di venderli e di beccarsi un discreto guadagno.

E i compratori, difatti, non si fecero aspettare.

Outside the room, the little man grew more and more impatient, and finally gave the door such a violent kick that it flew open. With his usual sweet smile on his lips, he looked at Pinocchio and Lamp–Wick and said to them:

– Fine work, boys! You have brayed well, so well that I recognized your voices immediately, and here I am.

On hearing this, the two donkeys bowed their heads in shame, dropped their ears, and put their tails between their legs.

At first, the little man petted and caressed them and smoothed down their hairy coats. Then he took out a currycomb and worked over them till they shone like glass. Satisfied with the looks of the two little animals, he bridled them and took them to a market place far away from the Land of Toys, in the hope of selling them at a good price.

In fact, he did not have to wait very long for an offer.

Lucignolo fu comprato da un contadino, a cui era morto il somaro il giorno avanti, e Pinocchio fu venduto al direttore di una compagnia di pagliacci e di saltatori di corda, il quale lo comprò per ammaestrarlo e per farlo poi saltare e ballare insieme con le altre bestie della compagnia.

E ora avete capito, miei piccoli lettori, qual era il bel mestiere che faceva l'Omino? Questo brutto mostriciattolo, che aveva una fisionomia tutta latte e miele, andava di tanto in tanto con un carro a girare per il mondo: strada facendo raccoglieva con promesse e con moine tutti i ragazzi svogliati, che avevano a noia i libri e le scuole: e dopo averli caricati sul suo carro, li conduceva nel Paese dei Balocchi, perché passassero tutto il loro tempo in giochi, in chiassate e in divertimenti. Quando poi quei poveri ragazzi illusi, a furia di baloccarsi sempre e di non studiare mai, diventavano tanti ciuchini, allora tutto allegro e contento s'impadroniva di loro e li portava a vendere sulle fiere e sui mercati. E così in pochi anni aveva fatto fior di quattrini ed era diventato milionario.

Lamp–Wick was bought by a farmer whose donkey had died the day before. Pinocchio went to the owner of a Circus, who wanted to teach him to do tricks for his audiences.

And now do you understand what the little man's profession was? This horrid little being, whose face shone with kindness, went about the world looking for boys. Lazy boys, boys who hated books, boys who wanted to run away from home, boys who were tired of school: all these were his joy and his fortune. He took them with him to the Land of Toys and let them enjoy themselves to their heart's content. When, after months of all play and no work, they became little donkeys, he sold them on the market place. In a few years, he had become a millionaire.

Quel che accadesse di Lucignolo, non lo so: so, per altro, che Pinocchio andò incontro fin dai primi giorni a una vita durissima e strapazzata.

Quando fu condotto nella stalla, il nuovo padrone gli empì la greppia di paglia: ma Pinocchio, dopo averne assaggiata una boccata, la risputò.

Allora il padrone, brontolando, gli empì la greppia di fieno: ma neppure il fieno gli piacque.

– Ah! non ti piace neppure il fieno? – gridò il padrone imbizzito. – Lascia fare, ciuchino bello, che se hai dei capricci per il capo, penserò io a levarteli!...

E a titolo di correzione, gli affibbiò subito una frustata nelle gambe.

Pinocchio dal gran dolore, cominciò a piangere e a ragliare, e ragliando, disse:

– *J-a, j-a,* la paglia non la posso digerire!...

– Allora mangia il fieno! – replicò il padrone che intendeva benissimo il dialetto asinino.

– *J-a, j-a,* il fieno mi fa dolere il corpo!...

– Pretenderesti, dunque, che un somaro, par tuo, lo dovessi mantenere a petti di pollo e cappone in galantina? – soggiunse

What happened to Lamp–Wick? My dear children, I do not know. Regarding Pinocchio, I can tell you, he faced great hardships even from the first day.

After putting him in a stable, his new master filled his manger with straw, but Pinocchio, after tasting a mouthful, spat it out.

Then the man filled the manger with hay. But Pinocchio did not like that any better.

– Ah, you don't like hay either?– he cried angrily. – Wait, my pretty donkey, I'll teach you not to be so particular.

He took a whip and gave the donkey a hearty blow across his legs.

Pinocchio screamed with pain and as he screamed he brayed:

– Haw! Haw! I can't digest straw!

– Then eat the hay! – answered his master, who understood the donkey perfectly.

– Haw! Haw! Hay gives me pain!

– Do you pretend, by any chance, that I should feed you duck or chicken?

il padrone arrabbiandosi sempre più e affibbiandogli una seconda frustata.

A quella seconda frustata Pinocchio, per prudenza, si chetò subito e non disse altro.

Intanto la stalla fu chiusa e Pinocchio rimase solo: e perché erano molte ore che non aveva mangiato cominciò a sbadigliare dal grande appetito. E, sbadigliando, spalancava una bocca che pareva un forno.

Alla fine, non trovando altro nella greppia, si rassegnò a masticare un po' di fieno: e dopo averlo masticato ben bene, chiuse gli occhi e lo tirò giù.

– Questo fieno non è cattivo – poi disse dentro di sé – ma quanto sarebbe stato meglio che avessi continuato a studiare!... A quest'ora, invece di fieno, potrei mangiare un cantuccio di pan fresco e una bella fetta di salame!... Pazienza!

La mattina dopo, svegliandosi, cercò subito nella greppia un altro po' di fieno; ma non lo trovò perché l'aveva mangiato tutto nella notte.

Allora prese una boccata di paglia tritata: ma in quel mentre che la masticava si dové accorgere che il sapore della paglia tritata non somigliava punto né al risotto

– asked the man again, and, angrier than ever, he gave poor Pinocchio another lashing.

At that second beating, Pinocchio became very quiet and said no more.

After that, the door of the stable was closed and he was left alone. It was many hours since he had eaten anything and he started to yawn from hunger. As he yawned, he opened a mouth as big as an oven.

Finally, not finding anything else in the manger, he tasted the hay. After tasting it, he chewed it well, closed his eyes, and swallowed it.

– This hay is not bad – he said to himself. – But how much happier I should be if I had studied! Just now, instead of hay, I should be eating some good bread and butter. Patience!

Next morning, when he awoke, Pinocchio looked in the manger for more hay, but it was all gone. He had eaten it all during the night.

He tried the straw, but, as he chewed away at it, he noticed to his great disappointment that it tasted neither like rice nor like pasta.

alla milanese né ai maccheroni alla napoletana.

– Pazienza! – ripeté, continuando a masticare. – Che almeno la mia disgrazia possa servire di lezione a tutti i ragazzi disobbedienti e che non hanno voglia di studiare. Pazienza!... pazienza!

– Pazienza un corno! – urlò il padrone, entrando in quel momento nella stalla. – Credi forse, mio bel ciuchino, ch'io ti abbia comprato unicamente per darti da bere e da mangiare? Io ti ho comprato perché tu lavori e perché tu mi faccia guadagnare molti quattrini. Su, dunque, da bravo! Vieni con me nel Circo, e là ti insegnerò a saltare i cerchi, a rompere col capo le botti di foglio e a ballare il valzer e la polca, stando ritto sulle gambe di dietro.

Il povero Pinocchio, per amore o per forza, dové imparare tutte queste bellissime cose; ma, per impararle, gli ci vollero tre mesi di lezioni, e molte frustate da levare il pelo.

Venne finalmente il giorno, in cui il suo padrone poté annunziare uno spettacolo veramente straordinario. I cartelloni di vario colore, attaccati alle cantonate delle strade, dicevano così:

– Patience! – he repeated as he chewed.

– If only my misfortune might serve as a lesson to disobedient boys who refuse to study! Patience! Have patience!

– Patience indeed! – shouted his master just then, as he came into the stable. – Do you think, perhaps, my little donkey, that I have brought you here only to give you food and drink? Oh, no! You are here to help me earn some fine gold pieces. Come along, now. I am going to teach you to jump and bow, to dance waltz and polka, and even to stand on your head.

Poor Pinocchio, whether he liked it or not, had to learn all these wonderful things; but it took him three long months and cost him many, many lashings before he was pronounced perfect.

At last, came the day when Pinocchio's master was able to announce an extraordinary performance. The announcements, posted all around the town, and written in large letters, read thus:

GRANDE
SPETTACOLO DI GALA

PER QUESTA SERA

AVRANNO LUOGO I SOLITI
SALTI ED ESERCIZI
SORPRENDENTI
ESEGUITI DA TUTTI GLI ARTISTI
E DA TUTTI I CAVALLI D'AMBO I SESSI
DELLA COMPAGNIA

E PIÙ SARÀ PRESENTATO
PER LA PRIMA VOLTA IL FAMOSO

CIUCHINO
PINOCCHIO

DETTO
LA STELLA DELLA DANZA

—–––

IL TEATRO SARÀ ILLUMINATO A GIORNO

GREAT SPECTACLE

TONIGT

**LEAPS AND EXERCISES BY THE GREAT ARTISTS
AND THE FAMOUS HORSES
OF THE
COMPANY**

*FIRST PUBLIC APPEARANCE
OF THE FAMOUS DONKEY*

**PINOCCHIO
THE STAR OF THE
DANCE**

THE THEATER WILL BE AS LIGHT
AS DAY

Quella sera, come potete figurarvelo, un'ora prima che cominciasse lo spettacolo, il teatro era pieno stipato.

Non si trovava più né un posto distinto, né un palco, nemmeno a pagarlo a peso d'oro.

Le gradinate del Circo formicolavano di bambini, di bambine e di ragazzi di tutte le età, che avevano la febbre addosso per la smania di veder ballare il famoso ciuchino Pinocchio.

Finita la prima parte dello spettacolo, il direttore della compagnia, vestito in giubba nera, calzoni bianchi a coscia e stivaloni di pelle fin sopra ai ginocchi, si presentò all'affollatissimo pubblico, e, fatto un grande inchino, recitò con molta solennità il seguente spropositato discorso:

«Rispettabile pubblico, cavalieri e dame!»

«L'umile sottoscritto essendo di passaggio per questa illustre metropolitana, ho voluto procrearmi l'onore nonché il piacere di presentare a questo intelligente e cospicuo uditorio un celebre ciuchino, che ebbe già l'onore di ballare al cospetto di Sua Maestà l'Imperatore di tutte le Corti principali d'Europa.»

That night, as you can well imagine, the theater was filled to overflowing one hour before the show was scheduled to start.

No more orchestra chair was available, not a balcony seat, nor a gallery seat; not even for their weight in gold.

The place swarmed with boys and girls of all ages and sizes, wriggling and dancing about in a fever of impatience to see the famous donkey dance.

When the first part of the performance was over, the owner and manager of the circus, in a black coat, white knee breeches, and patent leather boots, presented himself to the public and in a loud, pompous voice made the following announcement:

– Most honored friends, ladies and gentlemen!

– Your humble servant, the manager of this theater, presents himself before you tonight in order to introduce to you the greatest, the most famous donkey in the world, a Donkey that has had the great honor in his short life of performing before the kings, queens and emperors of all the great courts of Europe.

«E col ringraziandoli, aiutateci della vostra animatrice presenza e compatiteci!"

Questo discorso fu accolto da molte risate e da molti applausi: ma gli applausi raddoppiarono e diventarono una specie di uragano alla comparsa del ciuchino Pinocchio in mezzo al Circo. Egli era tutto agghindato a festa. Aveva una briglia nuova di pelle lustra, con fibbie e borchie d'ottone; due camelie bianche agli orecchi; la criniera divisa in tanti riccioli legati con fiocchettini d'argento attraverso alla vita, e la coda tutta intrecciata con nastri di velluto amaranto e celeste. Era, insomma, un ciuchino da innamorare!

Il Direttore, nel presentarlo al pubblico, aggiunse queste parole:

«Miei rispettabili auditori! Non starò qui a farvi menzogne delle grandi difficoltà da me soppressate per comprendere e soggiogare questo mammifero, mentre pascolava liberamente di montagna in montagna nelle pianure della zona torrida. Osservate, vi prego, quanta selvaggina trasudi dà suoi occhi, conciossiaché essendo riusciti vanitosi tutti i mezzi per addomesticarlo al vivere dei quadrupedi civili, ho dovuto più volte

– We thank you for your attention!

This speech was greeted by much laughter and applause. And the applause grew to a roar when Pinocchio, the famous donkey, appeared in the ring. He was handsomely arrayed. A new bridle of shining leather with buckles of polished brass was on his back; two white camellias were tied to his ears; ribbons and tassels of red silk adorned his mane, which was divided into many curls. A great sash of gold and silver was fastened around his waist and his tail was decorated with ribbons of many brilliant colors. He was a handsome donkey indeed!

The Manager, when introducing him to the public, added these words:

– Most honored audience! I will not take your timetonight to tell you of the great difficulties which I have encountered while trying to tame this animal, since I found him in the wilds of mountains. Observe, I beg of you, the savage look of his eye. All the means used by centuries of civilization in subduing wild beasts failed in this case. I had finally to resort to the gentle language of the whip in order to bring him to my will.

ricorrere all'affabile dialetto della frusta. Ma ogni mia gentilezza invece di farmi da lui benvolere, me ne ha maggiormente cattivato l'animo. Io però, seguendo il sistema di Galles, trovai nel suo cranio una piccola cartagine ossea che la stessa Facoltà medicea di Parigi riconobbe essere quello il bulbo rigeneratore dei capelli e della danza pirrica. E per questo io lo volli ammaestrare nel ballo nonché nei relativi salti dei cerchi e delle botti foderate di foglio. Ammiratelo, e poi giudicatelo! Prima però di prendere cognato da voi, permettete, o signori, che io v'inviti al diurno spettacolo di domani sera: ma nell'apoteosi che il tempo piovoso minacciasse acqua, allora lo spettacolo invece di domani sera, sarà posticipato a domattina, alle ore undici antimeridiane del pomeriggio».

E qui il direttore fece un'altra profondissima riverenza: quindi rivolgendosi a Pinocchio, gli disse:

– Animo, Pinocchio!... Avanti di dar principio ai vostri esercizi, salutate questo rispettabile pubblico, cavalieri, dame e ragazzi!

With all my kindness, however, I never succeeded in gaining my donkey's love. He is still today as savage as the day I found him. He still fears and hates me. But I have found in him one great redeeming feature. Do you see this little bump on his forehead? It is this bump which gives him his great talent of dancing and using his feet as nimbly as a human being. Admire him, O signori, and enjoy yourselves. I let you, now, be the judges of my success as a teacher of animals. Before I leave you, I wish to state that there will be another performance tomorrow night. If the weather threatens rain, the great spectacle will take place at eleven o'clock in the morning.

The manager bowed and then turned to Pinocchio and said:

– Ready, Pinocchio! Before starting your performance, salute your audience!

Pinocchio, ubbidiente, piegò subito i due ginocchi davanti, fino a terra, e rimase inginocchiato fino a tanto che il direttore, schioccando la frusta, non gli gridò:

– Al passo!

Allora il ciuchino si rizzò sulle quattro gambe, e cominciò a girare intorno al Circo, camminando sempre di passo.

Dopo un poco il direttore grido:

– Al trotto! – e Pinocchio, ubbidiente al comando, cambiò il passo in trotto.

– Al galoppo!... – e Pinocchio staccò il galoppo.

– Alla carriera! – e Pinocchio si dette a correre di gran carriera.

Ma in quella che correva come un barbero, il Direttore, alzando il braccio in aria, scaricò un colpo di pistola.

A quel colpo il ciuchino, fingendosi ferito, cadde disteso nel Circo, come se fosse moribondo davvero.

Rizzatosi da terra, in mezzo a uno scoppio di applausi, d'urli e di battimani, che andavano alle stelle, gli venne naturalmente di alzare la testa e di guardare in su... e guardando, vide in un palco una bella signora, che aveva al collo

Pinocchio obediently bent his two knees to the ground and remained kneeling until the Manager, with the crack of the whip, cried sharply:

– Walk!

The donkey lifted himself on his four feet and walked around the ring. A few minutes passed and again the voice of the manager called:

– Quickstep! – and Pinocchio obediently changed his step.

– Gallop!– and Pinocchio galloped.

– Full speed! – and Pinocchio ran as fast as he could.

As he ran the master raised his arm and a pistol shot rang in the air.

At the shot, the little donkey fell to the ground as if he were really dead.

A shower of applause greeted the donkey as he arose to his feet. Cries and shouts and handclappings were heard on all sides.

At all that noise, Pinocchio lifted his head and raised his eyes. There, in front of him, in a box sat a beautiful woman. Around her neck she wore

una grossa collana d'oro, dalla quale pendeva un medaglione.

Nel medaglione c'era dipinto il ritratto d'un burattino.

– Quel ritratto è il mio!... quella signora è la Fata! – disse dentro di sé Pinocchio, riconoscendola subito: e lasciandosi vincere dalla gran contentezza, si provò a gridare:

– Oh Fatina mia! oh Fatina mia!

Ma invece di queste parole, gli uscì dalla gola un raglio così sonoro e prolungato, che fece ridere tutti gli spettatori, e segnatamente tutti i ragazzi che erano in teatro.

Allora il Direttore, per insegnargli e per fargli intendere che non è buona creanza mettersi a ragliare in faccia al pubblico, gli diè col manico della frusta una bacchettata sul naso.

Il povero ciuchino, tirato fuori un palmo di lingua, durò a leccarsi il naso almeno cinque minuti, credendo forse così di rasciugarsi il dolore che aveva sentito.

Ma quale fu la sua disperazione quando, voltandosi in su una seconda volta, vide che il palco era vuoto e che la Fata era sparita!...

a long gold chain, from which hung a large medallion. On the medallion was painted the picture of a puppet.

– That picture is of me! That beautiful lady is my Fairy! – said Pinocchio to himself, recognizing her. He felt so happy that he tried his best to cry out:

– Oh, my Fairy! My own Fairy!

But instead of words, a loud braying was heard in the theater, so loud and so long that all the spectators, men, women, and children, but especially the children burst out laughing.

Then, in order to teach the donkey that it was not good manners to bray before the public, the manager hit him on the nose with the handle of the whip.

The poor little donkey stuck out a long tongue and licked his nose for a long time in an effort to take away the pain.

And what was his grief when on looking up toward the boxes, he saw that the Fairy had disappeared!

Si sentì come morire: gli occhi gli si empirono di lacrime e cominciò a piangere dirottamente. Nessuno però se ne accorse e, meno degli altri, il Direttore, il quale, anzi, schioccando la frusta, gridò:

– Da bravo, Pinocchio! Ora farete vedere a questi signori con quanta grazia sapete saltare i cerchi.

Pinocchio si provò due o tre volte: ma ogni volta che arrivava davanti al cerchio, invece di attraversarlo, ci passava più comodamente di sotto. Alla fine spiccò un salto e l'attraversò: ma le gambe di dietro gli rimasero disgraziatamente impigliate nel cerchio: motivo per cui ricadde in terra dall'altra parte tutto in un fascio.

Quando si rizzò, era azzoppito, e a malapena poté ritornare alla scuderia.

– Fuori Pinocchio! Vogliamo il ciuchino! Fuori il ciuchino! – gridavano i ragazzi dalla platea, impietositi e commossi al tristissimo caso.

Ma il ciuchino per quella sera non si fece rivedere.

La mattina dopo il veterinario, ossia il medico delle bestie, quando l'ebbe visitato, dichiarò che sarebbe rimasto zoppo per tutta la vita.

He felt himself fainting, his eyes filled with tears, and he wept bitterly. No one knew it, however, least of all the Manager, who, cracking his whip, cried out:

– Bravo, Pinocchio! Now show us how gracefully you can jump through the rings.

Pinocchio tried two or three times, but each time he came near the ring, he found it more to his taste to go under it. The fourth time, at a look from his master he leaped through it, but as he did so his hind legs caught in the ring and he fell to the floor in a heap.

When he got up, he was lame and could hardly limp as far as the stable.

– Pinocchio! We want Pinocchio! We want the little donkey! cried the boys from the orchestra, saddened by the accident.

No one saw Pinocchio again that evening.

The next morning the veterinary, the animal doctor declared that he would be lame for the rest of his life.

Allora il Direttore disse al suo garzone di stalla:

– Che vuoi tu che mi faccia d'un somaro zoppo? Sarebbe un mangiapane a ufo. Portalo dunque in piazza e rivendilo.

Arrivati in piazza, trovarono subito il compratore, il quale domandò al garzone di stalla:

– Quanto vuoi di cotesto ciuchino zoppo?

– Venti lire.

– Io ti do venti soldi. Non credere che io lo compri per servirmene: lo compro unicamente per la sua pelle. Vedo che ha la pelle molto dura, e con la sua pelle voglio fare un tamburo per la banda musicale del mio paese.

Lascio pensare a voi, ragazzi, il bel piacere che fu per il povero Pinocchio, quando sentì che era destinato a diventare un tamburo!

Fatto sta che il compratore, appena pagati i venti soldi, condusse il ciuchino sopra uno scoglio ch'era sulla riva del mare; e messogli un sasso al collo e legatolo per una zampa con una fune che teneva in mano, gli diè improvvisamente uno spintone e lo gettò nell'acqua.

– What do I want with a lame donkey? said the manager to the stableboy.

– Take him to the market and sell him.

When they reached the square, a buyer was soon found.

– How much do you ask for that little lame donkey? – he asked.

– Four dollars.

– I'll give you four cents. Don't think I'm buying him for work. I want only his skin. It looks very tough and I can use it to make myself a drumhead. I belong to a musical band in my village and I need a drum.

I leave it to you, my dear children, to imagine to yourself the great pleasure with which Pinocchio heard that he was to become a drumhead!

As soon as the buyer had paid the four cents, the donkey changed hands. His new owner took him to a high cliff overlooking the sea, put a stone around his neck, tied a rope to one of his hind feet, gave him a push, and threw him into the water.

Pinocchio, con quel macigno al collo, andò subito a fondo; e il compratore, tenendo sempre stretta in mano la fune, si pose a sedere sullo scoglio, aspettando che il ciuchino avesse tutto il tempo di morire affogato, per poi levargli la pelle.

Pinocchio sank immediately. And his new master sat on the cliff waiting for him to drown, so as to skin him and make himself a drumhead.

Capitolo 34

Pinocchio, gettato in mare, è mangiato dai pesci e ritorna ad essere un burattino come prima; ma mentre nuota per salvarsi, è ingoiato dal terribile Pesce-cane.

Chapter 34

Pinocchio is thrown into the sea, eaten by fishes, and becomes a marionette once more. As he swims to land, he is swallowed by the terrible Shark.

Dopo cinquanta minuti che il ciuchino era sott'acqua, il compratore disse, discorrendo da sé solo:

– A quest'ora il mio povero ciuchino zoppo deve essere bell'affogato. Ritiriamolo dunque su, e facciamo con la sua pelle questo bel tamburo.

E cominciò a tirare la fune, con la quale lo aveva legato per una gamba: e tira, tira, tira, alla fine vide apparire a fior d'acqua... indovinate? Invece di un ciuchino morto, vide apparire a fior d'acqua un burattino vivo che scodinzolava come un'anguilla.

Vedendo quel burattino di legno, il pover'uomo credé di sognare e rimase lì intontito, a bocca aperta e con gli occhi fuori della testa.

Riavutosi un poco dal suo primo stupore, disse piangendo e balbettando:

– E il ciuchino che ho gettato in mare dov'è?

– Quel ciuchino son io! – rispose il burattino, ridendo.

Down into the sea, Pinocchio sank deeper and deeper and finally, after fifty minutes of waiting, the man on the cliff said to himself:

– By this time my poor little lame donkey must be drowned. Let's keep him up and then let's work on my beautiful drum.

He pulled the rope which he had tied to Pinocchio's leg, he pulled and pulled and pulled and, at last, he saw appear on the surface of the water... Can you guess what? Instead of a dead donkey, he saw a very much alive marionette, wriggling and squirming like an eel.

Seeing that wooden marionette, the poor man thought he was dreaming and sat there with his mouth wide open and his eyes popping out of his head.

Gathering his wits together, he said:

– And the donkey I threw into the sea?

– I am that donkey – answered the marionette laughing.

– Tu?

– Io.

– Ah! mariuolo! Pretenderesti forse burlarti di me?

– Burlarmi di voi? Tutt'altro, caro padrone: io vi parlo sul serio.

– Ma come mai tu, che poco fa eri un ciuchino, ora, stando nell'acqua sei diventato un burattino di legno?...

– Sarà effetto dell'acqua del mare. Il mare ne fa di questi scherzi.

– Bada, burattino, bada!... Non credere di divertirti alle mie spalle. Guai a te, se mi scappa la pazienza.

– Ebbene, padrone: volete sapere tutta la vera storia? Scioglietemi questa gamba e io ve la racconterò.

Quel buon pasticcione del compratore, curioso di conoscere la vera storia, gli sciolse subito il nodo della fune, che lo teneva legato: e allora Pinocchio, trovandosi libero come un uccello nell'aria prese a dirgli così:

– Sappiate dunque che io ero un burattino di legno come sono oggi: ma mi trovavo a tocco e non tocco di diventare un ragazzo, come in questo mondo ce n'è tanti: se non che per la mia poca voglia di

– You?

– Me.

– Ah, you little cheat! Are you poking fun at me?

– Poking fun at you? Not at all, dear master. I am talking seriously.

– But, then, how is it that you, who a few minutes ago were a donkey, are now a wooden marionette, standing in front of me?

– It may be the effect of salt water. The sea is fond of playing these tricks.

– Be careful, marionette, be careful! Don't laugh at me! Troubles will be with you, if I lose my patience!

– Well, then, my master, do you want to know my whole story? Untie my leg and I can tell it to you better.

The old fellow, curious to know the true story of the puppet's life, immediately untied the rope which held his foot. Pinocchio, feeling free as a bird of the air, began his tale:

– Know, then, that, once upon a time I was a wooden marionette, just as I am today. One day I was about to become a boy, a real boy, but on account of my laziness

studiare e per dar retta ai cattivi compagni, scappai di casa... e un bel giorno, svegliandomi, mi trovai cambiato in un somaro con tanto di orecchi... e con tanto di coda!... Che vergogna fu quella per me!... Una vergogna, caro padrone, che Sant'Antonio benedetto non la faccia provare neppure a voi! Portato a vendere sul mercato degli asini, fui comprato dal Direttore di una compagnia equestre, il quale si messe in capo di far di me un gran ballerino e un gran saltatore di cerchi; ma una sera durante lo spettacolo, feci in teatro una brutta cascata, e rimasi zoppo da tutt'e due le gambe. Allora il Direttore non sapendo che cosa farsi d'un asino zoppo, mi mandò a rivendere, e voi mi avete comprato!

– Pur troppo! E ti ho pagato venti soldi. E ora chi mi rende i miei poveri venti soldi?

– E perché mi avete comprato? Voi mi avete comprato per fare con la mia pelle un tamburo!... un tamburo!...

– Pur troppo!... E ora dove troverò un'altra pelle?

and my hatred of books, and because I listened to bad companions, I ran away from home. One beautiful morning, I awoke to find myself changed into a donkey... long ears, gray coat, even a tail! What a shameful day was for me!

I hope you will never experience one like it, dear master. I was taken to the fair and sold to a Circus owner, who tried to make me dance and jump through the rings. One night, during a performance, I had a bad fall and became lame. Not knowing what to do with a lame donkey, the Circus owner sent me to the market place and you bought me.

– Indeed I did! And I paid four cents for you. Now who will return my money to me?

– But why did you buy me? You bought me to kill me, to make a drumhead with my skin!

– Indeed I did! And now where shall I find another skin?

– Non vi date alla disperazione, padrone. Dei ciuchini ce n'è tanti, in questo mondo!

– Dimmi, monello impertinente: e la tua storia finisce qui?

– No – rispose il burattino – ci sono altre due parole, e poi è finita. Dopo avermi comprato, mi avete condotto in questo luogo per uccidermi; ma poi, cedendo a un sentimento pietoso d'umanità, avete preferito di legarmi un sasso al collo e di gettarmi in fondo al mare. Questo sentimento di delicatezza vi onora moltissimo, e io ve ne serberò eterna riconoscenza. Per altro, caro padrone, questa volta avete fatto i vostri conti senza la Fata...

– E chi è questa Fata?

– È la mia mamma, la quale somiglia a tutte quelle buone mamme, che vogliono un gran bene ai loro ragazzi e non li perdono mai d'occhio, e li assistono amorosamente in ogni disgrazia, anche quando questi ragazzi, per le loro scapataggini e per i loro cattivi portamenti, meriterebbero di essere abbandonati e lasciati in balia a se stessi. Dicevo, dunque, che la buona Fata,

– Never mind, dear master. There are so many donkeys in this world.

– Tell me, impudent little rogue, does your story end here?

– One more word – answered the marionette – and I end the story. After buying me, you brought me here to kill me. But feeling sorry for me, you tied a stone to my neck and threw me to the bottom of the sea. Your feelig to want me to suffer as little as possible was very good and kind and I will remember you always. And now my Fairy will take care of me, even if you...

– Your Fairy? Who is she?

– She is my mother, and, like all other mothers who love their children, she never loses sight of me, even though I do not deserve it. And today the good Fairy,

appena mi vide in pericolo di affogare, mandò subito intorno a me un branco infinito di pesci, i quali credendomi davvero un ciuchino bell'e morto, cominciarono a mangiarmi! E che bocconi che facevano! Non avrei mai creduto che i pesci fossero più ghiotti anche dei ragazzi! Chi mi mangiò gli orecchi, chi mi mangiò il muso, chi il collo e la criniera, chi la pelle delle zampe, chi la pelliccia della schiena... e fra gli altri, vi fu un pesciolino così garbato, che si degnò perfino di mangiarmi la coda.

– Da oggi in poi – disse il compratore inorridito – faccio giuro di non assaggiar più carne di pesce. Mi dispiacerebbe troppo di aprire una triglia o un nasello fritto e di trovargli in corpo una coda di ciuco!

– Io la penso come voi – replicò il burattino, ridendo. – Del resto, dovete sapere che quando i pesci ebbero finito di mangiarmi tutta quella buccia asinina, che mi copriva dalla testa ai piedi, arrivarono – com'è naturale, all'osso... o per dir meglio, arrivarono al legno, perché, come vedete, io son fatto di legno durissimo. Ma dopo dati i primi morsi, quei pesci

as soon as she saw me in danger, sent thousand fishes to the spot where I lay. They thought I was really a dead donkey and began to eat me. What great bites they took! One ate my ears, another my nose, a third my neck and my mane. Some went at my legs and some at my back, and among the others, there was one tiny fish so gentle and polite that he did me the great favor of eating even my tail.

– From now on – said the man, horrified – I swear I will never again taste fish. How I should enjoy opening a mullet or a whitefish just to find there the tail of a dead donkey!

– I think as you do – answered the marionette, laughing. – Still, you must know that when the fish finished eating my donkey coat, which covered me from head to foot, they naturally came to the bones... or rather, in my case, to the wood, for as you know, I am made of very hard wood. After the first few bites, those greedy fish

ghiottoni si accorsero subito che il legno non era ciccia per i loro denti, e nauseati da questo cibo indigesto se ne andarono chi in qua chi in là, senza voltarsi nemmeno a dirmi grazie... Ed eccovi raccontato come qualmente voi, tirando su la fune, avete trovato un burattino vivo, invece d'un ciuchino morto.

– Io mi rido della tua storia – gridò il compratore imbestialito. – Io so che ho speso venti soldi per comprarti, e rivoglio i miei quattrini. Sai che cosa farò? Ti porterò daccapo al mercato, e ti rivenderò a peso di legno stagionato per accendere il fuoco nel caminetto.

– Rivendetemi pure: io sono contento – disse Pinocchio.

Ma nel dir così, fece un bel salto e schizzò in mezzo all'acqua. E nuotando allegramente e allontanandosi dalla spiaggia, gridava al povero compratore:

– Addio, padrone; se avete bisogno di una pelle per fare un tamburo, ricordatevi di me.

E poi rideva e seguitava a nuotare: e dopo un poco, rivoltandosi indietro, urlava più forte:

found out that the wood was not good for their teeth, and, afraid of indigestion, they turned and ran away without saying goodbye or even as much as thank you to me... Here, dear master, you have my story. You know now why you found a puppet and not a dead donkey when you pulled me out of the water.

– I laugh at your story!– cried the man angrily. – I know that I spent four cents to get you and I want my money back. Do you know what I can do; I am going to take you to the market once more and sell you as dry firewood.

– Very well, sell me. I am satisfied – said Pinocchio.

But as he spoke, he gave a quick leap and dived into the sea. Swimming away as fast as he could, he cried out, laughing:

– Goodbye, master. If you ever need a skin for your drum, remember me. He swam on and on. After a while, he turned around again and called louder than before:

– Addio, padrone: se avete bisogno di un po' di legno stagionato, per accendere il caminetto, ricordatevi di me.

Fatto sta che in un batter d'occhio si era tanto allontanato, che non si vedeva quasi più: ossia, si vedeva solamente sulla superficie del mare un puntolino nero, che di tanto in tanto rizzava le gambe fuori dell'acqua e faceva capriole e salti, come un delfino in vena di buonumore.

Intanto che Pinocchio nuotava alla ventura, vide in mezzo al mare uno scoglio che pareva di marmo bianco: e su in cima allo scoglio, una bella caprettina che belava amorosamente e gli faceva segno di avvicinarsi.

La cosa più singolare era questa: che la lana della caprettina, invece di esser bianca, o nera, o pallata di due colori, come quella delle altre capre, era invece turchina, ma d'un color turchino sfolgorante, che rammentava moltissimo i capelli della bella Bambina.

Lascio pensare a voi se il cuore del povero Pinocchio cominciò a battere più forte! Raddoppiando di forza e di energia si diè a nuotare verso lo scoglio bianco: ed era già a mezza strada, quando ecco uscir

– Goodbye master. If you ever need a piece of good dry firewood, remember me.

In a few seconds he had gone so far he could hardly be seen. All that could be seen of him was a very small black dot moving swiftly on the blue surface of the water, a little black dot which now and then lifted a leg or an arm in the air. Someone would have thought that Pinocchio had turned into a porpoise playing in the sun.

After swimming for a long time, Pinocchio saw a large rock in the middle of the sea, a rock white as marble. High on the rock stood a little goat bleating and calling and beckoning to the marionette to come near.

There was something very strange about that little goat. Her coat was not white or black or brown as that of any other goat, but azure, a deep brilliant color that reminded one of the hair of the lovely maiden.

Pinocchio's heart beat fast, and then faster and faster. He redoubled his efforts and swam as hard as he could toward the white rock. He was almost halfway over, when suddenly

fuori dall'acqua e venirgli incontro una orribile testa di mostro marino, con la bocca spalancata, come una voragine, e tre filari di zanne che avrebbero fatto paura anche a vederle dipinte.

E sapete chi era quel mostro marino?

Quel mostro marino era né più né meno quel gigantesco Pesce-cane, ricordato più volte in questa storia, e che per le sue stragi e per la sua insaziabile voracità, veniva soprannominato «l'Attila dei pesci e dei pescatori».

Immaginatevi lo spavento del povero Pinocchio alla vista del mostro. Cercò di scansarlo, di cambiare strada: cercò di fuggire: ma quella immensa bocca spalancata gli veniva sempre incontro con la velocità di una saetta.

– Affréttati, Pinocchio, per carità! – gridava belando la bella caprettina.

E Pinocchio nuotava disperatamente con le braccia, col petto, con le gambe e coi piedi.

– Corri, Pinocchio, perché il mostro si avvicina!

E Pinocchio, raccogliendo tutte le sue forze, raddoppiava di lena nella corsa.

a horrible sea monster stuck its head out of the water, an enormous head with a huge mouth, wide open, showing three rows of gleaming teeth, the mere sight of which would have filled you with fear.

Do you know what it was?

That sea monster was no other than the enormous Shark, which has often been mentioned in this story and which, on account of its cruelty, had been nicknamed *The Attila of the Sea* by both fish and fishermen.

Poor Pinocchio! The sight of that monster frightened him almost to death! He tried to swim away from him, to change his path, to escape, but that immense mouth kept coming nearer and nearer.

– Hasten, Pinocchio, I beg you! – bleated the little Goat on the high rock.

And Pinocchio swam desperately with his arms, his body, his legs, his feet.

– Quick, Pinocchio, the monster is coming nearer! – Pinocchio swam faster and faster, and harder and harder.

– Bada, Pinocchio!... il mostro ti raggiunge!... Eccolo!... Eccolo!... Affréttati per carità, o sei perduto!...

E Pinocchio a nuotar più lesto che mai, e via, e via, e via, come andrebbe una palla di fucile. E già era presso lo scoglio, e già la caprettina, spenzolandosi tutta sul mare, gli porgeva le sue zampine davanti per aiutarlo a uscire dall'acqua!

Ma oramai era tardi! Il mostro lo aveva raggiunto: il mostro, tirando il fiato a sé, si bevve il povero burattino, come avrebbe bevuto un uovo di gallina: e lo inghiottì con tanta violenza e con tanta avidità, che Pinocchio, cascando giù in corpo al Pescecane, batté un colpo così screanzato, da restarne sbalordito per un quarto d'ora.

Quando ritornò in sé da quello sbigottimento, non sapeva raccapezzarsi, nemmeno lui, in che mondo si fosse. Intorno a sé c'era da ogni parte un gran buio: ma un buio così nero e profondo, che gli pareva di essere entrato col capo in un calamaio pieno d'inchiostro. Stette in ascolto e non senti nessun rumore: solamente di tanto in tanto sentiva battersi nel viso alcune grandi buffate di vento. Da principio non sapeva intendere da dove

– Faster, Pinocchio! The monster will get you! Is there! Is there! Quick, quick, or you are lost!

Pinocchio went through the water like a shot swifter and swifter. He came close to the rock. The goat leaned over and gave him one of her hoofs to help him to get out of the water.

But it was too late. The monster overtook him and the marionette found himself between the rows of gleaming white teeth. Only for a moment, however, for the Shark took a deep breath and, as he breathed, he drank in the marionette as easily as he would have eaten an egg. Then he swallowed him so fast that Pinocchio, falling down into the body of the fish, lay stunned for a half hour.

When he recovered his senses the marionette could not remember where he was. Around him all was darkness, a darkness so deep and so black that for a moment he thought he had put his head into an ink pot. He listened for a few moments and heard nothing. Once in a while a cold wind blew on his face. At first he could not understand where

quel vento uscisse: ma poi capì che usciva dai polmoni del mostro. Perché bisogna sapere che il Pesce-cane soffriva moltissimo d'asma, e quando respirava, pareva proprio che tirasse la tramontana.

Pinocchio, sulle prime, s'ingegnò di farsi un poco di coraggio: ma quand'ebbe la prova e la riprova di trovarsi chiuso in corpo al mostro marino allora cominciò a piangere e a strillare: e piangendo diceva:

– Aiuto! aiuto! Oh povero me! Non c'è nessuno che venga a salvarmi?

– Chi vuoi che ti salvi, disgraziato?... – disse in quel buio una vociaccia fessa di chitarra scordata.

– Chi è che parla così? – domandò Pinocchio, sentendosi gelare dallo spavento.

– Sono io! sono un povero Tonno, inghiottito dal Pesce-cane insieme con te. E tu che pesce sei?

– Io non ho che vedere nulla coi pesci. Io sono un burattino.

– E allora, se non sei un pesce, perché ti sei fatto inghiottire dal mostro?

– Non son io, che mi son fatto inghiottire: gli è lui che mi ha inghiottito!

that wind was coming from, but after a while he understood that it came from the lungs of the monster. I forgot to tell you that the Shark was suffering from asthma, so that whenever he breathed a storm seemed to blow.

Pinocchio at first tried to be brave, but as soon as he became convinced that he was really and truly in the Shark's stomach, he burst into sobs and tears.

– Help! Help!– he cried. – Oh, poor me! Won't someone come to save me?

– Who is there to help you, unhappy boy? – said a rough voice, like a guitar out of tune.

– Who is talking?– asked Pinocchio, frozen with terror.

– It is me, a poor Tunny swallowed by the Shark at the same time as you. And what kind of a fish are you?

– I have nothing to do with fishes. I am a marionette.

– If you are not a fish, why did you let this monster swallow you?

– I didn't let him. He chased me and swallowed me!

Ed ora che cosa dobbiamo fare qui al buio?...

– Rassegnarsi e aspettare che il Pesce-cane ci abbia digeriti tutt'e due!...

– Ma io non voglio esser digerito! – urlò Pinocchio, ricominciando a piangere.

– Neppure io vorrei esser digerito – soggiunse il Tonno – ma io sono abbastanza filosofo e mi consolo pensando che, quando si nasce Tonni, c'è più dignità a morir sott'acqua che sott'olio!...

– Sciocchezze! – gridò Pinocchio.

– La mia è un'opinione – replicò il Tonno – e le opinioni, come dicono i Tonni politici, vanno rispettate!

– Insomma... io voglio andarmene di qui... io voglio fuggire...

– Fuggi, se ti riesce!...

– È molto grosso questo Pesce-cane che ci ha inghiottiti? – domandò il burattino.

– Figùrati che il suo corpo è più lungo di un chilometro, senza contare la coda.

Nel tempo che facevano questa conversazione al buio, parve a Pinocchio di veder lontan lontano una specie di chiarore.

– Che cosa sarà mai quel lumicino lontano lontano? – disse Pinocchio.

And now what we have to do here in the dark?

– Wait until the Shark has digested us both, I suppose.

– But I don't want to be digested – shouted Pinocchio, starting to sob.

– Neither do I – said the Tunny – but I am wise enough to think that if one is born a fish, it is more dignified to die under the water than in the frying pan.

– What nonsense! – cried Pinocchio.

– Mine is an opinion – replied the Tunny – and opinions should be respected.

– But I want to get out of this place. I want to escape.

– Go, if you can!

– Is this Shark that has swallowed us very long?– asked the puppet.

– His body, not counting the tail, is almost a mile long.

While talking in the darkness, Pinocchio thought he saw a faint light in the distance.

– What can that be?– he said to the Tunny.

– Sarà qualche nostro compagno di sventura, che aspetterà come noi il momento di esser digerito!....

– Voglio andare a trovarlo. Non potrebbe darsi il caso che fosse qualche vecchio pesce capace di insegnarmi la strada per fuggire?

– Io te l'auguro di cuore, caro burattino.

– Addio, Tonno.

– Addio, burattino; e buona fortuna.

– Dove ci rivedremo?...

– Chi lo sa?... è meglio non pensarci neppure!

– Some other poor fish, waiting as patiently as we to be digested by the Shark.

– I want to see him. He may be an old fish and may know some way of escape.

– I wish you all good luck, dear Marionette.

– Goodbye, Tunny.

– Goodbye marionette, and good luck.

– When will I see you again?

– Who knows? It is better not to think about it.

Capitolo 35

Pinocchio ritrova in corpo al Pesce-cane... Chi ritrova? Leggete questo capitolo e lo saprete.

Chapter 35

In the Shark's body Pinocchio finds whom? Read this chapter and you will know.

Pinocchio, appena che ebbe detto addio al suo buon amico Tonno, si mosse brancolando in mezzo a quel buio, e cominciò a camminare a tastoni dentro il corpo del Pesce-cane, avviandosi un passo dietro l'altro verso quel piccolo chiarore che vedeva baluginare lontano lontano.

E nel camminare sentì che i suoi piedi sguazzavano in una pozzanghera d'acqua grassa e sdrucciolona, e quell'acqua sapeva di un odore così acuto di pesce fritto che gli pareva di essere a mezza quaresima.

E più andava avanti, e più il chiarore si faceva rilucente e distinto: finché, cammina cammina, alla fine arrivò: e quando fu arrivato... che cosa trovò? Ve lo do a indovinare in mille: trovò una piccola tavola apparecchiata, con sopra una candela accesa infilata in una bottiglia di cristallo verde, e seduto a tavola un vecchiettino tutto bianco, come se fosse di neve o di panna montata, il quale se ne

Pinocchio, as soon as he had said goodbye to his good friend, the Tunny, tottered away in the darkness and began to walk as well as he could toward the faint light which glowed in the distance.

As he walked his feet splashed in a pool of greasy and slippery water, which had such a heavy smell of fish fried in oil.

The farther on he went, the brighter and clearer grew the tiny light. On and on he walked till finally... what did he find? I give you a thousand guesses, my dear children! He found a little table set for dinner and lighted by a candle stuck in a glass bottle; and near the table sat a little old man, white as the snow, eating live fish.

stava lì biascicando alcuni pesciolini vivi, ma tanto vivi, che alle volte mentre li mangiava, gli scappavano perfino di bocca.

A quella vista il povero Pinocchio ebbe un'allegrezza così grande e così inaspettata, che ci mancò un ette non cadesse in delirio. Voleva ridere, voleva piangere, voleva dire un monte di cose; e invece mugolava confusamente e balbettava delle parole tronche e sconclusionate. Finalmente gli riuscì di cacciar fuori un grido di gioia e spalancando le braccia e gettandosi al collo del vecchietto, cominciò a urlare:

– Oh! babbino mio! finalmente vi ho ritrovato! Ora poi non vi lascio più, mai più, mai più!

– Dunque gli occhi mi dicono il vero? – replicò il vecchietto stropicciandosi gli occhi – Dunque tu sé proprio il mi' caro Pinocchio?

– Sì, sì, sono io, proprio io! E voi mi avete digià perdonato, non è vero? Oh! babbino mio, come siete buono!... e pensare che io, invece... Oh! ma se sapeste quante disgrazie mi son piovute sul capo e quante cose mi son andate per traverso!

They wriggled, one of them slipped out of the old man's mouth and escaped into the darkness under the table.

At this sight, the poor marionette was filled with such great and sudden happiness that he almost dropped in a faint. He wanted to laugh, he wanted to cry, he wanted to say a thousand and one things, but all he could do was to stand still, stuttering and stammering brokenly. At last, with a great effort, he was able to let out a scream of joy and, opening wide his arms he threw them around the old man's neck.

– Oh, Father, dear Father! Have I found you at last? Now I shall never, never leave you again!

– Are my eyes really telling me the truth?– answered the old man, rubbing his eyes. – Are you really my own dear Pinocchio?

– Yes, yes, yes! It is me! Look at me! And you have forgiven me, haven't you? Oh, my dear Father, how good you are! And to think that I... Oh, but if you only knew how many misfortunes have fallen on my head and how many troubles I have had!

Figuratevi che il giorno che voi, povero babbino, col vendere la vostra casacca mi compraste l'Abbecedario per andare a scuola, io scappai a vedere i burattini, e il burattinaio mi voleva mettere sul fuoco perché gli cocessi il montone arrosto, che fu quello poi che mi dette cinque monete d'oro, perché le portassi a voi, ma io trovai la Volpe e il Gatto, che mi condussero all'osteria del Gambero Rosso dove mangiarono come lupi, e partito solo di notte incontrai gli assassini che si messero a corrermi dietro, e io via, e loro dietro, e io via e loro sempre dietro, e io via, finché m'impiccarono a un ramo della Quercia grande, dovecché la bella Bambina dai capelli turchini mi mandò a prendere con una carrozzina, e i medici, quando m'ebbero visitato, dissero subito: «Se non è morto, è segno che è sempre vivo», e allora mi scappò detto una bugia, e il naso cominciò a crescermi e non mi passava più dalla porta di camera, motivo per cui andai con la Volpe e col Gatto a sotterrare le quattro monete d'oro, che una l'avevo spesa all'Osteria, e il Pappagallo si messe a ridere, e viceversa di duemila monete non trovai più nulla, la quale il Giudice quando

Just think that on the day you sold your old coat to buy me an A–B–C book so that I could go to school, I ran away to the Marionette Theater and the proprietor caught me and wanted to burn me to cook his roast lamb! He was the one who gave me the five gold pieces for you, but I met the Fox and the Cat, who took me to the Red Lobster's Inn. There, they ate like wolves and I left the Inn alone and I met the Assassins in the wood. I ran and they followed me, till they hanged me to the branch of a giant oak tree. Then the Fairy with the Azure Hair sent the coach to rescue me and the doctors, after looking at me, said, `If he is not dead, he is surely alive,' and then I told a lie and my nose began to grow. It grew and it grew, till I couldn't get it through the door. And then I went with the Fox and the Cat to the Field of Wonders to bury the gold pieces. The Parrot laughed at me and, instead of two thousand gold pieces, I found none. When the Judge

seppe che ero stato derubato, mi fece subito mettere in prigione, per dare una soddisfazione ai ladri, di dove, col venir via, vidi un bel grappolo d'uva in un campo, che rimasi preso alla tagliola e il contadino di santa ragione mi messe il collare da cane perché facessi la guardia al pollaio, che riconobbe la mia innocenza e mi lasciò andare, e il Serpente, colla coda che gli fumava, cominciò a ridere e gli si strappò una vena sul petto e così ritornai alla casa della bella Bambina, che era morta, e il Colombo vedendo che piangevo mi disse: «Ho visto il tu' babbo che si fabbricava una barchettina per venirti a cercare», e io gli dissi: «Oh! se avessi l'ali anch'io», e lui mi disse: «Vuoi venire dal tuo babbo?», e io gli dissi: «Magari! ma chi mi ci porta?», e lui mi disse: «Ti ci porto io», e io gli dissi: «Come?», e lui mi disse: «Montami sulla groppa», e così abbiamo volato tutta la notte, e poi la mattina tutti i pescatori che guardavano verso il mare mi dissero: «C'è un pover'uomo in una barchetta che sta per affogare», e io da lontano vi riconobbi subito, perché me lo diceva il core, e vi feci cenno di tornare alla spiaggia...

heard that I had been robbed, he sent me to jail to make the thieves happy; and when I came away I saw a fine bunch of grapes hanging on a vine. The trap caught me and the Farmer put a collar on me and made me a watchdog. He found out I was innocent when I caught the weasels and he let me go. The Snake with the tail that smoked started to laugh and a vein in his chest broke and so I went back to the Fairy's house. She was dead, and the pigeon, seeing me crying, said to me, `I have seen your father building a boat to look for you in America,' and I said to him, `Oh, if I only had wings!' and he said to me, `Do you want to reach your father?' and I said, `Perhaps, but how?' and he said, `Get on my back. I'll take you there.' We flew all night long, and the next morning the fishermen were looking toward the sea, crying, `There is a poor little man drowning,' and I knew it was you, because my heart told me so and I waved to you from the shore...

– Ti riconobbi anch'io – disse Geppetto – e sarei volentieri tornato alla spiaggia: ma come fare? Il mare era grosso e un cavallone m'arrovesciò la barchetta. Allora un orribile Pesce-cane che era lì vicino, appena m'ebbe visto nell'acqua corse subito verso di me, e tirata fuori la lingua, mi prese pari pari, e m'inghiottì come un tortellino di Bologna.

– E quant'è che siete chiuso qui dentro? – domandò Pinocchio.

– Da quel giorno in poi, saranno oramai due anni: due anni, Pinocchio mio, che mi son parsi due secoli!

– E come avete fatto a campare? E dove avete trovata la candela? E i fiammiferi per accenderla, chi ve li ha dati?

– Ora ti racconterò tutto. Devi dunque sapere che quella medesima burrasca, che rovesciò la mia barchetta, fece anche affondare un bastimento mercantile. I marinai si salvarono tutti, ma il bastimento colò a fondo e il solito Pesce-cane, che quel giorno aveva un appetito eccellente, dopo aver inghiottito me, inghiottì anche il bastimento...

– I recognized you too – answered Geppetto – and I wanted to go back to the shore; but how? The sea was rough and the whitecaps overturned the boat. Then a terrible Shark came up out of the sea and, as soon as he saw me in the water, swam quickly toward me, put out his tongue, and swallowed me as easily as if I had been a chocolate peppermint.

– And how long have you been shut away in here?

– From that day to this, two long weary years: two years, my Pinocchio, which have been like two centuries.

– And how have you lived? Where did you find the candle? And the matches with which to light it where did you get them?

– You must know that, in the storm which swamped my boat, a large ship also suffered the same fate. The sailors were all saved, but the ship went right to the bottom of the sea, and the same terrible Shark that swallowed me, swallowed most of it.

– Come? Lo inghiottì tutto in un boccone?... – domandò Pinocchio maravigliato.

– Tutto in un boccone: e risputò solamente l'albero maestro, perché gli era rimasto fra i denti come una lisca. Per mia gran fortuna, quel bastimento era carico di carne conservata in cassette di stagno, di biscotto, ossia di pane abbrostolito, di bottiglie di vino, d'uva secca, di cacio, di caffè, di zucchero, di candele steariche e di scatole di fiammiferi di cera. Con tutta questa grazia di Dio ho potuto campare due anni: ma oggi sono agli ultimi sgoccioli: oggi nella dispensa non c'è più nulla, e questa candela, che vedi accesa, è l'ultima candela che mi sia rimasta...

– E dopo?...

– E dopo, caro mio, rimarremo tutt'e due al buio.

– Allora, babbino mio – disse Pinocchio – non c'è tempo da perdere. Bisogna pensar subito a fuggire...

– A fuggire?... e come?

– Scappando dalla bocca del Pesce-cane e gettandosi a nuoto in mare.

– Tu parli bene: ma io, caro Pinocchio, non so nuotare.

– What! Swallowed a ship?– asked Pinocchio in astonishment.

– At one gulp. The only thing he spat out was the main mast, because it was stuck in his teeth. To my own good luck, that ship was loaded with meat, preserved foods, crackers, bread, bottles of wine, raisins, cheese, coffee, sugar, wax candles, and boxes of matches. With all these blessings, I have been able to live happily on for two whole years, but now I am at the very last crumbs. Today there is nothing left in the cupboard, and this candle you see here is the last one I have.

– And then?

– And then, my dear, we'll find ourselves in darkness.

– Then, my dear Father – said Pinocchio – there is no time to lose. We must try to escape.

– Escape! How?

– We can run out of the Shark's mouth and dive into the sea.

– You speak well, but I cannot swim, my dear Pinocchio.

– E che importa?... Voi mi monterete a cavalluccio sulle spalle e io, che sono un buon nuotatore, vi porterò sano e salvo fino alla spiaggia.

– Illusioni, ragazzo mio! – replicò Geppetto, scotendo il capo e sorridendo malinconicamente. – Ti par egli possibile che un burattino, alto appena un metro, come sei tu, possa aver tanta forza da portarmi a nuoto sulle spalle?

– Provatevi e vedrete! A ogni modo, se sarà scritto in cielo che dobbiamo morire, avremo almeno la gran consolazione di morire abbracciati insieme.

E senza dir altro, Pinocchio prese in mano la candela, e andando avanti per far lume, disse al suo babbo:

– Venite dietro a me, e non abbiate paura. E così camminarono un bel pezzo, e traversarono tutto il corpo e tutto lo stomaco del Pesce-cane. Ma giunti che furono al punto dove cominciava la gran gola del mostro, pensarono bene di fermarsi per dare un'occhiata e cogliere il momento opportuno alla fuga.

Ora bisogna sapere che il Pesce-cane, essendo molto vecchio e soffrendo d'asma e di palpitazione di cuore, era costretto a

– Why should that matter? You can climb on my shoulders and I, who am a fine swimmer, will carry you safely to the shore.

– Dreams, my boy!– answered Geppetto, shaking his head and smiling sadly. – Do you think it possible for a marionette, tall just a meter, to have the strength to carry me on his shoulders and swim?

– Try it and see! And in any case, if it is written that we must die, we shall at least die together.

Adding no more word, Pinocchio took the candle in his hand and, going ahead to light the way, he said to his father:

– Follow me and have no fear.

They walked a long distance through the stomach and the whole body of the Shark. When they reached the throat of the monster, they stopped for a while to wait for the right moment in which to make their escape.

I want you to know that the Shark, being very old and suffering from asthma and heart trouble, was obliged

dormir a bocca aperta: per cui Pinocchio, affacciandosi al principio della gola e guardando in su, poté vedere al di fuori di quell'enorme bocca spalancata un bel pezzo di cielo stellato e un bellissimo lume di luna.

– Questo è il vero momento di scappare – bisbigliò allora voltandosi al suo babbo. – Il Pesce-cane dorme come un ghiro: il mare è tranquillo e ci si vede come di giorno. Venite dunque, babbino, dietro a me e fra poco saremo salvi.

Detto fatto, salirono su per la gola del mostro marino, e arrivati in quell'immensa bocca cominciarono a camminare in punta di piedi sulla lingua; una lingua così larga e così lunga, che pareva il viottolone d'un giardino. E già stavano lì lì per fare il gran salto e per gettarsi a nuoto nel mare, quando, sul più bello, il Pesce-cane starnutì, e nello starnutire, dette uno scossone così violento, che Pinocchio e Geppetto si trovarono rimbalzati all'indietro e scaraventati novamente in fondo allo stomaco del mostro.

Nel grand'urto della caduta la candela si spense, e padre e figliuolo rimasero al buio.

to sleep with his mouth open. Because of this, as he looked up through the open jaws of his new home, Pinocchio was able to catch a glimpse of sky filled with stars.

– It's time for us to escape – he whispered to his father. – The Shark is asleep. The sea is calm and the night is as bright as day. Follow me closely, dear Father, and we shall soon be saved.

No sooner said than done. They climbed up the throat of the monster till they came to that immense open mouth. There they had to walk on tiptoes, for if they tickled the Shark's long tongue he might awaken and where would they be then? The tongue was so wide and so long that it looked like a country road. The two fugitives were just about to dive into the sea when the Shark sneezed very suddenly and, as he sneezed, he gave Pinocchio and Geppetto such a jolt that they found themselves thrown on their backs and dashed once more and very unceremoniously into the stomach of the monster.

To make things worse, the candle went out and father and son were left in the dark.

– E ora?... – domandò Pinocchio facendosi serio.

– Ora ragazzo mio, siamo bell'e perduti.

– Perché perduti? Datemi la mano, babbino, e badate di non sdrucciolare!...

– Dove mi conduci?

– Dobbiamo ritentare la fuga. Venite con me e non abbiate paura.

Ciò detto, Pinocchio prese il suo babbo per la mano: e camminando sempre in punta di piedi, risalirono insieme su per la gola del mostro: poi traversarono tutta la lingua e scavalcarono i tre filari di denti. Prima però di fare il gran salto, il burattino disse al suo babbo:

– Montatemi a cavalluccio sulle spalle e abbracciatemi forte forte. Al resto ci penso io.

Appena Geppetto si fu accomodato per bene sulle spalle del figliuolo, Pinocchio, sicurissimo del fatto suo, si gettò nell'acqua e cominciò a nuotare. Il mare era tranquillo come un olio: la luna splendeva in tutto il suo chiarore e il Pesce-cane seguitava a dormire di un sonno così profondo, che non l'avrebbe svegliato nemmeno una cannonata.

– And now?– asked Pinocchio with a serious face.

– Now we are lost.

– Why lost? Give me your hand, dear Father, and be careful not to slip!...

– Where will you take me?

– We must try again. Come with me and don't be afraid.

With these words Pinocchio took his father by the hand and, always walking on tiptoes, they climbed up the monster's throat for a second time. Then they crossed the whole tongue and jumped over three rows of teeth. But before they took the last great leap, the Marionette said to his father:

– Climb on my back and hold on tightly to my neck. I'll take care of everything else.

As soon as Geppetto was comfortably seated on his shoulders, Pinocchio, very sure of what he was doing, dived into the water and started to swim. The sea was like oil, the moon shone in all splendor, and the Shark continued to sleep so soundly that not even a cannon shot would have awakened him.

Capitolo 36

Finalmente Pinocchio cessa d'essere un burattino e diventa un ragazzo.

Chapter 36

Finally Pinocchio ceases to be a Marionette and becomes a boy.

Mentre Pinocchio nuotava alla svelta per raggiungere la spiaggia, si accorse che il suo babbo, il quale gli stava a cavalluccio sulle spalle e aveva le gambe mezze nell'acqua, tremava fitto fitto, come se al pover'uomo gli battesse la febbre terzana.

Tremava di freddo o di paura? Chi lo sa? Forse un po' dell'uno e un po' dell'altro. Ma Pinocchio, credendo che quel tremito fosse di paura, gli disse per confortarlo:

– Coraggio babbo! Fra pochi minuti arriveremo a terra e saremo salvi.

– Ma dov'è questa spiaggia benedetta? – domandò il vecchietto diventando sempre più inquieto, e appuntando gli occhi, come fanno i sarti quando infilano l'ago. – Eccomi qui, che guardo da tutte le parti, e non vedo altro che cielo e mare.

– Ma io vedo anche la spiaggia – disse il burattino. – Per vostra regola io sono come i gatti: ci vedo meglio di notte che di giorno.

While he was swimming quickly to reach the shore, Pinocchio noticed that his father, Geppetto, was shivering and shaking as if with a high fever.

Was he shivering for fear or for cold? Who knows? Perhaps a little of both. But Pinocchio, thinking his father was frightened, tried to comfort him by saying:

– Courage, Father! In a few moments we will be safe on the land.

– But where is this blessed shore?– asked the little old man, getting worried, looking at the faraway shadows.

– Here I am, searching on all sides and I see nothing apart sea and sky.

– I see the shore – said the marionette. – Remember, Father, that I am like a cat. I see better during the night than during the day.

Il povero Pinocchio faceva finta di essere di buonumore: ma invece... Invece cominciava a scoraggiarsi: le forze gli scemavano, il suo respiro diventava grosso e affannoso... insomma non ne poteva più, la spiaggia era sempre lontana.

Nuotò finché ebbe fiato: poi si voltò col capo verso Geppetto, e disse con parole interrotte:

– Babbo mio, aiutatemi... perché io muoio!

E il padre e il figliuolo erano oramai sul punto di affogare, quando udirono una voce di chitarra scordata che disse:

– Chi è che muore?

– Sono io e il mio povero babbo!...

– Questa voce la riconosco! Tu sei Pinocchio!...

– Preciso: e tu?

– Io sono il Tonno, il tuo compagno di prigionia in corpo al Pesce-cane.

– E come hai fatto a scappare?

– Ho imitato il tuo esempio. Tu sei quello che mi hai insegnato la strada, e dopo te, sono fuggito anch'io.

Poor Pinocchio pretended to be peaceful and in a good mood, but he was far from that. He started to feel discouraged, the strength was leaving him, and his breathing was becoming more and more labored. He felt he could not go on much longer, and the shore was still far away.

He swam a few more strokes. Then he turned to Geppetto and cried out weakly:

– Help me, Father... because I am dying!

Father and son were really about to drown when they heard a sound like a guitar out of tune calling from the sea:

– What is the trouble?

– It is my poor father and me!...

– I know this voice. You are Pinocchio.

– Exactly. And you?

– I am the Tunny, your companion in the Shark's stomach.

– And how did you escape?

– I imitated your example. You are the one who showed me the way and after you went, I escaped too.

– Tonno mio, tu càpiti proprio a tempo! Ti prego per l'amor che porti ai Tonnini tuoi figliuoli: aiutaci, o siamo perduti.

– Volentieri e con tutto il cuore. Attaccatevi tutt'e due alla mia coda, e lasciatevi guidare. In quattro minuti vi condurrò alla riva.

Geppetto e Pinocchio, come potete immaginarvelo accettarono subito l'invito: ma invece di attaccarsi alla coda, giudicarono più comodo di mettersi addirittura a sedere sulla groppa del Tonno.

– Siamo troppo pesi?... – gli domandò Pinocchio.

– Pesi? Neanche per ombra; mi par di avere addosso due gusci di conchiglia – rispose il Tonno, il quale era di una corporatura così grossa e robusta, da parere un vitello di due anni.

Giunti alla riva, Pinocchio saltò a terra il primo, per aiutare il suo babbo a fare altrettanto; poi si voltò al Tonno, e con voce commossa gli disse:

– Amico mio, tu hai salvato il mio babbo! Dunque non ho parole per ringraziarti abbastanza! Permetti almeno che ti dia un bacio in segno di riconoscenza eterna!...

– My dear Tunny, you have arrived at the right moment! I implore you, for the love you feel for your children, the little Tunnies, please help us, or we are lost!

– With great pleasure indeed. Hang onto my tail, both of you, and let me lead you. In a few minutes you will be safe on the land.

Geppetto and Pinocchio, as you can easily imagine, did not refuse the invitation; indeed, instead of hanging onto the tail, they thought it would have been better to climb the Tunny's back.

– Are we too heavy? – asked Pinocchio.

– Heavy? Not at all. You are as light as sea shells – answered the Tunny, who was as large as a two–year–old horse.

As soon as they reached the shore, Pinocchio was the first to jump to the ground and helped his old father.

Then he turned to the fish and said to him:

– Dear friend, you have saved my father, and I don't know how to thank you! Allow me to embrace you as a sign of my eternal gratitude.

Il Tonno cacciò il muso fuori dall'acqua, e Pinocchio, piegandosi coi ginocchi a terra, gli posò un affettuosissimo bacio sulla bocca. A questo tratto di spontanea e vivissima tenerezza, il povero Tonno, che non c'era avvezzo, si sentì talmente commosso, che vergognandosi a farsi veder piangere come un bambino, ricacciò il capo sott'acqua e sparì.

Intanto s'era fatto giorno.

Allora Pinocchio, offrendo il suo braccio a Geppetto, che aveva appena il fiato di reggersi in piedi, gli disse:

– Appoggiatevi pure al mio braccio, caro babbino, e andiamo. Cammineremo pian pianino come le formicole, e quando saremo stanchi ci riposeremo lungo la via.

– E dove dobbiamo andare? – domandò Geppetto.

– In cerca di una casa o d'una capanna, dove ci diano per carità un boccon di pane e un po' di paglia che ci serva da letto.

Non avevano ancora fatti cento passi, che videro seduti sul ciglione della strada due brutti ceffi, i quali stavano lì in atto di chiedere l'elemosina.

Erano il Gatto e la Volpe: ma non si riconoscevano più da quelli d'una volta.

The Tunny stuck his nose out of the water while Pinocchio knelt on the sand and kissed him most affectionately on his cheek. At this warm greeting, the poor Tunny, who was not used to such tenderness, wept like a child. He felt so embarrassed and ashamed that he turned quickly, plunged into the sea, and disappeared.

In the meantime day had dawned.

Pinocchio offered his arm to Geppetto, who was so weak that he could hardly stand, and said to him:

– Lean on my arm, dear Father, and let's go. We will walk very, very slowly, and once we will feel tired we can rest.

– And where are we going?– asked Geppetto.

– To look for a house or a hut, where someone will be so kind to give us a piece of bread and a bit of straw to sleep on.

They had not walked for a hundred steps when they saw two ugly mugs sitting on a stone begging for alms.

It was the Fox and the Cat, but it was really hart to recognize them, they looked so miserable.

Figuratevi che il Gatto, a furia di fingersi cieco, aveva finito coll'accecare davvero: e la Volpe invecchiata, intignata e tutta perduta da una parte, non aveva più nemmeno la coda. Così è. Quella trista ladracchiola, caduta nella più squallida miseria, si trovò costretta un bel giorno a vendere perfino la sua bellissima coda a un merciaio ambulante, che la comprò per farsene uno scacciamosche.

– O Pinocchio – gridò la Volpe con voce di piagnisteo – fai un po' di carità a questi due poveri infermi.

– Infermi! – ripeté il Gatto.

– Addio, mascherine! – rispose il burattino. – Mi avete ingannato una volta, e ora non mi ripigliate più.

– Credilo, Pinocchio, che oggi siamo poveri e disgraziati davvero!

– Davvero! – ripeté il Gatto.

– Se siete poveri, ve lo meritate. Ricordatevi del proverbio che dice: «I quattrini rubati non fanno mai frutto». Addio, mascherine!

– Abbi compassione di noi!...

– Di noi!...

The Cat, after pretending to be blind for so many years had really lost the sight. And the Fox, old, thin, and almost hairless, had even lost his tail. That sly thief had fallen into deepest poverty, and one day had happened that he was forced to sell his beautiful tail for food.

– Oh, Pinocchio – he cried in a tearful voice. – We beg you for help! We are old, tired, and sick.

– Sick! – repeated the Cat.

– Addio, false friends! – answered the marionette.

– You cheated me once, but you will never catch me again.

– Believe us! Today we are truly poor and starving.

– Starving! – repeated the Cat.

– If you are poor; you deserve it! Remember the old proverb which says: `Stolen money never bears fruit.' Addio, false friends!

– Have mercy on us!

– On us...

– Addio, mascherine! Ricordatevi del proverbio che dice: «La farina del diavolo va tutta in crusca».

– Non ci abbandonare!...

– ...are! - ripeté il Gatto.

– Addio, mascherine! Ricordatevi del proverbio che dice: «Chi ruba il mantello al suo prossimo, per il solito muore senza camicia».

E così dicendo, Pinocchio e Geppetto seguitarono tranquillamente per la loro strada: finché, fatti altri cento passi, videro in fondo a una viottola in mezzo ai campi una bella capanna tutta di paglia, e col tetto coperto d'embrici e di mattoni.

– Quella capanna dev'essere abitata da qualcuno – disse Pinocchio. – Andiamo là e bussiamo.

Difatti andarono, e bussarono alla porta.

– Chi è? – disse una vocina di dentro.

– Siamo un povero babbo e un povero figliuolo, senza pane e senza tetto – rispose il burattino.

– Girate la chiave, e la porta si aprirà – disse la solita vocina.

Pinocchio girò la chiave, e la porta si aprì. Appena entrati dentro, guardarono

– Addio, false friends. Remember the old proverb which says: `Bad wheat always makes poor bread!'

– Do not abandon us.

– Abandon us – repeated the Cat.

– Addio, false friends. Remember the old proverb: `Whoever steals his neighbor's shirt, usually dies without his own.'

Waving goodbye to them, Pinocchio and Geppetto calmly went on their way. After a few more steps, they saw, at the end of a long road near a clump of trees, a tiny cottage built of straw.

– Someone must live in that little hut – said Pinocchio. – Let see. They went and knocked at the door.

– Who is it? – said a little voice from within.

– A poor father and a poor son, without food and with no roof to cover them – answered the marionette.

– Turn the key and the door will open – said the same little voice.

Pinocchio turned the key and the door opened. As soon as they went in, they looked

di qua, guardarono di là, e non videro nessuno.

– O il padrone della capanna dov'è? – disse Pinocchio maravigliato.

– Eccomi quassù!

Babbo e figliuolo si voltarono subito verso il soffitto, e videro sopra un travicello il Grillo-parlante:

– Oh! mio caro Grillino – disse Pinocchio salutandolo garbatamente.

– Ora mi chiami il «tuo caro Grillino», non è vero? Ma ti rammenti di quando, per scacciarmi di casa tua, mi tirasti un martello di legno?...

– Hai ragione, Grillino! Scaccia anche me... tira anche a me un martello di legno: ma abbi pietà del mio povero babbo...

– Io avrò pietà del babbo e anche del figliuolo: ma ho voluto rammentarti il brutto garbo ricevuto, per insegnarti che in questo mondo, quando si può, bisogna mostrarsi cortesi con tutti, se vogliamo esser ricambiati con pari cortesia nei giorni del bisogno.

– Hai ragione, Grillino, hai ragione da vendere e io terrò a mente la lezione che mi hai data. Ma mi dici come hai fatto a comprarti questa bella capanna?

everywhere but they saw no one.

– Oh ho, where is the owner of this hut? – cried Pinocchio, very surprised.

– Here I am, up here!

Father and son looked up to the ceiling, and there on a beam sat the Talking Cricket.

– Oh, my dear Cricket – said Pinocchio, bowing politely.

– Oh, now you call me your dear Cricket, but do you remember when you threw your hammer at me to kill me?

– You are right, dear Cricket. Throw a hammer at me now. I deserve it! But spare my poor old father.

– I am going to spare both the father and the son. I have only wanted to remind you of the trick you played, long ago, upon me, to teach you that in this world we must be kind and courteous to others, if we want to find kindness and courtesy in our own days of trouble.

– You are right, little Cricket, you are more than right, and I shall remember the lesson you have taught me. But will you tell how you succeeded in buying this pretty little cottage?

– Questa capanna mi è stata regalata ieri da una graziosa capra, che aveva la lana d'un bellissimo colore turchino.

– E la capra dov'è andata? – domandò Pinocchio con vivissima curiosità.

– Non lo so.

– E quando ritornerà?...

– Non ritornerà mai. Ieri è partita tutta afflitta, e, belando, pareva che dicesse: "Povero Pinocchio... oramai non lo rivedrò più... il Pesce-cane a quest'ora l'avrà bell'e divorato!...".

– Ha detto proprio così?... Dunque era lei!... Era lei!... era la mia cara Fatina!... – cominciò a urlare Pinocchio, singhiozzando e piangendo dirottamente.

Quand'ebbe pianto ben bene, si rasciugò gli occhi e, preparato un buon lettino di paglia, vi distese sopra il vecchio Geppetto. Poi domandò al Grillo-parlante:

– Dimmi, Grillino: dove potrei trovare un bicchiere di latte per il mio povero babbo?

– Tre campi distante di qui c'è l'ortolano Giangio, che tiene le mucche. Và da lui e troverai il latte, che cerchi.

– This cottage was given to me yesterday by a little goat with blue hair.

– And where did the goat go? – asked Pinocchio.

– I don't know.

– And when will she come back?

– She will never come back. Yesterday she went away bleating sadly, and it seemed to me she said: `Poor Pinocchio, I shall never see him again... by this time the Shark must have eaten him.'

– Were those her real words? Then it was she... it was... my dear little Fairy – cried out Pinocchio, sobbing bitterly.

After he had cried a long time, he wiped his eyes and then he made a bed of straw for old Geppetto. He laid him on it and said to the Talking Cricket:

– Tell me, little Cricket, where shall I find a glass of milk for my poor Father?

– Three fields away from here lives Farmer John. He has some cows. Go there and he will give you what you want.

Pinocchio andò di corsa a casa dell'ortolano Giangio; ma l'ortolano gli disse:

– Quanto ne vuoi del latte?

– Ne voglio un bicchiere pieno.

– Un bicchiere di latte costa un soldo. Comincia intanto dal darmi il soldo.

– Non ho nemmeno un centesimo – rispose Pinocchio tutto mortificato e dolente.

– Male, burattino mio – replicò l'ortolano. – Se tu non hai nemmeno un centesimo, io non ho nemmeno un dito di latte.

– Pazienza! – disse Pinocchio e fece l'atto di andarsene.

– Aspetta un po' – disse Giangio. – Fra te e me ci possiamo accomodare. Vuoi adattarti a girare il bindolo?

– Che cos'è il *bindolo*?

– Gli è quell'ordigno di legno, che serve a tirar su l'acqua dalla cisterna, per annaffiare gli ortaggi.

– Mi proverò...

– Dunque, tirami su cento secchie d'acqua e io ti regalerò in compenso un bicchiere di latte.

– Sta bene.

Pinocchio ran all the way to Farmer John's house. The Farmer said to him:

– How much milk do you want?

– I want a full glass.

– A full glass costs a penny. First give me the penny.

– I have no penny – answered Pinocchio, sad and ashamed.

– Very bad, my marionette – answered the Farmer – very bad. If you have no penny, I have no milk.

– Too bad – said Pinocchio and started to go.

– Wait a moment – said Farmer John. – Perhaps we can come to terms. Do you know how to draw water from a well?

– I can try.

– Then go to that well you see yonder and draw one hundred bucketfuls of water.

– Very well.

– After you have finished, I shall give you a glass of warm sweet milk.

– I am satisfied.

Giangio condusse il burattino nell'orto e gl'insegnò la maniera di girare il bindolo. Pinocchio si pose subito al lavoro; ma prima di aver tirato su le cento secchie d'acqua, era tutto grondante di sudore dalla testa ai piedi. Una fatica a quel modo non l'aveva durata mai.

– Finora questa fatica di girare il bindolo – disse l'ortolano – l'ho fatta fare al mio ciuchino: ma oggi quel povero animale è in fin di vita.

– Mi menate a vederlo? – disse Pinocchio.

– Volentieri.

Appena che Pinocchio fu entrato nella stalla vide un bel ciuchino disteso sulla paglia, rifinito dalla fame e dal troppo lavoro.

Quando l'ebbe guardato fisso fisso, disse dentro di sé, turbandosi:

– Eppure quel ciuchino lo conosco! Non mi è fisonomia nuova!

E chinatosi fino a lui, gli domandò in dialetto asinino:

– Chi sei?

A questa domanda, il ciuchino aprì gli occhi moribondi, e rispose balbettando nel medesimo dialetto:

Farmer John took the Marionette to the well and showed him how to draw the water. Pinocchio set to work as well as he knew how, but long before he had pulled up the one hundred buckets, he was tired out and dripping with perspiration. He had never worked so hard in his life.

– Until today – said the Farmer –my donkey has drawn the water for me, but now that poor animal is dying.

– Will you take me to see him? – said Pinocchio.

– Gladly.

As soon as Pinocchio went into the stable, he saw a little donkey lying on a bed of straw in the corner. He was worn out from hunger and too much work.

After looking at him a long time, he said to himself:

– I know that Donkey! I have seen him before.

And bending low over him, he asked: – Who are you?

At this question, the Donkey opened weary, dying eyes and answered in the same tongue:

– Sono Lu...ci...gno...lo.

E dopo richiuse gli occhi e spirò.

– Oh! povero Lucignolo! – disse Pinocchio a mezza voce: e presa una manciata di paglia, si rasciugò una lacrima che gli colava giù per il viso.

– Ti commovi tanto per un asino che non ti costa nulla? – disse l'ortolano. – Che cosa dovrei far io che lo comprai a quattrini contanti?

– Vi dirò... era un mio amico!...

– Tuo amico?

– Un mio compagno di scuola!...

– Come?! – urlò Giangio dando in una gran risata. – Come?! avevi dei somari per compagni di scuola!... Figuriamoci i belli studi che devi aver fatto!...

Il burattino, sentendosi mortificato da quelle parole, non rispose: ma prese il suo bicchiere di latte quasi caldo, e se ne tornò alla capanna.

E da quel giorno in poi, continuò più di cinque mesi a levarsi ogni mattina, prima dell'alba, per andare a girare il bindolo, e guadagnare così quel bicchiere di latte, che faceva tanto bene alla salute cagionosa del suo babbo. Né si contentò di questo: perché a tempo avanzato, imparò a

– I am Lamp–Wick.

Then he closed his eyes and died.

– Oh, my poor Lamp–Wick – said Pinocchio in a faint voice, as he wiped his eyes with some straw, picked up from the ground.

– Do you feel so sorry for a little donkey that has cost you nothing? – said the Farmer. – What should I do... I, who have paid my good money for him?

– But, you see, he was my friend.

– Your friend?

– A classmate of mine.

– What – shouted Farmer John, bursting out laughing.

– What! You had donkeys in your school? How you must have studied!

The marionette, ashamed and hurt by those words, did not answer, but taking his glass of milk returned to his father.

From that day on, for more than five months, Pinocchio got up every morning just as dawn was breaking and went to the farm to draw water. And every day he was given a glass of warm milk for his poor old father, who got stronger and better day by day. But he was not satisfied with this.

fabbricare anche i canestri e i panieri di giunco: e coi quattrini che ne ricavava, provvedeva con moltissimo giudizio a tutte le spese giornaliere. Fra le altre cose, costruì da sé stesso un elegante carrettino per condurre a spasso il suo babbo alle belle giornate, e per fargli prendere una boccata d'aria.

Nelle veglie poi della sera, si esercitava a leggere e a scrivere. Aveva comprato nel vicino paese per pochi centesimi un grosso libro, al quale mancavano il frontespizio e l'indice, e con quello faceva la sua lettura. Quanto allo scrivere, si serviva di un fuscello temperato a uso penna; e non avendo né calamaio né inchiostro, lo intingeva in una boccettina ripiena di sugo di more e di ciliege.

Fatto sta, che con la sua buona volontà d'ingegnarsi, di lavorare e di tirarsi avanti, non solo era riuscito a mantenere quasi agiatamente il suo genitore sempre malaticcio, ma per di più aveva potuto mettere da parte anche quaranta soldi per comprarsi un vestitino nuovo.

Una mattina disse a suo padre:

– Vado qui al mercato vicino, a comprarmi una giacchettina, un berrettino e un paio di scarpe.

He learned to make baskets of reeds and sold them. With the money he received, he and his father were able to keep from starving. Among other things, he built a rolling chair, strong and comfortable, to take his old father out for an airing on bright, sunny days.

In the evening the Marionette studied by lamplight. With some of the money he had earned, he bought himself a secondhand volume that had a few pages missing, and with that he learned to read in a very short time. As far as writing was concerned, he used a long stick at one end of which he had whittled a long, fine point. Ink he had none, so he used the juice of blackberries or cherries.

Little by little his diligence was rewarded. He succeeded, not only in his studies, but also in his work, and a day came when he put enough money together to keep his old father comfortable and happy. Besides this, he was able to save a great amount of fifty pennies. With money he wanted to buy himself a new suit.

One day he said to his father:

– I am going to the market place to buy myself a coat, a cap, and a pair of shoes.

Quando tornerò a casa – soggiunse ridendo – sarò vestito così bene, che mi scambierete per un gran signore.

E uscito di casa, cominciò a correre tutto allegro e contento. Quando a un tratto sentì chiamarsi per nome: e voltandosi, vide una bella Lumaca che sbucava fuori della siepe.

– Non mi riconosci? – disse la Lumaca.

– Mi pare e non mi pare...

– Non ti ricordi di quella Lumaca, che stava per cameriera con la Fata dai capelli turchini? Non ti rammenti di quella volta, quando scesi a farti lume e che tu rimanesti con un piede confitto nell'uscio di casa?

– Mi rammento di tutto – gridò Pinocchio. – Rispondimi subito, Lumachina bella: dove hai lasciato la mia buona Fata? Che fa? Mi ha perdonato? Si ricorda sempre di me? Mi vuol sempre bene? È molto lontana da qui? Potrei andare a trovarla?

A tutte queste domande fatte precipitosamente e senza ripigliar fiato, la Lumaca rispose con la sua solita flemma:

– Pinocchio mio! La povera Fata giace in un fondo di letto allo spedale!...

When I come back I'll be so dressed up, you will think I am a rich man.

He ran out of the house and up the road to the village, laughing and singing. Suddenly he heard his name called, and looking around to see whence the voice came, he noticed a large Snail crawling out of some bushes.

– Don't you recognize me?– said the Snail.

– Yes and no.

– Do you remember the Snail that lived with the Fairy with Azure Hair? Don't you remember how she opened the door for you one night and gave you something to eat?

– I remember everything – cried Pinocchio. – Answer me quickly, pretty Snail, where have you left my Fairy? What is she doing? Has she forgiven me? Does she remember me? Does she still love me? Is she very far away from here? May I see her?

At all these questions, tumbling out one after another, the Snail answered, calm as ever:

– My dear Pinocchio, the Fairy is lying ill in a hospital.

– All'ospedale?...

– Pur troppo! Colpita da mille disgrazie, si è gravemente ammalata e non ha più da comprarsi un boccon di pane.

– Davvero?... Oh! Che gran dolore che mi hai dato! Oh! povera Fatina! Povera Fatina! Povera Fatina!... Se avessi un milione, correrei a portarglielo... Ma io non ho che quaranta soldi... eccoli qui: andavo giusto a comprarmi un vestito nuovo. Prendili, Lumaca, e và a portarli subito alla mia buona Fata.

– E il tuo vestito nuovo?...

– Che m'importa del vestito nuovo? Venderei anche questi cenci che ho addosso, per poterla aiutare! Và, Lumaca, spìcciati: e fra due giorni ritorna qui, che spero di poterti dare qualche altro soldo. Finora ho lavorato per mantenere il mio babbo: da oggi in là, lavorerò cinque ore di più per mantenere anche la mia buona mamma. Addio, Lumaca, e fra due giorni ti aspetto.

La Lumaca, contro il suo costume, cominciò a correre come una lucertola nei grandi solleoni d'agosto.

Quando Pinocchio tornò a casa, il suo babbo gli domandò:

– In a hospital?

– Yes, indeed. She has been stricken with trouble and illness, and she hasn't a penny left with which to buy a bite of bread.

– Really? Oh, how sorry I am! My poor, dear little Fairy! If I had a million I should run to her with it! But I have only fifty pennies. Here they are. I was just going to buy some clothes. Here, take them, little Snail, and give them to my good Fairy.

– What about the new clothes?

– What does that matter? I should like to sell these rags I have on to help her. Go, and hurry. Come back here within a couple of days and I hope to have more money for you! Until today I have worked for my father. Now I shall have to work for my mother also. Goodbye, and I hope to see you soon.

The Snail, against her usual habit, began to run like a lizard under a summer sun.

When Pinocchio returned home, his father asked him:

– E il vestito nuovo?

– Non m'è stato possibile di trovarne uno che mi tornasse bene. Pazienza!... Lo comprerò un'altra volta.

Quella sera Pinocchio, invece di vegliare fino alle dieci, vegliò fino alla mezzanotte suonata; e invece di far otto canestre di giunco ne fece sedici.

Poi andò a letto e si addormentò. E nel dormire, gli parve di vedere in sogno la Fata, tutta bella e sorridente, la quale, dopo avergli dato un bacio, gli disse così.

– Bravo Pinocchio! In grazia del tuo buon cuore, io ti perdono tutte le monellerie che hai fatto fino a oggi. I ragazzi che assistono amorosamente i propri genitori nelle loro miserie e nelle loro infermità, meritano sempre gran lode e grande affetto, anche se non possono esser citati come modelli d'ubbidienza e di buona condotta. Metti giudizio per l'avvenire, e sarai felice.

A questo punto il sogno finì, e Pinocchio si svegliò con tanto d'occhi spalancati.

Ora immaginatevi voi quale fu la sua maraviglia quando, svegliandosi, si accorse che non era più un burattino di

– And where is the new suit?

– I couldn't find one to fit me. I shall have to look again some other day.

That night, Pinocchio, instead of going to bed at ten o'clock waited until midnight, and instead of making eight baskets, he made sixteen.

After that he went to bed and fell asleep. As he slept, he dreamt of his Fairy, beautiful, smiling, and happy, who kissed him and said to him,

– Bravo, Pinocchio! In reward for your kind heart, I forgive you for all your old mischief. Boys who love and take good care of their parents when they are old and sick, deserve praise even though they may not be held up as models of obedience and good behavior. Keep on doing so well, and you will be happy.

At that very moment, Pinocchio awoke and opened wide his eyes.

What was his surprise and his joy when, on looking himself over, he saw that he was no longer a marionette,

legno: ma che era diventato, invece, un ragazzo come tutti gli altri. Dette un'occhiata all'intorno e invece delle solite pareti di paglia della capanna, vide una bella camerina ammobiliata e agghindata con una semplicità quasi elegante. Saltando giù dal letto, trovò preparato un bel vestiario nuovo, un berretto nuovo e un paio di stivaletti di pelle, che gli tornavano una vera pittura.

Appena si fu vestito gli venne fatto naturalmente di mettere la mani nelle tasche e tirò fuori un piccolo portamonete d'avorio, sul quale erano scritte queste parole: «La Fata dai capelli turchini restituisce al suo caro Pinocchio i quaranta soldi e lo ringrazia tanto del suo buon cuore». Aperto il portamonete, invece dei quaranta soldi di rame, vi luccicavano quaranta zecchini d'oro, tutti nuovi di zecca.

Dopo andò a guardarsi allo specchio, e gli parve d'essere un altro. Non vide più riflessa la solita immagine della marionetta di legno, ma vide l'immagine vispa e intelligente di un bel fanciullo coi capelli castagni, cogli occhi celesti e con

but that he had become a real live boy! He looked all about him and instead of the usual walls of straw, he found himself in a beautifully furnished little room, the prettiest he had ever seen. In a twinkling, he jumped down from his bed to look on the chair standing near. There, he found a new suit, a new hat, and a pair of shoes.

As soon as he was dressed, he put his hands in his pockets and pulled out a little leather purse on which were written the following words: 'The Fairy with Azure Hair returns fifty pennies to her dear Pinocchio with many thanks for his kind heart'. The Marionette opened the purse to find the money, and behold there were fifty gold coins!

Pinocchio ran to the mirror. He hardly recognized himself. The bright face of a tall boy looked at him with wide–awake blue eyes, dark brown hair and happy, smiling lips.

un'aria allegra e festosa come una pasqua di rose.

In mezzo a tutte queste meraviglie, che si succedevano le une alle altre, Pinocchio non sapeva più nemmeno lui se era desto davvero o se sognava sempre a occhi aperti.

– E il mio babbo dov'è? – gridò tutt'a un tratto: ed entrato nella stanza accanto trovò il vecchio Geppetto sano, arzillo e di buonumore, come una volta, il quale, avendo ripreso subito la sua professione d'intagliatore in legno, stava appunto disegnando una bellissima cornice ricca di fogliami, di fiori e di testine di diversi animali.

– Levatemi una curiosità, babbino: ma come si spiega tutto questo cambiamento improvviso? – gli domandò Pinocchio saltandogli al collo e coprendolo di baci.

– Questo improvviso cambiamento in casa nostra è tutto merito tuo – disse Geppetto.

– Perché merito mio?...

– Perché quando i ragazzi, di cattivi diventano buoni, hanno la virtù di far prendere un aspetto nuovo e sorridente anche all'interno delle loro famiglie.

Surrounded by so much splendor, the Marionette hardly knew what he was doing. He rubbed his eyes two or three times, wondering if he were still asleep or awake and decided he must be awake.

– And where is Father?– he cried suddenly. He ran into the next room, and there stood Geppetto, grown years younger overnight, spick and span in his new clothes and happy as a lark in the morning. He was once more Mastro Geppetto, the wood carver, hard at work on a lovely picture frame, decorating it with flowers and leaves, and heads of animals.

– Father, Father, what has happened? Tell me if you can – cried Pinocchio, as he ran and jumped on his Father's neck.

– This sudden change in our house is all your doing, my dear Pinocchio – answered Geppetto.

– What have I to do with it?

– Just this. When bad boys become good and kind, they have the power of making their homes new and full of happiness.

– E il vecchio Pinocchio di legno dove si sarà nascosto?

– Eccolo là – rispose Geppetto; e gli accennò un grosso burattino appoggiato a una seggiola, col capo girato su una parte, con le braccia ciondoloni e con le gambe incrocicchiate e ripiegate a mezzo, da parere un miracolo se stava ritto.

Pinocchio si voltò a guardarlo; e dopo che l'ebbe guardato un poco, disse dentro di sé con grandissima compiacenza:

– Com'ero buffo, quand'ero un burattino!... e come ora son contento di essere diventato un ragazzino perbene!...

FINE

– I wonder where the old Pinocchio made of wood has hidden himself?

– There he is – answered Geppetto. And he pointed to a large marionette leaning against a chair, head turned to one side, arms hanging limp, and legs twisted under him.

After a long, long look, Pinocchio said to himself with great content:

– How ridiculous I was as a marionette! And how happy I am, now that I have become a real boy!

THE END

Finito di stampare nel mese di maggio 2012
presso la Tipografia DPS s.r.l., per conto delle Edizioni Sabinæ.
Il carattere di stampa utilizzato è il Palatino.
Printed in Italy.